Story by Fuse, Illustration by Mitz Vah
伏瀨 插畫／みっつばー

關於我轉生變成史萊姆這檔事 1

Regarding Reincarnated to Slime

卡巴爾
利格魯德
凱金
哥布達

基多
愛蓮
利姆路
靜
蘭加
RAIN Coat

貌美、纖細柔弱的女性。
然而，那對雙眸
卻散發邪惡光芒，
其嘴角看起來
因即將大開殺戒的
愉悅而泛起笑意。

關於我轉生變成史萊姆這檔事 1

Regarding Reincarnated to Slime

Kadokawa Fantastic Novels

序章　死亡——然後轉生

我的人生很普通，平凡無奇。

大學畢業後進入姑且可算大規模的綜合建設公司，現在是過著獨居生活的三十七歲。沒有女朋友。

大我好幾歲的哥哥奉養雙親，所以我可說是自由自在的單身貴族。

身高不是很矮，臉蛋也不差，卻沒什麼女人緣。曾經為了交女朋友努力過，但告白三次，被甩三次後就心靈受挫了。哎，說真的，到了這把年紀也懶得管女友怎樣怎樣。

一方面是工作太忙，一方面是就算沒女友也不會怎樣。

……我這不是在找藉口喔！

要說為什麼會提起這些，那是因為——

「學長，讓你久等了！」

一名看上去很爽朗的青年臉上掛著笑容朝我走來。此外，他身邊還帶了一個美女。那是我的學弟田村，以及公司的女神櫃檯小姐澤渡。

沒錯，今天他們找我商量結婚的事。這也是讓我不小心開始胡思亂想自己為什麼不受歡迎等等的理由。

於是，回家路上我就不禁在會合處的十字路口旁靠著電線杆，一個人深深陷入沉思。

「嗨。所以呢？要找我商量什麼？」

我問話同時以眼神向澤渡小姐打招呼。

「您好，初次見面，我是澤渡美穗。之前見過您幾次，這還是第一次跟您說話，感覺好緊張呢。」

緊張的人是我吧！

說起來，我並不擅長跟女孩子對談。

拜託妳給我發現啦……我在心裡大發牢騷。

說來說去，找我這個戀愛絕緣體談結婚的事實在很扯。這兩人肯定在看我笑話。恐怕——一定是這樣。

「妳好。我是三上悟。妳沒必要緊張啦。澤渡小姐妳在公司很有名，用不著自我介紹也知道。我碰巧跟田村讀同一所大學，在公司的研修會上一拍即合，就這麼往來至今了。」

「我很有名嗎！公司裡該不會有什麼奇怪的謠言吧？」

「有啊。像是跟木原部長搞外遇啦，跟龜山約會之類的。」

不小心就開始調侃她了。我只是想開點小玩笑，沒想到澤渡小姐居然紅著臉泛淚。還真可愛耶。

我的玩笑通常缺乏體貼，又沒什麼水準，常被人大力制止，但總是不小心就說了。

這次大概也搞砸了吧。我的個性實在很糟糕呢。

田村則拍拍澤渡小姐的肩膀安慰她。

可惡，王八蛋田村！這種狀況正是該大喊「現充去爆炸吧！」的場面吧。

「學長，點到為止吧！美穗也是，他只是開玩笑啦。」

田村笑笑地打圓場。這學弟真有一套。

不會挖苦人，做事爽朗大方，讓人無法討厭。

田村才二十八歲，年齡上跟我差一大段，不知為何卻很合得來。沒辦法，乖乖祝福他吧……

「抱歉，我個性很差。是說，在這講話也不太方便，我們換個地方邊吃飯邊談吧。」

嫉妒也不是辦法。正當我這麼想，如此提議時——

「「「呀————————」」」

尖叫聲。現場頓時陷入混亂。

幹嘛？發生什麼事了？

「別擋路！小心我宰了你！」

我轉頭朝聲源方向望去，只見一個男的手拿菜刀和包包跑來。

有人在尖叫。男人朝這邊來了。他手上拿著菜刀。菜刀？刀尖對準……

「田村————」

當我推開田村的瞬間，一股灼熱的痛楚在背上蔓延開來。我當場腿軟般地蹲倒在地，藉此熬過背上的痛。

無法理解到底發生了什麼事。我想動卻動不了。

「別礙事————！」

我看著男人邊叫喊邊逃遠，接著確認田村跟澤渡小姐是否平安。

田村張嘴發出無聲的吶喊朝我跑來。

澤渡小姐似乎因這突如其來的意外愣住，不過看來沒受傷。太好了。

話說回來，我的背好燙。感覺已經超越了痛覺，整個背好燙。

搞什麼啊？實在燙過頭了……饒了我吧。

《確認完畢。成功獲得……「對熱抗性」。》

我該不會……被他捅了？

應該不至於被捅死吧……

《確認完畢。成功獲得……「刺擊抗性」。接著，成功獲得……「物理攻擊抗性」。》

「學長，有、有血流出來……血流個不停！」

搞什麼，這傢伙真吵。原來是田村啊。總覺得耳邊一直有怪聲，是田村的話就沒辦法了。

血？當然會流血啊。我可是人耶。被捅一定會流血嘛！

可是，疼痛就讓人受不了……

《確認完畢。成功獲得……「痛覺無效」技能。》

呃……糟糕。看樣子我也因為疼痛跟焦躁開始意識混亂了。

「田……田村……你好吵啊。沒什麼好大驚小怪的吧？放心啦……」

「學長，血……血一直……」

田村臉色發青，哭喪著臉，打算將我抱起。展現的男子氣概都毀了啊。

我想看看澤渡小姐的情況，視線卻模糊得無法看清。

背上的熱度逐漸褪去，取而代之的是一陣酷寒。

這下……糟了……人失血過多就會死掉對吧。

《確認完畢。無須血液的肉體……更換成功。》

（喂，你從剛才開始一直在碎碎念什麼啊？根本聽不清楚……）

我想發出聲音，卻辦不到。糟了，我搞不好真的會死……

是說，熱度和痛覺都漸漸感覺不到了。

好冷啊。冷到受不了。怎麼會這樣……現在要被凍死嗎？我也太忙了吧。

《確認完畢。成功獲得……「對寒抗性」。因獲得「對熱抗性」、「對寒抗性」，技能進化為「熱變動抗性」。》

就在這時，我那即將死去的腦細胞突然靈光一閃，想起一件重要的事。

對了！電腦硬碟裡的資料！

「田村——！萬一、萬一我不小心死了……拜託你處理我的電腦。看是要沉到浴缸裡還是通電都好，幫我消除所有資料……」

我擠出最後一絲力氣，交辦最讓我掛心的重要事項。

《確認完畢。通電消除資料……情報不足，無法執行。執行失敗。替代方案啟動，成功獲得……「電流抗性」。獲得追加技能……「麻痺抗性」。》

田村一瞬間無法搞懂我在說什麼，臉上表情盡是錯愕。
接著他似乎總算弄懂我的意思，隨即扯出一抹苦笑。
「哈哈，真像學長會說的話——」
我可不想看一個大男人哭哭啼啼的。苦笑歸苦笑，總比哭臉好。
「我其實……很想跟學長……炫耀澤渡的事……」
我已經猜到了啦……真是的，這個臭小子。
「嘖……受不了。我全都原諒你啦，要讓她幸福喔。電腦的事就拜託你了……」
我用盡最後的力氣擠出這句話。

＊

我的人生很普通，平凡無奇。
大學畢業後進入姑且可算大規模的綜合建設公司，現在是過著獨居生活的三十七歲。沒有女朋友。大我好幾歲的哥哥奉養雙親，所以我可說是自由自在的單身貴族。
多虧如此，我是處男。
不料還沒開封就要去死後國度報到……我的龜兒子肯定在哭吧。

對不起啊，沒辦法讓你成為男子漢……

假如還有機會投胎，再讓你爽個痛快。到處把妹，到處吃乾抹淨……應該不行吧。

《確認完畢。成功獲得……獨有技「捕食者」。》

就這樣，我都已經要四十歲了，假如三十歲還是處男會變成魔法師，那我都快當賢者了……搞不好連大賢者都不是夢想，雖然真到那地步就太扯了。

《確認完畢。成功獲得……追加技「賢者」。接著，追加技「賢者」進化……成功進化為獨有技「大賢者」。》

……呃，從剛才開始到底是怎樣啊？《獨有技「大賢者」》是怎樣？是在瞧不起我嗎？

這才不算什麼獨有技咧！

一點都不好笑！

真沒禮貌……

腦子裡想著這些有的沒的，我緩緩睡去。

原來死亡就是這麼一回事啊……沒想像中孤寂嘛。

這是我在人世間最後一句內心獨白。

第一章

第一個朋友

好暗。

烏漆麻黑的，什麼都看不見。

這裡是哪裡？不對，發生什麼事了。

印象中好像被人左一句賢者右一句大賢者耍弄……

想到這裡，我的意識清醒過來。

我的名字叫三上悟，三十七歲的好男人一個。

在路上為了保護差點被隨機殺人魔拿刀刺的學弟，結果被捅了。

很好，我還記得。沒問題，目前似乎沒什麼好驚慌的。

要說冷靜的我何時驚慌過，大概就只有讀小學大〇失禁時。

我打算觀察周遭狀況，卻發現一件事。眼睛睜不開。

傷腦筋耶，正想搔搔頭……手沒有反應——那還是其次，我的頭跑哪兒去了。

腦袋一片混亂。

喂喂喂，給我等一下啦。

借點時間，我需要冷靜。這種時候是不是該來數質數？

一、二、三，啊————！

不對，不是這樣。說起來，一好像不是質數？

不不不，這些都不重要。

現在可不是在這兒耍蠢的時候，事情好像挺不妙的？

咦？等等，這是怎麼一回事？

難道說……說不定，目前的情況已經不驚慌不行了？

我急得像熱鍋上的螞蟻，確認自己是否有哪裡會痛。

痛倒是沒有。整個人通體舒暢。

身體不覺得冷或熱。我似乎待在一個非常舒爽的空間裡。

這讓我稍微放心一點。

接下來要確認手腳。別說是指尖了，無論是手或腳都沒反應……

現在是什麼情形？

只不過被人捅到，手腳應該不至於失蹤才對，到底發生什麼事了？

而且眼睛還睜不開。

看不見任何東西，四周一片黑暗。

至今從未感受過的不安朝我襲來。

這表示……我陷入昏迷了嗎？

還是說我保有意識，神經被切斷，無法動彈？

不不不，饒了我吧！

麻煩想像一下。

聽說人被關在黑暗之中很快就會發瘋。現在的我正是那副德性，甚至還沒辦法自我了結。

這樣下去只會瘋掉，要我不絕望根本不可能啊。

就在這時，唰的一下，好像有什麼東西碰到身體。

嗯？這是什麼……？

我的意識全集中在那股感觸上。

在肚子（？）旁邊，有疑似草的東西觸碰著我。

我集中精神感覺那地方，開始模模糊糊地領悟了自身的身體範圍。我的身體時不時會有葉尖戳刺的感觸。

這讓我有點開心。

我依舊身處一片黑暗。可是，至少能用五感之一的觸覺感受事物。

我覺得很有趣，打算轉向那根草——

滑滑。

我發現身體動了，感覺很像用爬的。

居然動了……！

這個時候，我才清楚明白自己不是在醫院的病床上。因為肚子（？）下面的觸感很像凹凹凸凸的岩石形狀。

原來如此……雖然完全搞不清楚狀況，但我似乎不在醫院裡。

此外，我還失去眼睛跟耳朵的機能。

雖然不曉得頭在哪裡，我還是朝草的方向移動。用心感受接觸的部分。

完全聞不到味道。恐怕連嗅覺都沒有吧？

再說，我不確定自己身體是什麼形狀。
雖然很不想承認，但外型感覺起來疑似某種流線型的Q彈「魔物」。
從剛才開始，腦子裡就一直有這種感覺。
不不不……應該不至於吧。再怎麼說，都不可能才對……
總之，暫時先拋開這份不安吧。
我打算試試目前還沒嘗試的最後一樣人類五感。
想歸想，我卻不知道嘴巴長在哪裡。該怎麼辦？

《要使用獨有技「捕食者」嗎？　YES／NO》

突然有個聲音在腦海裡響起。
什麼？剛、剛才說什麼？獨有技「捕食者」……？
話說，這個聲音是什麼？
跟田村對話時似乎也聽到奇怪的聲音，那不是錯覺嗎？
難道這裡有其他人？不過，總覺得很奇怪。這不太像其他人說的……比較像是內心有話浮現。
語氣不帶人類氣息，或許可說像是電腦的自動語音那樣無機質的感覺吧。
總之先選ＮＯ！吧。
沒反應。我等了一陣子，沒再聽到任何聲音。

看樣子它沒有要重問的意思。我選錯了嗎？這該不會是沒選ＹＥＳ就會卡關的遊戲？我原本以為這跟ＲＰＧ一樣，在選ＹＥＳ之前會鬼打牆，一直重複相同問題，看來不是。出聲問個問題之後就把我丟著不管，真是個失禮的傢伙。

能聽到聲音，其實我有點高興耶。

這樣害我有點後悔。

嗯，沒辦法。來試試剛才試到一半的味覺吧。

我朝先前的草移動過去。

我一面憑著被草碰到的部位來感覺，一面爬到草上。我像是覆蓋住那些草般，藉此用身體確認感觸。果然沒錯，這些東西是草。

當我確認草的感觸時，草跟我身體接觸的部分開始融解了。我以為是自己的身體融掉而著急起來，但融掉的似乎只有草。

接著，我領悟到身體吸收了融解的草類成分。

看來應該是藉著融化來吸收草。也就是說，我的身體不是用嘴，而是用接觸的部分吃草。附帶一提，吃起來完全沒味道。

也就是說是這麼一回事吧。

看樣子，幾乎可以確定，我已經不是人類了。

這麼說來，我果然被人殺死了？

與其說是疑問，其實幾乎已經確信了。若是如此，我現在人不在醫院，而是跑到疑似長草的石原上也能理解了。

田村怎麼了？

澤渡小姐呢？

我的電腦有沒有好好被毀屍滅跡？

疑問接二連三浮現。不過，事到如今在這煩惱也不是辦法吧。得想想之後該怎麼辦才行。

這麼一來，我現在的形態果然——

照剛才的觸感來看……

我重新將意識移向自己的身體。

好彈，好Q。

這副身體動得好有節奏。

在一片黑暗中，我花時間確認自己的身體輪廓到哪裡。

太驚人了！

想當初我帥得要命又超有男人味，現在居然變成流線形的簡約風物體！

呃，別開玩笑了！我不接受——！

照身體形狀的感覺來看，再怎麼左思右想，還是不由得跟那傢伙劃上等號。

不不不，因為……你知道的嘛！

我不討厭那個喔！嗯。也曾覺得那個挺可愛的！

可是，被問到「你想當那個嗎？」，九成的人大概會跟我有同樣心境吧。

不過，現在的我大概也只能接受現實……

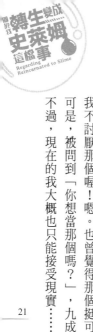

看來我的「靈魂」似乎投胎成異世界魔物了。

雖然照理來說這種事根本不可能發生，機率應該低得跟天文數字一樣……

本人轉生成史萊姆了。

*

嚼嚼嚼嚼。

嚼嚼嚼嚼嚼嚼。

我正在吃草。

問我為什麼？那還用說！

因為，我、很、閒！

雖然內心千百個不願意，但我接受了變成史萊姆的事實之後，應該又過了好幾天。我是不清楚到底幾天啦……畢竟，在黑暗之中完全沒有時間概念。

日復一日，我體會到一件事，那就是史萊姆的身體比想像中還要方便。不會肚子餓，也不會想睡覺。總之免睡免吃。

我還發現另一件事。

雖然不是很確定，但這裡似乎沒有其他生物。幸好沒有，我才能活得好好的……只不過，每天無所事事。

這段期間裡，那個奇怪的聲音也沒再出現過。現在的我是可以與之周旋啦。
如此這般，不得已之下我只好吃草。
沒辦法，因為沒其他事情好做。我用打發時間的心情一直吃草。
目前，那些吸收進去的草在體內分解，依成分分門別類囤積——以上只是我個人的感覺。
要是有人問我這麼做有什麼意義，我會說沒意義就是了。
我只是很怕不找些事來做感覺會發瘋。
最近我已經習慣了，一直重複吸收、分解、收納。
在此遇到一個很奇妙的問題。
那就是我至今還沒排泄過。
因為是史萊姆所以不需要排泄——如果是這樣的話，囤積在我身體裡的東西都跑哪兒去了？
就我個人感覺，我的形態上並沒有任何改變。
到底是怎麼回事？

《答。被收進獨有技「捕食者」的胃袋。此外，目前的空間使用量未滿百分之一。》

什麼？居然回答了——！
話又說回來，我什麼時候發動技能的？印象中明明回答「ＮＯ！」了吧。

《答。獨有技「捕食者」並未發動。吸進身體裡的物質會自動收納進胃袋。可任意變更該設定。》

居然有這種事？這次答得很順嘛。呃，那不是重點……

所以，使用技能會發生什麼事？

《答。獨有技「捕食者」效果如下——

捕食：將對象物吸入體內。不過，對象仍保有意識時，成功率將大幅減低。發動對象不限於有機物或無機物，也包括技能及魔法。

解析：能解析、研究吸收對象。生成製作可能之道具。物質條件備齊時，亦能進行複製。成功解析術式後，有機會學習對象技能、魔法。

胃袋：收納捕食對象。此外，亦能保管解析後生成的物質。收納進胃袋後將不受時間影響。

擬態：能重現吸收對象，行使同等能力。不過，只限成功解析情報的對象物。

隔離：收納無法解析的有害效果。將其淨化後還原成魔力。

以上五種是主要能力。》

咦？……咦？

我好久沒這麼震驚了。聽起來是很不得了的能力耶……根本不像區區史萊姆會有的能力。

等等，先別管那些，一直回答我的聲音是什麼？有人在嗎？

《答。這是獨有技「大賢者」的效果。因為能力已經穩定了，所以能夠迅速做出對應。》

大賢者啊……我之前還罵這玩意兒在耍人，現在看來真的很可靠。今後也繼續讓我依靠吧。

是說，我現在已經不挑了。

只要能撫慰我這無邊無際的孤獨感，什麼都好。

這個「聲音」搞不好是我創造出來的幻聽，但就算幻聽也沒差。

心情好久沒這麼輕鬆了。

＊

目前，自從我投胎轉世成史萊姆後，已過了九十天。

正確來說，應該是九十天又七小時三十四分五十二秒。

我怎麼有辦法如此精確斷言？全都多虧獨有技「大賢者」的補正效果。

哎呀～這個技能真的超方便。有問題找「大賢者」就對了，它會回答我所有的問題。

根據「大賢者」的說明，這技能跟我的靈魂融合就花了九十天。不過，原本沒辦法像現在這樣一問一答。而為了回答我的問題，它進行了自我改造，還挪用部分的「世界之聲」權限。

一般來說，心裡有聲音回答問題——這類方便的能力似乎並不存在。只有世界發生改變、獲得技能和技能進化時，「世界之聲」才會發聲。

話雖如此，獲得技能和進化似乎並非隨隨便便就能遇上。當世界認可當事人有所成長時，才會很難得地獲得「技能」這種東西。至於「進化」，一般人根本連想都不用想的樣子。

我個人是有聽沒有懂啦，總之就照單全收。

雖然「大賢者」變得會回答我的問題了，但它是被動技，並沒有自我意志可言。不找它講話，它就不會主動問我問題。這點頗令人遺憾。

不過，即使是單方面，能夠找那聲音問答還是滿開心的。

跟自己的技能對談這種事，在原來的世界裡會被回以「真會妄想啊辛苦啦」然後被當成怪人就是了啦……

如此這般，我在一片黑暗中無事可做，就狂問問題。

其結果就是我弄清楚自己毫無疑問地變成史萊姆了。

也知道不會餓和不用睡覺的理由。

這個世界的史萊姆只要能吸收到魔素就不需吃飯。在魔素濃度比較低的地方，就要吸收魔物或小動物，藉此補充魔素。

因此，這個世界有個特別之處，那就是魔素愈淡的地方，史萊姆愈凶惡、愈強。一般而言，魔素濃度較高的地方，魔物也會更強才對。

簡單來說，這裡的魔素很濃，濃到不需要進食。

再來是跟睡眠有關的情報——

《答。史萊姆的身體全部是同一細胞的聚集體。每個細胞都是腦細胞、是神經，也是肌肉。因此，用來思考的演算細胞能交替休息，所以不需要睡眠。》

「大賢者」是這麼說的。

那我的記憶又存在哪裡？

可能類似電腦硬碟的RAID（註：硬碟陣列，能用來備份主硬碟資料）狀態吧？

當我這麼想時，「大賢者」便回答《大致上沒錯》。沒想到「大賢者」很會接話。

再來，我很在意的「大賢者」效果共有五種。

思考加速：將知覺速度提昇至千倍。

解析鑑定：解析對象物，進行鑑定。

並列演算：能將欲解析的事物與思考區隔開來進行演算。

詠唱排除：行使魔法等技能時，無須咒文詠唱程序。

森羅萬象：網羅這個世界未受屏蔽的現象。

就是這些。

森羅萬象？用這個就能不費力氣讓一切知識手到擒來嗎！我原本這麼想啦⋯⋯

實際上只能針對我接觸過的情報，在可能範圍內顯示情報。

也就是說，這項能力雖然必須在對於對象物具有認識的狀態下行使，但能夠進一步解析已知的事情。

接著是詠唱排除。這是指學了魔法後，能跳過詠唱步驟直接發功嗎？或該說，還真的有魔法嗎！

答案是ＹＥＳ。

知道這個世界存在魔法後，我就想學得不得了。

我不抱期望地問「大賢者」能不能用，結果沒辦法。

但這時我靈光一閃——不曉得「捕食者」的解析能不能跟「大賢者」的並列演算做連結？

《答。「捕食者」的解析能跟「大賢者」的並列演算連結。要連結嗎？　ＹＥＳ／ＮＯ》

當然是ＹＥＳ啊！不過現在又沒有東西可解……等等。

我想起收在胃袋裡的東西，也就是吃來打發時間的草。那是什麼？

反正沒其他事好做，就算是草也拿來解析看看吧。

如此這般，趕快來試試。

……………………

…………

……

《解析完成——

《希波庫特藥草：傷藥的原料。只在魔素濃郁的地方生長。混合藥草汁液與魔素後會變成回復藥。將葉片搗爛，跟魔素混合後，能製成塗抹傷口的軟膏。》

竟然！拿來打發時間狂吃積儲下的雜草居然……

這天上掉下來的寶也太出人意料了。

我立刻著手進行回復藥跟傷藥的製作。話雖如此，這會在體內自行製作，所以我沒什麼感覺。解析花不到一秒，單個的製作過程也不出三秒。有個五分鐘就能生成一百個。

因為沒東西比較，所以我不清楚品質如何，但根據鑑定，似乎是「上等貨」。

成果挺讓人滿意的。是說，解析也好，製作也好，速度都超快。我問「大賢者」，它說一般情況下會更花時間。看樣子將解析跟並列演算連結是正確的選擇。

我試著解除連結做了一個，結果花了五十分鐘。

連結後時間驚人地省超多。

看來我好像弄到兩個很相合的技能。雖然沒自覺就是了……

當中也混了一些雜草，不過長在這裡的幾乎都是希波庫特藥草。

有備無患，我以要把這邊的草吃光光的氣勢，開始大吃特吃。

與此同時，胃袋中也拚命地製作回復藥。

不管怎麼說，畢竟現在仍是一片黑暗，也沒其他事好做……

這時的我，完全沒了緊張感。

一方面也是因為有了一個雖被動卻能跟我問答的能力，讓我得意忘形了起來。

再加上這九十天來完全沒遇過其他生物，不曾面臨生命危險。

總之我太不小心了。

咦？——心裡這麼想只有一瞬間。

接著身體就突然變得忽輕忽重……進入極度搖盪不安定的狀態。

我該不會……掉到水裡了？

在這九十天裡，我不曾有過水滴落在身上的感覺。也就是說，自己應該是待在不會下雨的洞窟或屋內，所以完全沒把失足落水的可能性考量進去。

我似乎不小心滑進河之類的地方。屋內不可能有河吧，該不會是洞窟內的地底湖……？

不久之前，在伸手不見五指的黑暗中，我移動時都會一步步確認腳下情況。

可是，在聽完技能解說就得意忘形，一直用「捕食者」技能狂吃草，結果疏於確認腳邊情況。

我這個人老是狗改不了吃屎。沒三兩下就跩了起來，再把事情搞砸。

面對客戶也一樣，常常得意忘形地說：「包在我身上！小事一樁！」隨便攬下工作，最後遭遇過好幾次地獄苦難。當時後進們投來的憤恨目光在腦海內復甦。

四周圍明明暗得不得了，什麼都看不到，有哪個白痴會在這種情況下跑來跑去啊，我真想拿這句話數落自己。如果沒掛掉，就好好責備自己一下吧。

不過我這個人雖會後悔，反正最後還是不會反省吧……

話說我還挺從容的嘛。

雖說那是因為現在的我想掙扎也沒有手腳，要慌也慌不出個所以然……

結束了呢。

我短暫的人生，不對，是短暫的史萊姆生涯。

我已經準備好面對即將到來的窒息感，做好覺悟。

…………

…………

……

窒息的感覺並沒有出現。

為什麼？難道我沒有掉進水裡？

像這種時候，找負責解惑的「大賢者」就對了。

《答。史萊姆要維持身體活動只需魔素。由於不需要氧氣，所以不必呼吸，亦沒有在呼吸。》

這麼說來……我一直都沒注意到，其實自己並沒有呼吸。

原來如此啊～經過九十天，我又多長一智！呃，現在沒閒功夫在那裡佩服了。

我肯定掉到水裡了沒錯。

雖然不至於死掉，但麻煩還是沒解決。

該怎麼辦？

我目前到底是浮在水面上呢，還是沉在水底？實在搞不清楚。

這個身體沒有手腳，感覺沒辦法游泳。

假如沉到水底，能不能沿水底爬回地面呢？

還是說，我會在這浮浮沉沉的狀態下持續漂流？

身體沒有被沖走的跡象，感覺很像在搖籃裡。搖晃幅度不大，還滿舒服的……

這應該不是河流。與其說是河川，說是湖泊還比較貼切。沒有往某個方向流動的感覺，只是在上頭載浮載沉，也沒有要沉入水底的跡象。該不會我會一直漂浮在這裡吧？實在是非常糟糕的狀況。

該怎麼辦呢？

這個時候，我的腦細胞＝史萊姆的身體想到一個驚人的作戰計畫！

乾脆喝一堆水，像推進器那樣吐水來移動看看？

坐而言不如起而行。反正也沒其他事情好做……

總之，我先喝滿「捕食者」胃袋一成的水量。

接著再擠壓胃袋，一口氣噴出。

開放感真不是蓋的。

《獲得技能「水壓推進」。》

腦內突然有聲音響起。

這還是我醒來後第一次聽到。應該是所謂的「世界之聲」吧。

「大賢者」不會主動跟我講話，所以應該是「世界之聲」沒錯，不過還真像呢。

但現在，我完全沒閒功夫驗證它到底是不是。

隨著水壓增加，身體也多了壓迫感，就好像在空中飛一樣整個人朝前方彈出。加速非常猛烈。

或許我該慶幸眼睛看不見。

當下只有一種感覺，那就是身體在黑暗中超高速移動。

更正。假如我看得到肯定會嚇個半死……但看不見也很恐怖。

有去遊樂園坐過暗坑雲霄飛車的人或許能稍有體會。

我上輩子曾經坐過一次，由某隻老鼠坐鎮的樂園體驗又回來了。但這次人身安全完全沒有受到保障。

我好想痛扁想出噴射推進的自己。

坐而言不如起而行？白痴啊我！應該先確認安全與否吧！

我怕到沒辦法好好思考。

這加速感何時會停……是說我噴水噴得多用力啊。

剛想到這裡，我的身體就高高彈起。接著劇烈痛楚……沒有來襲。

咦？好像沒受傷嘛……還是說我受傷了，只是不覺得痛？

《答。因為獲得「痛覺無效」的關係，不會感到疼痛。「物理攻擊抗性」減輕了傷害。身體損傷率為一成。魔物「史萊姆」的固有技「自動再生」發動。要執行獨有技「捕食者」的輔助能力嗎？

YES／NO》

原來我只是沒痛覺，還是會受傷啊。也是啦……雖然不曉得這個特性是福是禍，但不痛也能發現身體出現損傷，痛覺大概就非必要了。

話說回來，「捕食者」的輔助能力？不知道是什麼東西，總之先選「ＹＥＳ」。

就在那一瞬間，身體好像一股腦兒少去一部分。不久之後，感覺又慢慢回復到原本的體積。

看樣子是「捕食者」大口吃掉受損部分，再進行解析、修復。

這身體也太方便了吧……下次來實驗看看要減少多少才會讓身體癱瘓吧。反正減少個幾成好像也不會影響活動……話雖這麼說，我只有不祥的預感，還是節制點好了。

嗯，再怎麼樣，我也開始懂得謹慎行事了。

這次生成了大量的回復藥，卻沒機會派上用場。

畢竟原本想說身體受傷一成算重傷，卻花十分鐘左右就回復了。下次若受傷了再來用用回復藥吧。

話說回來，這裡是什麼地方？

確定自己的身體百分之百恢復後，我開始觀察周遭狀況。

無法保證這裡不會有危險的魔物。

我似乎已經離開水面了，就算有無法渡水的魔物棲息也不奇怪。

我開始慎重行事。

最近好像一慎重就會碰上危機，應該是我想太多吧。

疑似烏鴉嘴成真……

（有聽到我的聲音嗎？小不點。）

我聽到一個聲音。

＊

小不點？嗯，不管怎麼想都是在說我吧……

這不像聲音，比較像某種心電感應。

畢竟我沒有耳朵，不可能聽到聲音。

（喂！你有聽到吧？快回答我！）

有啦！

可是，我沒有嘴巴，根本沒辦法回話。

我抱著姑且一試的心態，在心裡回說：「吵死了，禿驢！」

反正對方又聽不到，應該沒差吧。不過，這身體到底該怎麼回話呢……

（……哦，哦哦。居然敢叫我禿驢……膽子不小嘛！很久沒遇到訪客了，想說給你面子搭個幾句話，看樣子你活得不耐煩了！）

糟糕。他好像聽得見。等等，原來我心裡想想就能回答喔！若事前知道這點，我哪會特地去捅蜂窩啊。

而且我還不知道對方是什麼來頭。

沒辦法，沒轍了。

乖乖跟對方道歉吧。

（對不起！我不知道該怎麼回話，才試著拿隨便想到的事情亂回。真的很抱歉！還有，我也看不到，所以不曉得您長什麼樣子。）

這樣有傳達到嗎？是說看不見對方的樣子，罵什麼禿驢啊我。如果他真的禿頭，會暴怒也是理所當然。

（咯咯咯，咯哈哈，咯哈哈哈哈哈哈！）

對方突然狂笑。

運用基本技巧來個笑技三段活用，真是高手。

他氣消了嗎？

（有趣。我還以為你是看到我的樣子才故意這麼說，原來你看不見啊。史萊姆種基本上毫不思考，只會重複吸收、分裂、再生，是低等魔物。很少自己離開棲息地。）

這傢伙開話匣子了耶。表示比起生氣，更覺得興致盎然……嗎？

總之，這是我第一次接觸其他生物。是我在新人（史萊姆）生裡頭一遭說話。希望能跟他進一步友好發展。

（你這隻史萊姆自己跑過來撞我，讓我覺得很奇怪。你的再生能力也異常迅速，是命名魔物嗎？還是特殊魔物？）

命名？特殊？什麼東東啊。

（抱歉。我不知道那是什麼意思。老實說，我才誕生九十天……）

（唔嗯，擁有自我意志之際，就不可能是普通史萊姆了。冠有「名字」的魔物稱作命名魔物，你才出生九十天，不可能是命名魔物。所以是特殊魔物嘍？）

（特殊是指？）

（特殊魔物是指發生突變、擁有特殊能力的個體。偶爾會出現在魔素濃度較高的地方……我知道了，你是從我身上流出的魔素團誕生的！）

唔唔？所以到底是怎樣？

看我搬出前世所有的知識解謎。

也就是說，應該是這位大叔（暫定）流出魔素，附近的魔素濃度才會提高。

然後，那些魔素聚集後生出魔物史萊姆＝我，是這樣嗎？

（嗯。這三百年來，能靠近我的魔物沒半隻。假如你是從我的魔力中誕生的，就能理解你為什麼碰得到我了！）

（哦哦……也就是說，您等同我的父母？）

（也不是父母啦……我又沒有繁殖能力。魔物分很多種，某些有生殖能力，某些沒有。）

（一般不是大家都有生殖能力嗎？話說回來，既然也能從魔素團中誕生，所以就不需要生殖能力了是嗎？）

（——你挺聰明的嘛。一般魔物連思考能力都很少會有呢。擁有知性的魔物只有「魔人」……）

他這麼說，並開始進行冗長的說明……

首先，最重要的資訊莫過於這個世界也有人類存在。

類似人類的種族稱作亞人，聽說擁有生殖能力。

精靈、半身人、矮人雖是妖精族的子孫，但他們是人的好夥伴，被視為人類的一員。

此外，哥布林、半獸人、蜥蜴人等則跟人類敵對，被當成魔物看待。但他們只是立場敵對，似乎還是能異種交配。

再來是「魔人」。魔人是生自魔素、由魔物突變，或從動物或魔獸進化者的總稱。特徵是擁有知性及生殖能力。

巨人族、吸血鬼族、惡魔族這類長壽的種族似乎是高階魔人的代表。他們也擁有生殖能力，卻鮮少運用。畢竟他們有強大的魔力和不會老化的肉體，所以沒必要繁衍子孫吧。

具智慧、擁有生殖能力，並跟人類敵對的存在統稱「魔族」。

在我聽來，與其說魔族跟人類敵對，不如說人類單方面地懼怕魔族力量還比較正確。無論如何，大家為了捍衛自己的生存空間爭鬥不休倒是真的。

這些魔物們大概可按危險程度區分開來。

其中，高階魔人更是相當危險的存在，甚至擁有獨力毀滅村莊的能耐，是讓人完全不想靠近的類型。

對方說明得滔滔不絕。還說些曾和高階魔人戰鬥過之類的，許許多多。

最後，他終於開始談論自己的事……

（然後，關於我沒有生殖能力的原因……是因為我不需要。我是「完全個體」，全世界僅只四隻，是「龍種」之一。人稱「暴風龍」維爾德拉！壽命無限，不存在肉體！只要意識不滅，我就長生不死！

咯啊——哈哈哈哈哈哈！）

有這麼好笑喔……

簡單來說，長生不死就不需要生孩子！是這個意思吧？

雖然他的說明又臭又長，讓人很想說「謝謝說明辛苦了耶」，但裡頭確實有很多重要訊息。

「暴風龍」維爾德拉，是龍嗎？

感覺起來是跟高階魔人不打不相識的交情，這傢伙應該亂七八糟強吧？

前世遺留下來的知識集體動員，仔細思考一番後，結論出爐了，疑似待在眼前的「暴風龍」維爾德拉肯定很強。

他說明那麼仔細詳盡這點也滿詭異的。

好了，接下來該怎麼辦……

（原、原來是這樣啊！您的說明非常淺顯易懂，多謝指導！那我先失陪了！）

話一說完，我就打算閃人。

（等等。我都做自我介紹了，這次該換你講講自己的事了吧？嗯？）

對方當然沒有放我一馬的意思……

唔～～要我聊自己的事是吧？我是從異世界轉生過來的喔！要是我這麼說，他會照單全收嗎？他好像對我這史萊姆有高度智慧的事很疑惑，隨便掰個故事肯定騙不了他。最重要的是，沒騙成可能會害死自己。

算啦，別想這麼多。若他不相信，到時再看著辦。

我下定決心，將至今的遭遇全說出來。

…………………

…………

……

（總之呢，差不多就是這樣！真是把我害慘了！）

我隱瞞能力的事沒說，告訴他自己被捅死後一覺醒來變成史萊姆，然後到目前體驗了哪些事情。

奇怪的是，那些話經我一說聽起來就好像沒那麼慘……

但我真的吃盡苦頭。

眼睛看不見是最大的痛。

以後跟可愛的女孩和漂亮姊姊擦身而過不就看不到了嗎？

好悲情啊。

（唔嗯，你果然是「轉生者」啊。但你的出生方式還真少見呢。）

（咦？出生方式很少見？話說回來，「轉生者」不是什麼新鮮事嗎？）

這反應是怎樣？

莫非「轉生者」很常見？他的說法像是我的出生方式比較稀罕耶。

（嗯。有時會出現「轉生者」。意志較強的人，靈魂會保有記憶。有些人甚至將前世的事記得清清楚楚。不過，從異世界來的「轉生者」就很罕見了。單憑靈魂穿越世界，通常會無法承受而受損。靈魂會分解，記憶也會消失。保有完全記憶，又是從魔素中誕生的魔物，就我所知不曾聽過這種案例。你很特殊呢。）

從異世界來的轉生者好像通常只保有片段記憶。而我擁有全部的記憶，似乎是相當罕見的例子。不過，現在那些事不是重點。

剛才他說了讓人無法置之不理的重要資訊。單憑靈魂——意思是說也有人在非轉生的狀態下來到這個世界嗎？

（是這樣嗎？我不覺得自己很特別啊……話說，應該有異世界的人不是透過轉生而來吧？）

（沒錯。成功前往異界的至今沒半個。可是，偶爾會有人從異世界過來。他們被稱為「異邦人」或「異界訪客」，擁有不同於這個世界的特殊知識。那些人橫渡世界時，似乎會獲得特殊能力。此外，如剛才所提到的，記載上留有證實某些「轉生者」擁有異界知識的紀錄，但應該也有些漏網之魚。）

原來如此呢。雖然不曉得話中的「異世界」是不是我待的地球，但或許可以去找那些人碰面看看。搞不好也有同鄉的日本人。

反正我現在漫無目的，找件事來做也好。

（原來是這樣！那我去找那些異界訪客，跟他們碰面看看。搞不好能遇到同鄉的熟人！）

（哎呀，別急。你的眼睛不是看不到嗎？）

（啊，是的。）

看不到又怎樣？

是不太方便，但只要注意生命安全，持之以恆，總有一天能見到他們。大概。

（我來幫你開眼吧。）

什麼？他剛才說什麼？

喂喂喂，這位大叔——更正，「暴風龍」維爾德拉其實人（龍）超好的嗎？

我是否該指望他？

（咦？可以嗎？）

（嗯。不過，這有條件……如何？）

條件……喔。感覺好可疑——

（什麼條件？）

只要不是太過分的條件都能接受啦。

（很簡單。等你看得到後，別怕我。還有，再來跟我聊天。就這樣。對你來說很有利吧？）

這樣就行了？

是說……這隻龍應該很寂寞吧。是所謂的高處不勝寒嗎？

怪不得他話匣子一開就停不下來，應該很久沒跟別人講話了吧？

這隻龍搞不好是三腳貓。

不，搞不好不是龍又裝龍。說起來，也有可能龍在這個世界裡不怎麼樣……？

呵。感覺是個輕鬆愉快的交易。

（這樣就行了嗎？）

（沒錯。老實告訴你，我三百年前就被封印在這兒了。之後一直無所事事，閒得要命。話說你考慮得怎樣？）

（如果條件只有這些，我樂於接受！）

（嗯。就這麼說定了，不能爽約喔！）

（沒問題！雖看起來這副德性，但我其實是個值得信賴的男子漢！我前世可是以這聞名呢！）

當然，以上都是我自說自話。

（那好。有一個技能叫「魔力感知」。你會用嗎？）

說什麼傻話……我怎麼可能會用。

（不，我不會用。那是什麼樣的技能？）

（它能感應周遭的魔素。這技能沒什麼大不了，只是拿來確認周遭的魔素，學起來很簡單。）

（哦哦……聽起來好像不難。）

（嗯。對我們來說就像呼吸一樣簡單，無須去意識。）

（原來如此！所以學會那個技能，眼睛就能看到嗎？）

（沒錯。這個世界充滿魔素，雖然有濃淡分別就是了。那你知不知道光跟聲音都有波的性質？）

（知道，就是光波跟聲波嘛。）

（知道得挺詳細的呢。異世界的知識嗎？總之，你說得沒錯。只要觀測那些波對魔素的擾亂狀況，就能推測周遭的一舉一動。很簡單吧？）

啊？什麼跟什麼？

這傢伙……在強人所難吧。哪裡簡單了！

（聽起來好像滿難的……）

（什麼？學會這招，就算眼睛跟耳朵失靈也能繼續戰鬥喔！還能防止敵人突襲，是不可或缺的技能呢！）

（不不不……先別管戰鬥的事，我只是想讓眼睛看得到東西……）

（唔……真拿你沒轍。我來教你怎麼學吧。順便告訴你，我只懂這個方法喔。）

（咦，這樣真的行得通嗎！我可是剛出生沒多久的新手耶！）

（放心吧。幸好你還保有前世記憶，所以才會有光跟聲音的相關知識。如果你不了解那些，我可能也幫不上忙。你很幸運。）

我懂了，跟失明的人說明世間景物不是件容易的事。

對我來說，要想像看不到的東西根本是天方夜譚。

海倫．凱勒之所以能夠說話，也是拜兩歲前學過的字詞之賜。

也就是說，正因為我保有前世的知識，才能利用「魔力感知」這項技能模擬視覺和聽覺……

現在只能趕鴨子上架了。眼睛看不見實在很麻煩。

再說，雖然剛才一直遺忘它的存在，但我還有「大賢者」技能。

肯定能想辦法突破難關。

（請您務必教我！）

（不，用不著這麼認真啦，很簡單的。首先，試著用體內的魔力控制魔素吧。）

我大概知道他的意思。剛才能夠噴水大概也是這技巧的運用吧。

（這樣嗎？）

我想像體內在進行循環，一面注入力量。接著，體內似乎有某種東西開始出現動靜。這就是所謂的魔素吧。

剛才操作水流的時候都沒發現這件事，但似乎能靠注力強弱來控制威力。實際上我操縱的並不是水，而是水裡蘊含的魔素吧。

用來操縱的力量叫作魔力，操縱的東西則是魔素。我一面操縱魔素，一面確認這些。

（嗯。操縱得意外流暢不是嗎？那你知道被操縱的魔素跟體外的魔素有什麼不同嗎？）

這也並不難。

自從「大賢者」說我的生命靠魔素維持後，我就刻意去感受它，幸好之前有這麼做。

（我知道！要吃外面的魔素才能過活對吧？）

（咯咯咯。既然你已經知道這些，接下來就簡單了。只要感受體外的魔素動向就行了。）

這我就不知道了。

總之，就照他說的，先感受體外魔素看看。

去感覺魔素在身邊飄蕩。時而流淌，時而舞動，變化萬千……

對了，呼叫「大賢者」看看。

《確認完畢。成功獲得……追加技「魔力感知」。要使用追加技「魔力感知」嗎？YES／NO》

咦？這麼簡單就學會了？

呃，疑問先擺一邊，這裡當然要選YES……不愧是「大賢者」，超好用的！

一發動追加技「魔力感知」，大把資訊就鑽進我的腦袋瓜裡。身為人類時肯定無法處理的這堆龐大情報——光波、聲波推動一顆顆微小魔素——我掌握這些，將它們轉成自己懂得的資訊。

人類的視角連前方一百八十度都不到，現在的我卻能全方位三百六十度「盡收眼底」，沒有任何死角。就連岩石暗處、一百公尺外的景象都能在聚精會神後判別。

假如我現在還是人類，或許無法承受這堆情報量，腦袋燒壞不說，還會瘋掉。

可是，我變史萊姆了。每一個細胞都是肌肉，同時也是腦細胞。

它們想辦法挺住了。此外——

《追加技「魔力感知」與獨有技「大賢者」……同步成功。今後一切情報將由「大賢者」管理。》

視野突然開闊起來。剛才差點把我腦袋瓜子燒掉的感覺不見了。

接著，之前看不見的事就好像幻覺，世界理所當然地「呈現在眼前」。

「大賢者」這能力還滿奸詐的。說是開外掛也不為過。

誰拿去用誰犯規！雖然我大發牢騷，但用的人是我。

所以沒問題。

（啊，我好像學會了。非常謝謝您！）

道完謝，我下意識看向眼前那樣「東西」。

那是一隻貨真價實的龍。

覆蓋在身上的鱗片看起來比黑亮的鋼材更硬，同時似乎也兼具柔軟性……乍看之下樣貌很像反派邪龍……

（咕耶耶！是龍！）

對方邪惡的姿態遠遠超乎想像。

我實在克制不了內心的吶喊化作慘叫爆出。

＊

嚇死人。

抱歉剛才認為你是三腳貓。你看起來根本超強，一定很厲害。

那巨大的身體如黑曜石般閃著黑光，外型看來比較接近西洋龍。

手指有六根，長著足以貫穿一切的利爪。背上長著一大一小共兩對翅膀，末端突起，彷彿無堅不摧的劍。

仔細一看，覆滿身體的不祥鱗片正散發淡紫色光芒。看起來之所以會像黑光，是因為身上的妖氣跟紫光混合吧。

他看上去威風凜凜，透出一種異樣的美感。

之前因為看不到的關係，總覺得我態度失禮至極，不過事到如今也不能怎樣啦。

喔對了，我的身體跟想像中一樣，是橢圓形的。看起來很像鏡餅（註：日本過年時祭拜用的年糕，通常是兩個扁圓形年糕相疊，最上頭放個苦橙）。

顏色的話，應該算月白色吧？就是有點深邃的藍白色。

這顏色散發淡淡的高雅氣息，但現實很可悲，我是隻史萊姆。

〈喂，你沒忘記我們的約定吧？是說你牢騷發半天，卻沒三兩下就學會了……〉

〈那還用說！我只是開個小玩笑罷了。現在看見周遭景物，還能聽見聲音，真是幫了我大忙！〉

〈哼。其實你就算花更多時間學也沒差啦……〉

看樣子我白擔心了。

外表嚇人沒錯，但這隻龍很親切。

更重要的是，他果然很怕寂寞呢。

是外表不討喜、很吃虧的類型。簡直就是《哭泣的赤鬼》（註：日本兒童文學）的翻版嘛。

（好啦，你接下來有什麼打算？）

（說得也是呢～總之，就先去找找有沒有來自同鄉的異界訪客吧。找不到也沒關係啦。）

能找到固然是喜事一樁，但能不能打成一片還是個未知數。

更重要的是，我好不容易擁有視覺，也可以到處逛逛，看看這個世界。學會感知光與聲音後，世界豁然開朗。

這下總算能脫離打發時間的吃草生活了。

不過，是說這隻龍……

那模樣愈看愈邪惡，不過他完全沒有動彈的跡象。

這麼說來，他剛才好像說自己三百年前遭到封印了？

（對了，維爾德拉先生……您說您被封印住了？）

（嗯？對啊。我承認當時是有點小看對方啦……打到一半有拿出真本事，不過還是打不過！）

這隻龍說自己輸還說得那麼驕傲。

說真的，魔法姑且不論，用劍或槍之類的東西應該傷不了這隻龍吧……

（對手這麼強嗎？）

能贏過這種怪物的傢伙該不會到處都是吧？

搞不好外面的世界比想像中危險，處處是危機啊！

（是啊。那傢伙很強。那傢伙受到「加護」，人類稱「勇者」。）

勇者。

被一堆遊戲用到爛的存在。

最近有很多作品改走弱到爆的勇者路線，所以聽起來就沒先前強。

但勇者在這世界似乎是真正的強者。

（對了，那個勇者自稱「召喚者」。搞不好跟你來自一樣的地方。）

（咦？不不不，跟我同鄉的不可能強成那樣啦！）

（不，來到這個世界的「異界訪客」大多擁有特殊能力。那是橫渡世界時刻進靈魂的力量。如果是「召喚者」，必定擁有特殊能力。而且他們都有專屬的「獨有技」。跟偶然來到這裡的「異界訪客」不同，應該是因為他們擁有能承受召喚的強韌「靈魂」。召喚的成功案例非常少見，正好印證了這點。）

（您說召喚，是用魔法之類的東西呼叫嗎……？）

（沒錯。找來超過三十名魔法師，進行為時三天的儀式。成功率不高，但受召者具有能成為強力「兵器」的素質。）

（啥？兵器？）

（嗯。為了讓「召喚者」對召喚主言聽計從，會用魔法對靈魂下咒。）

（那什麼鬼！根本無視受召者的人權啊！）

（人權？異世界還講人權啊？那種東西在這裡是妄想。弱肉強食——萬物皆順從這定律而活，是這個世界的真理。力量就是一切。）

原來如此……看樣子被召喚到這個世界，若跟原世界觀點一比，感覺有些地方會讓人難以接受。

（那「異界訪客」來這裡會被當奴隸看待嗎？）

（不，這方面因人而異。若沒被施「支配咒」，又成功融入當地圈子，就能過尋常生活，或許還能去當冒險者呢。事實上，我已經擊敗一堆前來討伐的「異界訪客」了喔！咯哈哈哈哈！）

（聽您這麼說，只有受召者要被迫勞動嘍……）

（也不完全是勞動，但應該相去不遠啦。我算是對人類很懂的了，不過，還算不上非常詳盡。）

（這也是啦……畢竟您是龍嘛。）

我反而還覺得這隻龍懂過頭了。

總之，能跟人說話似乎讓他心花怒放，所以他有問必答。之後，我又跟龍先生維爾德拉天南地北地聊了一陣子。

跟勇者是如何作戰。

勇者有多強。

勇者有白皙的肌膚。

紅豔的櫻桃小嘴。

似乎將黑銀色的長髮綁成一束垂著。

身高不是很高，身材嬌小，體形纖細。

臉用面具遮著，但龍斷言說肯定是個美人胚子。

聽起來好像是女的。

我問：「你是被迷昏才輸的嗎？」結果龍怒吼說：「怎麼可能！」

對方使用有點弧度的特殊武器——名叫「刀」的劍，沒帶盾牌。

獨有技一「絕對切斷」。

獨有技二「無限牢獄」。

那傢伙使用這兩種獨有技，役使各種魔法。龍快樂地說著：「她把我打得落花流水。」

跟他談過才發現一件事，這隻龍似乎很喜歡人類。嘴巴上小嘍囉、垃圾地叫，卻不曾蓄意殺害前來挑釁的傢伙。前提是沒觸怒他……

過去曾有一次，因為三百年前發生了某件事，所以他把城鎮滅了。

這件事成了導火線，人們派出勇者，將他封印起來。

——用勇者的獨有技「無限牢獄」。

我是不懂龍的心情啦。畢竟就連其他人的心情也僅止於想像。可是，我不覺得這隻龍是壞蛋。

因為我很喜歡他，也不怕他了。

（好！那您可以跟我……不對，你可以跟我當朋友嗎？）

有點……不，是超級害羞。我現在八成臉紅了吧。

（你、你說什麼？區、區區史萊姆，居然要跟人見人怕的「暴風龍」維爾德拉當朋友！）

（沒、沒啦，你不願意的話沒關係……）

（笨蛋！你說那什麼話！誰說不願意了！）

（咦，真的？那……你願意嗎？）

（——這個嘛……如果你堅持……我是可以考慮啦……）

總覺得他好像在偷看這邊。

如果是可愛的女孩子就算了，被外貌邪惡的龍偷瞄……實在高興不起來。

但滿有趣的。

（我堅持。快決定！你拒絕的話，我們就絕交。以後我就不來這裡了！）

（喂！——真拿你沒轍。我就當你的朋友吧……感謝我吧！）

呵，這隻龍真不坦率。是說我也很悶騷啦，彼此彼此。

（那就請你多多指教！）

（多多指教！對了，我替你取名字吧。你也替我取個名字。）

（咦？為什麼要取名字？這要求好突然——）

（為了讓我們同等一事刻印於靈魂之上。就好比人類姓氏，我替你命名亦能起到「加護」作用。你還是「無名氏」，有了名字就能變成「命名魔物」。）

唔唔。

也就是說，要我想個姓（跟這隻龍共用）就對了。不過，這隻龍替我取名，我似乎也能成為命名魔物。

既然如此，就來想想看吧。雖然我沒什麼命名品味……

（因為你是暴風，要不要用……「坦派斯特（Tempest）」？）

果然不行吧。

雖然單純不錯聽，不過暴風＝暴風雨（Tempest）取得還是太隨便了吧。

（就決定是它了！叫起來很動聽。）

居然喜歡！

（從今天開始，我就叫維爾德拉・坦派斯特！然後賜予你……「利姆路」這個名字。你以後就叫利姆路・坦派斯特！）

這個名字刻印於我的靈魂。

外觀和能力上並沒有出現變化。

不過，在靈魂深處，似乎起了某種轉變。

我想，維爾德拉一定也有相同感受。

就這樣，我們變成朋友了。

好啦，差不多該出發了。喔，在那之前——

（出發之前姑且先問一下，你的封印沒辦法解開嗎？）

（用我的力量解不開呢。如果是跟勇者同等的獨有技持有者，或許還有辦法……）

（維爾德拉不具備獨有技嗎？）

（我有。可是被封印後，獨有技全都不能用了。只能勉強發動「念力交談」……）

本來，勇者的獨有技「無限牢獄」會將目標物封入無限的虛數空間（註：非現實空間），永不得翻身，能力強到能阻絕目標物對現實世界進行干涉。

在這種情況下，僅能發動「念力交談」這種想法反而很奇怪。

封印並不會隨時間減弱，維爾德拉不僅能看到現實世界，還能用「念力交談」進行干涉，反而可以說相當異常。

當然，我跟維爾德拉都沒發現這件事。

（好。來試試看吧……）

說完，我就觸碰了維爾德拉。

《發動獨有技「捕食者」，對獨有技「無限牢獄」進行捕食……捕食失敗。》

勇者的封印果然非同小可。

發出刺眼的光芒後，獨有技開始進行干涉，卻在瞬間被彈開。

最後只在上頭留下些許裂痕。這痕跡應該很快就會修復。說來，「同是獨有技或許能變出什麼花樣？」——假如憑這番發想就能解決問題，維爾德拉也用不著吃苦。

難道就沒其他辦法？

該怎麼做——

《答。獨有技「無限牢獄」部分解析完成。逃脫方法的提示如下。

無法以肉身逃脫。以物理攻擊破壞牢獄的可能性為零。無法解析出虛數空間的逃脫方法。相同的情況，因對象物被關在「無限牢獄」裡，必須從內部進行剖析。故目前無法進行完全解析。

僅以思念體逃脫的可能性為百分之一。

於外部準備附身對象，將思念體移轉過去的情況下，成功率為百分之三。此外，這個過程等同「轉生」。若跟附身對象的相容性不佳，記憶、能力將全數消除。

以上。》

——唔嗯。

成功率有夠低。

獨有技「無限牢獄」看起來明明就只像晃蕩的透明薄膜——

可是，無法用物理攻擊破壞……搞不好它擁有堅不可摧的防禦能力。

（問你喔，勇者有受傷嗎？應該說，她身上有傷口嗎？）

（這問題問得好！我的攻擊幾乎被她躲過，但有幾發直接命中……不過全都沒起到效果。就連「死亡風刃」、「黑色閃電」、「破滅風暴」這些絕對無法迴避的招式，也仍然毫無效果。搞得我束手無策……自己都覺得可笑！）

維爾德拉先是在那嘮嘮叨叨一大串，接著就放聲大笑。

照這樣聽來，獨有技「無限牢獄」應該也可以用來蓋住身體充當盾牌，防範外部攻擊。這技能好方便。也太萬能了吧，勇者。

獨有技「絕對切斷」。

獨有技「無限牢獄」。

有這兩樣技能，根本是無敵狀態啊？

完全不想遇到她，但那都是三百年前的古人了。

這人應該已經死掉了，沒問題——我如此希冀著。

她肯定是最高等級的強者。

無論如何，脫逃方法就剩轉生到附身對象上啊。

（看樣子，想逃脫就得找個附身對象。光靠思念體好像也可以啦……）

那過低的機率就別講了吧。

若打擊維爾德拉的幹勁，成功率可能會下降。

（嗯？有辦法逃走嗎！老實說……我的魔力將會在百年內見底。因為我沒辦法阻止魔素流失……）

（原來如此——所以這附近的魔素濃度才飆高嗎……）

（是啊。連高階魔物都無法靠近。這片土地不是光禿禿的嗎？能在這生長的只限稀有植物！）

對喔，我想起希波庫特藥草的事。

也就是說，這裡的草都是稀有藥草嘍？

（嗯……既然如此，那你要不要試著逃看看？只要有附身物，似乎就能提高成功率……所以，你知道要找什麼東西附身才好嗎？）

（——我想，只憑意念逃脫，恐怕很難收集魔素，重新製造基核。也要你在牢獄上打出裂痕，我才有機會逃脫吧。再來是附身。聽起來，只要準備新的基核，再移動到那上面就行了。也就是轉生吧——）

這傢伙！我還以為他腦袋不好呢，沒想到理解力超群。

太厲害了，跟「大賢者」的結論一樣。

（就是這樣。在我能力可及的範圍內都可以幫你找附身物喔！）

（唔～其實我不需要基核……這是祕密喔！我是「完全個體」，也就是特殊固體。我原本是精神生命體，所以不受這具肉體拘束。是因為大家把我當神信仰，我才變成現在的有形物。）

他又在講很深奧的話了。

沒辦法，將我能理解的部分整理一下……

他可以靠意念收集魔素，藉此形成肉體。這次雖然只有肉體被關住，卻沒辦法靠意念收集外來魔素。那麼，能不能單獨放意念出去外面？關於這點，他說必須要有個容器盛裝才行，所以就行不通了。聽說只放思念體出去，會跟魔素一起擴散，存在將會消滅。接著，某處就會誕生新的「暴風龍」。意即雖然有逃離的可能，卻會變成截然不同的存在，這樣就沒意義了。

想不出方法。乾脆用「捕食者」吃掉暴風龍跟封印吧？

不曉得能不能在捕食者的胃袋裡解析，或將他隔離起來，然後只把「無限牢獄」的效果消除後放出維爾德拉？

《答。能將對象物：維爾德拉收進獨有技「捕食者」的胃袋裡。》

看樣子可以……

跟維爾德拉說明看看，若他願意就試吧。

照這樣下去，他會孤孤單單地走過百年，最後宣告消滅。

我向維爾德拉說明「捕食者」的能力，以及之後打算做的事。

基本上，沒有「大賢者」的補助效果應該很難成功啦……

（咯啊哈哈哈哈哈！有趣，一定要試試看。這條命就交給你了！）

（隨隨便便相信我沒問題嗎？）

（當然！與其在這裡等你回來，還不如跟你同心協力打破「無限牢獄」，那樣更有趣！有我們兩個聯手，搞不好三兩下就能突破「無限牢獄」！）

原來他這麼想。

不是單打獨鬥，而是兩人一起同心協力——聽起來不錯呢。

由我發動「大賢者」跟「捕食者」進行解析，維爾德拉則嘗試從內部破壞。

因為是在胃袋裡，用不著擔心意念會擴散消滅……好像行得通喔。

（那我要吃你了，你就快點衝破「無限牢獄」逃出來吧！）

（咯咯咯。包在我身上！用不了多久就能跟你見面啦。）

好！

我準備好了。

我觸碰維爾德拉，開始進行捕食。

轉眼間，維爾德拉的巨軀已從眼前消失。

吃起來毫不費功夫。

那傢伙剛剛還滔滔不絕地說個沒完。

不見之後，感覺有點寂寞。

之前針對封印技能捕食時，遭到抵抗，最後以失敗收場。這次將封印跟維爾德拉一起生吞入腹，就是說我自己也嚇到，居然能吃下那麼大的身體。

沒有發生排斥作用。因為我連「無限牢獄」都吞了，結果當然不一樣。

據說胃袋目前才用掉百分之二十五的空間耶！

胃袋到底是有多大啊。

然後——

《要對獨有技「無限牢獄」進行解析嗎？ YES／NO》

拜託了！我在心裡默默禱告，選擇了YES。

●

這一天，世界發生天大的異變。

「天災」級魔物「暴風龍」維爾德拉已證實遭到消滅。

維爾德拉。特S級魔物。

魔物的排行方式跟冒險者一樣，共分成A到F六個等級。

偏強的會加上「＋」號，偏弱或某級以上某級未滿的會加上「－」號。

這是由名為神樂坂優樹（Yuki Kagurazaka）的男人——據傳為「異界訪客」，立於自由公會頂點，稱號「自由公會總帥（Grand Master）」——所新制訂的區分方式。

該分法比之前的四階評等「實習新手→新手→中級者→上級者」更好懂，大家也比較喜歡新分法。

特S則是評價破A的魔王級S，以及比S級更強的「天災」、「災厄」級魔物。

是A～F六階段評價外的特殊等級。

一般而言，光是A級魔物就有可能讓國家陷入存亡危機，足以構成威脅。

特S級魔物的危險程度有多駭人可想而知。

雖然三百年前就被封印住了，但那可是天災級魔物。

或許來個假消滅，跑到別處東山再起也說不定。

但自從消滅的報告後，日子已過去二十天，西方聖教會便宣布「暴風龍」維爾德拉已徹底消滅。

朱拉大森林周邊坐落許多小國。

接獲維爾德拉消滅的報告後，各國可以說是騷動得無以復加。

各國國王及大臣連日召開緊急會議，擬定今後對策並進行情報收集。

任職於小國布爾蒙的大臣——貝葉特男爵就是其中一人。

此外，貝葉特男爵還召見一名男子，他也被捲進這場空前騷動。

男人名喚費茲。雖然是個矮子，其眼神卻不容小覷。

他是小國布爾蒙王國的自由公會分會長，在這個國家亦扮演相當重要的角色。

「叫你來不為別的。你應該已經聽說『暴風龍』維爾德拉的事了吧？」

貝葉特男爵不改其高姿態，費茲才剛進屋就向他拋出問題。

「當然，男爵。」

費茲簡短地報以肯定答覆。聲音聽起來低沉沙啞。

「哼。不愧是分會長，我是否該這麼誇你？」

貝葉特男爵嗤之以鼻地嘲弄，接著又語氣不善地道出後話。

「那麼，說說你身為分會長的對策吧？」

「關於這件事，我並不打算採取任何因應對策。」

「什麼？我沒聽清楚呢……你是說不打算採取對策？」

「是。我認為沒那個必要。」

費茲淡然地回應。

簡直像在說貝葉特男爵發這麼大的火很莫名其妙。

貝葉特男爵對他的態度大感不滿，但他不動聲色，繼續把話說下去。

不過，他的隱忍似乎不算成功……

「居然說沒必要，這麼說可怪了。『暴風龍』維爾德拉的消滅，得以預想到魔物會更加活躍！但你居然沒擬定對策！」

「您的話似乎有語病。擬定對策是國家的責任。我們是自由公會，可不是什麼慈善團體呢。」

他說得沒錯。

所謂的自由公會，不受國家體制約束。

不同於依附在各國之下的國家技師，其生活並沒有受到保障。可是，他們擁有等同國民的最低身分保障。因此，成員必須負擔一定比例的納稅義務。

這機制並非布爾蒙特有，附近一帶的國家幾乎都採行這種作法。反過來說，自由公會既是超越國家體制的組織，又擁有一國之上的組織力……

實際上，不曉得是出於刻意或偶然，他們都待在國家檯面下暗中行動。

「保護國民的財產，這是國家的基本義務吧？同理，組織也要保護組織成員。我們都身兼重擔呢。」

分會長露骨地挖苦對方，聽得貝葉特男爵額冒青筋。

他明顯是在抓對方的把柄攻擊。

「廢話少說！自由公會打算派多少傭兵？有擅長戰鬥的冒險者嗎？你們能出多少人護城？」

分會長聽了搖頭嘆氣地說：

「你們別搞錯，我方並非慈善團體。根據國家和自由公會締結的協議，動員時最多派出組織一成人馬。想要更多幫手，就看你們有多少誠意了。」

布爾蒙王國的人口約百萬人。

分布在王國內的自由公會成員有七千左右。不包含其家族成員。

根據國家與自由公會的協議，發布動員令時，約一成自由公會成員（布爾蒙的狀況下是七百人）將聽從國家指揮。

當然，這人數只算編入該國的自由公會成員，其他國家的自由公會成員並非適用對象。因此，他們雖然是自由公會，卻明確劃分所屬國家。

此外，國家可以決定動員令的效期長短，期間內公會成員的應納稅額需減低兩成。

雖然國家命令擁有強制力，卻得因稅收問題審慎斟酌。畢竟組織須代替國家，支付薪水給受國家徵召的成員，所以這約定並不過分。

話說回來，就算國家要徵召全體自由公會成員，他們也沒辦法應付。

因為半數公會成員都不具備戰力。

王國方面也很清楚這點。

因此在一般情況下，他們並不會強求自由公會幫忙……但這次的情況非同小可。

魔物活化──這理由的確事關重大。

不過，背後還有真實原因。那就是……

「少來這套。喂，費茲。你非得逼我講真話？」

聽到貝葉特男爵叫自己的名字，費茲有點驚訝。

接著，他總算正視貝葉特男爵的臉說：

「封住『暴風龍』維爾德拉的地方是禁地。能從那邊直通，代表東方帝國可能會出兵。」

「沒錯！帝國那邊怕觸怒維爾德拉，又怕解開封印，所以至今一直很安分，但他們在蠢蠢欲動了。想必你也很清楚吧？一旦讓他們通過那座森林，這王國很快就會淪陷。還有那個西方聖教會，根本不能指望他們！朱拉大森林周邊的國家像一盤散沙，帝國侵吞起來易如反掌！」

「教會打算袖手旁觀嗎……也對。那些傢伙對人類的爭鬥沒有興趣。奉行的教義只說要殲滅魔物。」

「沒錯。至少隨便一個聖騎士出面，帝國就不敢輕舉妄動……就算只有用來抵擋魔物的靠山減弱，也能替我們爭取時間。」

「行不通的……站在教會的立場，就算國家毀滅，他們也不痛不癢。再說教會也沒有辦法拯救所有信眾。」

費茲看向貝葉特男爵的臉，心裡有所感觸。

這傢伙的臉色好憔悴……

這也不無理由。貝葉特男爵在最近這幾天內看起來一下老了許多。

這兩人其實是兒時玩伴。

雖然只是個男爵，但跟貴族有來往的事曝光，將會招來許多麻煩。

為了讓旁人誤以為兩人在互相利用對方，平常他們都假裝感情不好。

正因國家小，要克服這次難關將比登天還難。

不過，那些擔憂也有可能只是杞人憂天。

帝國確實有動作，卻不一定會攻過來。

若只是魔物的話，還有辦法應付才對。

「又還不確定帝國是否會進攻不是嗎？總之，我以個人身分先去那裡做個調查。可別抱太多期望，不過我會試著察探朱拉大森林的情況跟帝國動向。」

「抱歉……幸虧有你幫忙。」

沒錯，帝國出兵的事還在臆測階段。

假設他們打算行動……不，若他們真的行動，應該會有大規模的軍事行為。出兵只打些小型戰爭——帝國可沒這麼好講話。他們肯定會派出人數破百萬的大軍，將周邊國家悉數蹂躪殆盡。要大舉侵略，準備應該得花不少時間。至少得花上三年……

儘管我方能用的時間不多，還是會有空窗期做因應準備。

「總之要先掌握情報。時間緊迫，我立刻啟程！」

「拜託你了……」

兩人互朝對方點頭，接著就此道別。

要處理的事堆積如山。

●

吃掉維爾德拉後，三十天過去。

問我這幾天都在幹嘛？

各位可以動腦想像一下——我若是被魔物襲擊該怎麼辦？

我已經變成史萊姆了。別說是戰鬥，連逃都很吃力。

所以，我一直在想要怎麼戰鬥。

我還順帶地吃掉附近樣貌特別的草或可疑的發光礦物。

維爾德拉說過，這裡的魔素濃度很高。採到的草幾乎都是希波庫特藥草。

他說得果然沒錯。

這下回復藥的存貨又增加了。還有，奇怪的發光礦物是「魔礦石」。似乎是比鋼鐵硬度更高、更軟的金屬素材。據說可以製出跟魔法相容性佳的金屬。

我原本還期待它們是更稀有的礦石，但仔細想想，連奧利哈鋼或日緋色金這類著名金屬存不存在於這個世界都是未知數。

或許它是很稀有的礦石也說不定。我可能太貪心了。

當我在大啖草和礦石時，突然想到一件事！

既然可以噴水，何不試試噴射水槍？

嗯，不說我也知道。大家一定覺得這次又會失敗吧？

別把人看扁了。我這個男人認真起來可不是蓋的。

聯絡簿上也常寫著「這孩子肯努力就辦得到」這類評語。

就是這麼一回事，應該行得通吧。

我立刻朝地底湖邁進。果然跟我料想的一樣，黑暗中有一片廣大的地底湖。

看起來比想像中更神祕、靜謐。周遭嗅不到生物的氣息，整個環境安靜得不得了。

水裡應該也滲透有魔素，生物大概無法存活其中吧。

這片自然景觀未受汙染！景色相當美麗。

這些不是重點……

上次沒試噴就全力噴射，結果把自己搞得慘兮兮。噴口太大了，導致推進力過高，這是失敗的主因。當時的我不夠謹慎。

這次我邊模擬水槍，邊少量噴水。就是嘴裡含著水，再將水噴出的感覺。

水噴不太出來。是噴口過小的緣故嗎？

我試著將噴口調大，這次水便猛噴了出來。甚至噴到瞄準的岩石上，將岩石噴得濕淋淋。

很好很好，跨出成功的第一步。我掌握這個訣竅，逐步調整水量。

接著，我稍稍提高壓力，再打開噴口，將水發射出去。

按這樣的步調練習，逐次提昇威力，持續發射水槍。

總算愈來愈有模有樣了。

話雖如此，水槍雖能讓目標吃痛，卻無法打倒敵人。

該怎麼辦……煩惱之餘，我潛入地底湖，試著轉換心情。

泡澡是消除疲勞的上選。進水裡可不光是為了玩喔！

我就這麼發動「魔力感知」，觀察這具身體在水裡載浮載沉的模樣。

看起來很像水母呢。震動身體表面或許能造出水流？

我讓魔力通過具彈力的身體表面，操縱魔素，開始發出震動。

全身上下都出現微微抖動，我試著刻意讓震動集往某個方位。接著，這身體成功在水中移動。

成功了！太有趣了，我開始享受游泳的樂趣。

這只是拿來轉換心情，我絕對沒有在玩喔，請別誤會。

《獲得技能「水流移動」。》

猛聽還以為是「大賢者」，看來是「世界之聲」。

似乎是剛才那樣亂玩被我玩出一個技能。啊，不對，這不是在玩，是轉換心情。

這樣一來，不管在水裡還是水面上，我都能自由自在地悠然移動。

遇到突發狀況，還能用「水壓推進」進行加速。想到我不需要呼吸，打水中戰或許出乎意料地會比較有利。走水路逃跑也很不錯。

我一面左思右想，一面離開地底湖。

休息時間結束。

接下來該探討關鍵的攻擊手段，剛才轉換心情時，我想到一個新點子。

要射出水槍，必須不間斷地對水施加壓力。

這次要模擬「在圓筒內部加壓，擊出少量的水」。

我調整口徑與壓力，藉此變換威力，訣竅跟剛才一樣。

如同我所預料，少許水量勢如破竹地噴出，打中目標岩石。

被打到的部分有些碎裂。

好像……成功了。

趁感覺還在，我加緊練習。

再次調整口徑與壓力。除此之外，我還想像水會旋轉，進一步進行射擊練習。

不只調整口徑大小，我還對形狀做細部調整，實驗各種想法。

沒錯！我想像的是「用水流切斷」。

盡量將水的形狀變得又薄又平，再加上旋轉效果。這是在模擬圓盤高速旋轉和飛翔，藉此切斷目標。

趕快來試試吧。

結果成功了！水呈圓盤狀放出，在空氣阻力下遺留刃狀殘影。飛過時將目標岩石砍斷。連我這個測試者都被那威力嚇一跳。

一星期來的練習成果在此展現。

《獲得技能「水刀」。》

《因獲得技能「水壓推進」、「水流移動」、「水刀」，集體進化為追加技「操水術」。》

喔喔！

還真的「展現成果」。

追加技的威力和性能似乎比一般技能更強。

這下我就能戰鬥了。旅行準備完成。

終於走到這步。

轉生到這個地底湖畔後，已經過了一百二十天。總算能離開這個老窩，出外旅行。

但有個隱憂——就是我沒辦法說話。因為我的身體沒聲帶，雖曾經做過相關練習，看能不能用這具身體生個形狀類似的東西。可是，至今仍未成功。

原先想說在這裡練習到成功發聲，但怎麼弄就是不見轉機。

看樣子，要跟人溝通就只能用「念力交談」。不過，還要視對方的接收狀況而定，總之找到發聲方法前就只能湊合用。雖然挺不方便的。

好了，一直在這瞎晃也不是辦法。

趕快去看看外面的世界吧，希望能遇到同鄉的「異界訪客」。

再說去學些魔法好像也滿有趣的！

這麼一想，就覺得該早早出發。

俗話說「擇期不如撞日」嘛。

維爾德拉沒有任何反應。

他表面上好像消失無蹤，但我知道他還在。

因為我們約好了。

下次碰面時，我一定要準備有趣古怪的旅行見聞，跟他分享。

我離開這片廣大又熟悉的地底密境，踏上通往地面的唯一一條路。

腦中勾勒還未看過的世界，期待今後發展……

PRESENT STATUS

利姆路・坦派斯特

Rimuru Tempest

種族 Race — 史萊姆

加護 Protection — 暴風紋章

稱號 Title — 無

魔法 Magic — 無

固有技 Peculiar Skill — 吸收　自動再生　融解

獨有技 Unique Skill — 大賢者　捕食者

追加技 Extra Skill — 魔力感知　操水術

通用技 Common Skill — 念力交談

抗性 Tolerance — 痛覺無效　電流抗性　熱變動抗性　物理攻擊抗性　麻痺抗性

原本是人，某天意外死亡後轉生到異世界，變成史萊姆。死前獲得獨有技「大賢者」與「捕食者」，變成一隻特殊的史萊姆。不僅如此，史萊姆固有技方面也很卓越。不過，本人似乎沒有發現。

少女與魔王

我所記得的光景，是從天而降的火焰。
手裡抓著母親的手，她的手好輕，讓我不敢面對手臂彼端的景象。
燃燒彈在附近炸開，將四周變成一片火海。
該往哪兒逃？四周都是火焰……
我——井澤靜江（Sizue Izawa）——身陷絕望，走投無路。
那時，好像有一陣強烈的光包住自己。
（啊啊……我會死在這裡嗎…………）
即使當時的我年僅八歲，但我知道自己離死期不遠。
我跟母親無依無靠，兩人相依為命。父親被迫前往參戰，我連他的樣子都不記得。對我來說，這沒有幸與不幸可言。
因為那就是我們的日常，我只能照單全收……
對於將會在烈火焚燒中死去的我——
「妳想活下去嗎？如果妳不想死，就回應我的呼喚！」

——腦海裡有個聲音響起。

他問我想不想活下去？這種事我不知道。

要回答這個問題，當時的我還太小，不夠懂事。

不過，就算如此——

我看著為了保護自己、只剩下手的母親，眼淚開始如斷線的珍珠般滑落。

我想活下去！當下就只有這個念頭。

《確認完畢。回應召喚者的召喚……成功。》

我不想再遇到可怕的事，想逃離這個火焰煉獄。救救我，媽媽——

我持續哭著，不再畏懼烈火焚身，一心只想活下去。

《確認完畢。成功獲得追加技……「操焰術」、「火焰攻擊無效」。》

就這樣，我的願望實現了。

可是，實現的方式非我所願。

當我甦醒時，人已經來到魔物的大本營。

眼前有一個男人。

他有著長長的金髮、藍色瞳眸。那張端整面容生了對狹長雙眸，雪白肌膚晶瑩剔透。

樣貌相當美麗，雌雄莫辨。

男人名喚雷昂．克羅姆威爾。

他是人類口中的「魔王」，為世界巨頭之一。還有個名字叫「白金色惡魔（Platinum Devil）」。

看到我之後，他失望地說：「……又失敗了。」對我不屑一顧。

或許是因為這樣，他才沒有殺死全身重度灼傷、瀕臨死亡的我。

因為我跟垃圾沒兩樣。放著不管馬上就會死掉，是個脆弱的傢伙。

這讓我很不甘心。我明明還活著，別把我當空氣。

日後，我一直對這件事耿耿於懷。

對方用興趣缺缺的眼神居高臨下俯瞰我時，心中那股悔恨與絕望永難磨滅。

那段記憶就此伴隨我的人生。

當時的我無依無靠，也沒有求生能力。就只能仰賴「魔王」雷昂苟延殘喘。

因此，被力量象徵雷昂拋棄就形同宣判死刑。

大概是本能教會我這點吧，我下意識將手伸向雷昂。

「救、救救我……」

然而，伸出的求援之手卻無法讓魔王雷昂回心轉意。

（啊啊，我果然會死在這裡——）

在我放棄的同時，怒火也跟著竄升。

救我又放我自生自滅，這反覆無常的自私態度讓我無法忍受。

「大騙子……你明明問我『妳想活下去嗎？』的！」

我拖著半死不活的身體，擠出最後一絲力量，對魔王發難。

淚水不停留出。我直勾勾地瞪著魔王。

（擅自把我叫來，又擅自對我失望——還對我見死不救，太過分了！）

我當時並無法有條有理地思考到這些事情，不過化為言語的話就是這麼一回事吧。

結果，救我只是因為魔王一時興起。

「哼。說我是騙子。等等……」

魔王原本毫無興致的眼眸開始散發詭光。他小聲叨唸，似乎想到什麼點子。

對我來說，那反應讓人發毛，內心極度不安。然而，身負嚴重燒傷、瀕臨死亡的我根本無能為力，就只能看魔王的臉色。

「還以為妳是個垃圾呢，看樣子對火有某種程度的適性。」

說完，雷昂就發動召喚術式「焰之巨人（Ifreet）」。他沒有進行詠唱，不費吹灰之力完成。

接著對召喚出來的焰之巨人隨意下令：

「這具肉體賜給你。拿去用吧。」

此舉可以證明，他沒有將我當人看。不甘轉為憎恨。

這咒縛（陰影）就此烙在我幼小的心靈裡。

「妳想活下去嗎？想的話，就讓我見識那份意志。」

魔王像是如此對我說——肯定只是我會錯意罷了。

——就像當時在烈焰之中，朝瀕死的我伸出援手一樣——

不過，讓這個東西附身就能逃離死亡，那事實不容質疑。

被召喚出的焰之巨人開始遵從命令，試著對年幼的我進行附身。很快的，我感覺自己的手腳逐漸變鈍。

看樣子，那個叫焰之巨人的火焰怪物打算奪取這具肉體。打算依照魔王雷昂的命令，利用他賜予的肉體。

《請進行確認。為了活下去，妳願意讓焰之巨人附身嗎？　YES／NO》

（我還不想死！可是……我討厭這樣，我不希望失去自我。）

對流入體內的駭人力量感到懼怕之餘，我一面祈禱。

《確認完畢。焰之巨人……附身成功。由於焰之巨人附身，井澤靜江的魔素……已呈現安定狀態。接著，成功獲得獨有技……「異變者」。》

就這樣，在諸多偶然下，我僥倖存活——

第二章

哥布林村大作戰

Regarding Reincarnated to Slime

這裡是從地底湖某處通往地面的走道。

是一個洞窟。

我在那走道上彈跳前進。

這移動方式比想像中還要舒適。

雖然四周一片漆黑、透不進任何光線，但發動「魔力感知」後，看起來跟大白天沒兩樣。

看不見的時候，我會邊確認腳邊情況，邊進行移動，所以一直都沒有發現，其實史萊姆的移動速度並不慢。

可以用一般步行速度移動，也可以像在奔跑一樣。

我並不覺得累，但也不需要趕路，所以選擇用普通的步行速度前進。

絕對不是跑一跑掉到湖裡這件事造成我的心靈創傷。

前進一會兒後，一扇大門擋住通道。

洞窟裡出現人造物。

太奇怪了。不過，這種事在ＲＰＧ裡經常出現，我也就見怪不怪。

像魔王在的房間通常都會有門。

好了，該怎麼開門？

用「水刀」砍爛？

考慮到一半，門就在吱呀一聲後自動敞開。

我趕緊退到通道邊，朝裡頭觀望。

「總算開了。都生鏽了，鑰匙孔也爛成一團……」

「沒辦法啊。三百年來都沒人進出嘛！」

「紀錄上沒說有人進過這裡。話說，這樣真的可以嗎？不會突然遇襲吧……？」

「嘎哈哈哈！放心吧。三百年前的他或許很無敵啦，但不過是隻大蜥蜴嘛！我可是一個人打過蛇怪。包在我身上！」

「我一直很懷疑，那是瞎掰的吧？蛇怪不是等級B+的魔物嗎？卡巴爾先生要單槍匹馬殺牠滿勉強的吧？」

「蠢材！我也是B級好嗎！不過是大一點的蜥蜴，沒問題啦！」

「是是是，我知道了，但還是要小心點喔！也罷，有什麼萬一的話，是可以用我的強制逃脫術逃脫啦……」

「俺知道你們兩個很要好啦，但差不多該安靜點了吧。俺要發動隱身術了！」

吵吵鬧鬧三人組進來了。

為什麼呢？真是不可思議，那些話我都聽得懂。

《答。擁有意念的聲波經「魔力感知」轉換，就得以變換為能理解的語言。》

原來如此。

雖然無法向他們攀談，卻能聽懂他們在說的就對了。

太好了。我的英文超破。因為住在日本的關係，一直覺得學外語沒必要。學外語這重責大任交給打算出國的人就好。

可是，現在沒辦法用那種理由自圓其說了。之後可能得學這裡的外文……

算了，那種事怎樣都好。

該怎麼辦？這問題比開門更棘手……

不曉得他們來這裡幹嘛，看起來……很像冒險者。

是來找寶物的嗎？

在這個世界碰上人類還是頭一遭。實在很想尾隨他們。

不過……一個不會說話的史萊姆魔物出面……八成會當場遭到誅殺。還是小心為上，這次就別跟他們碰面吧。

要在人類面前現身，最好等我會說話之後。

我找個地方藏身，暫時窺探他們的一舉一動。

其中一個瘦男人似乎動了什麼手腳，三人的身影突然間朦朧起來。但不至於完全消失。

他剛才說「隱身術」，應該是一種技能吧。這樣不就能偷看到爽嗎！真是下流的傢伙。不知道他為什麼學這招……得找機會跟他當朋友。

確定三人都離開後，我再次移動。

沒什麼好急的。又不是錯過這次就永遠沒機會遇到人類。

我小心翼翼地一步一步踩著步伐前進。俗話說「欲速則不達」。

我趁那三人還沒回來，迅速鑽進門扉裡，從該處離開。

*

穿過門扉，繼續往前走一陣子後，我來到一個道路錯綜複雜的地方。哪條路能通往地面？實在不曉得該選哪條。

所以我隨便選條路進去。

一瞥！

視線對上了。

我悄悄地別開目光……眼前有隻可怕的大蛇。那恐怖樣貌甚至讓我覺得前世的蛇很可愛，牠全身包滿更為堅硬、銳利刺人的鱗片，是條漆黑的蛇。我則是被蛇盯上的青蛙——不對，是史萊姆。

我是空氣。

假如牠沒發現我，或許還有機會逃過一劫？我偷偷後退，但這想法似乎太過天真。黑蛇配合我的動作，緩緩抬起蛇頭。

蛇信吞吞吐吐，黑蛇同時用視線威脅我。

糟糕，牠不打算放過我！就算不說我也知道。

要戰嗎！我手上不是還有特訓一星期弄來的必殺技嗎！

話雖如此……要跟這種怪物決鬥，需要很大的決心。

簡單一句話，我好怕啊。

不過，別慌。冷靜想想，我遇過更恐怖的。對，就是維爾德拉。跟那隻龍一比……咦？好像沒那麼恐怖了。

應該行得通吧？我穩住心緒，冷靜地觀察黑蛇。

黑蛇認為我被嚇得無法動彈，因此疏於防範。牠似乎在考慮處置我的方式。不想像平常那樣一口氣吞掉是吧？

那我也用不著客氣了……我毫不猶豫，直接朝黑蛇的頭射出「水刀」。

水刀來勢洶洶，劃破空氣，直逼黑蛇。

事情就發生在眨眼間，簡單到讓我懷疑是幻覺。「水刀」砍下黑蛇的頭，不讓牠有任何反抗機會。

那隻蛇可是大到能將我一口吞下啊。

這技能……比我想像中還強。

拿來對付人類冒險者肯定很血腥。還好一開始拿魔物來試。

順便補充一下，我目前的胃袋使用量為維爾德拉百分之十五、水百分之十、藥草加回復藥等合計百分之二、礦石和素材共計百分之三，用掉總體容量的百分之三十。

「水刀」用的水量還不到一杯水……就算我射好幾千次「水刀」，仍不需擔心殘存水量。

搞不好比一些三流魔法還有用。

要是遇上魔物，就暫時用「水刀」應付吧。

好，接下來是這隻蛇。

捕食後解析是不是就能奪取這隻蛇的能力？

我立刻進行捕食，結果……

「熱源感應」……固有技。能感應周遭的熱源。得以讓隱身術無效。

「毒噴霧」……固有技。能噴發猛烈的毒氣（具腐蝕作用）。效果範圍達角度一百二十度，全長七公尺。

我獲得這兩項能力，並變得可以模擬黑蛇。

毒噴霧似乎能帶來傷害跟腐蝕效果（讓裝備、肉體破損）。一般冒險者應該很難對付這個吧？

不過這個世界有魔法存在，或許能贏得輕輕鬆鬆也說不定。

我稍微花點時間解析黑蛇的能力。

能派上用場的招式愈多愈好。

得知的情報有——

一、模擬黑蛇後，體積會增加。

二、不模擬黑蛇也能使用獲得的那些技能。不過，威力可能不如擬態。

——有以上兩點。

進一步說明：

一、將魔物捕食進胃袋後，我似乎會分解他們的身體，先存起來放。之前受傷時，我曾吞過受傷部位，再對它進行修復，分解後的東西好像會轉成這些備用細胞。

二、所謂的固有技，似乎是那隻魔物特有的技能。例如我的「融解」、「吸收」、「自動再生」就是固有技。不過，要使用固有技必須擬態成該魔物，否則好像無法發揮百分之百的功力。儘管如此，我還是能做部分活用，另外像「熱源感應」這種技能不擬態也沒差。

歸納起來差不多是這些。

「捕食者」真的好方便。

今後一定要多弄些好用的技能來放。

＊

跟黑蛇一戰後，時隔三天。

我尚未離開洞窟。身體不覺得冷，但這裡的溫度搞不好很低也說不定。

因為陽光完全照不進來。

儘管環境伸手不見五指，我還是看得清清楚楚。然而，我腦中正為某事擔憂。

不，應該不至於發生這種事才對。可是，不安的想法一直在心中揮之不去……「我該不會迷路了吧」？

不不不，怎麼可能。沒聽過有人在最初的洞穴裡迷路啊。

簡單的洞窟是邁入初期劇情的跳板吧？再說，看起來像冒險者的三人組也輕鬆入侵……別擔心，肯定只是路長了點。

話說回來，不曉得路怎麼走總是讓人放心不下。難道沒有能替我指點明路的東西？

《答。要在腦內展開當前地圖嗎？　　YES／NO》

噗。我笑了。

你說……什麼……！有這麼便利的功能可用，要早點告訴我啊！

害我不小心吐嘈了。

這裡要選ＹＥＳ。

自動顯示地圖太邪惡了！我也曾經有段時間這麼認為。

早期遊戲得準備紙跟鉛筆，邊走邊記錄地圖，進行攻略。樂趣就在於一步一腳印地確認足跡，一面前進。可是，人們慢慢開始仰賴攻略本，地圖機能甚至變遊戲的標準配備。自行攻略的醍醐味都沒了。最重要的是，一旦被那些便利功能養慣，要回到過去就很難。

問我說這些話的重點在哪兒，其實就是……有這麼便利的機能，事不宜遲，當然要好好利用一下。

畢竟這不是遊戲，是真實世界啊。

我開始看印在腦海裡的地圖。

應該是我看錯了？上面標說我在同一個地方繞來繞去好幾次……

…………

…………

我跟隨腦內地圖前進，來到至今沒去過的洞窟。

接著，我碰上這三天從未見過的光景。

呵呵呵。看樣子我之前真的迷路了。

竟然把我騙得團團轉，這洞窟真不簡單。我就老實誇獎它吧。

會迷路一定不是我是路痴的關係！

似乎離洞窟入口、對外通道愈來愈近了。

洞窟內開始有青苔和雜草出現。

太陽光不知從何處射入，周圍增添些許明亮。

這麼說來，現在是白天嘍。

來到這兒之前，我經歷多次戰鬥。

蜈蚣怪（邪惡蜈蚣：等級B^{+}）。

大蜘蛛（黑暗蜘蛛：等級Ｂ）。

吸血蝙蝠（巨大蝙蝠：等級C^{+}）。

有甲蜥蜴（甲殼蜥蜴：等級B^{-}）。

我遇到這四種魔物。

黑蛇只遇到一隻，沒再遇到第二次。

大家都是強敵。

這話出自只用一發「水刀」就打倒他們的我，或許沒什麼說服力。

蝙蝠躲過「水刀」數次，一直過來咬我，至於蜥蜴，射的角度不對，「水刀」就會彈開，不能掉以輕心。

蜈蚣怪消除氣息，偷偷摸摸從背後突襲，但我常用「魔力感知」和「熱源感應」警戒四周，所以對我沒用。我朝背後射出「水刀」，一擊了結。

大蜘蛛就很棘手了。

說起來，我很怕蟲。生理上感到厭惡，光看就受不了。不過，轉生成史萊姆後，心似乎也變堅強了，我沒有逃跑，而是選擇作戰。

抱歉，我不會手下留情！下定決心後，我將「水刀」開到滿檔五刃，一口氣砍爛牠。

因為我不想一直看著這傢伙，原諒我。

那些東西全進到我肚子裡。

這個世界就是弱肉強食。敗方注定要成為對手的食物。

然而，要我吃蜘蛛跟蜈蚣還是不免猶豫。

我在這方面也很努力。

說是這樣說，假如遇到蟑螂魔物，我在吃之前就會直接逃之夭夭吧。

這跟贏不贏得了是兩回事。

畢竟世上有句很棒的話——「三十六計走為上策」。

結果，我在這洞窟裡吃了各式各樣的魔物。

得到以下這些技能。

黑蛇「毒噴霧」、「熱源感應」。

蜈蚣怪「麻痺噴霧」。

大蜘蛛「黏絲」、「鋼絲」。

吸血蝙蝠「吸血」、「超音波」。

有甲蜥蜴「肉體裝甲」。

難得獲得這些技能，不善用實在對不起自己。

想到這裡，我立刻發動「大賢者」，研究從魔物那兒弄來的能力。

老實說，我沒辦法用黑蛇的「毒噴霧」。

事實上，有甲蜥蜴現身時，我曾擬態成黑蛇發動那招。接著……蜥蜴的裝甲擋也擋不住，只見那具身體慢慢融掉。

很少見得到這麼血腥的光景。我不願看到那內臟像是全倒出來的噁爛蜥蜴殘骸，便用「毒噴霧」徹底將那堆東西清掃乾淨。實在不堪回首。

黑蛇的毒噴霧攻擊太危險了，威力強到爆表，所以我不想再用。

不過，「熱源感應」就很不錯。

生物大多會發熱。將這技能跟「魔力感知」並用，幾乎能事先提防所有外來突襲。不曉得人類、有智慧的上級魔物會用什麼魔法或特殊技能，所以絕不能大意。

接著是蜈蚣。

那外表讓我連擬態都不想。

麻痺噴霧的射程跟黑蛇同等。大小也差不多。

此外如我所料，在史萊姆狀態下使用，射程大約只有一公尺。

不過，出其不意用麻痺噴霧攻擊敵人或許可行。

話又說回來，跟敵人相距只有一公尺時，不馬上擬態或逃跑一定會輸吧。

再來是蜥蜴。

隨便一個毒噴霧就讓那裝甲融掉。

沒什麼好期待的。

老實說，我還有「物理攻擊抗性」，那裝甲對我來說可有可無。

我在沒有擬態的史萊姆狀態下試用。

身體表面變硬了。

就像某個家喻戶曉的ＲＰＧ裡頭曾出現過的金屬的史萊姆。

這具藍白色身體散發金屬光芒。八成是因為表面硬化的關係，使光的折射率發生改變吧。

我不是很想拿自己做硬度實驗，所以不知道這裝甲效果如何……

顏色變得很漂亮倒是真的。

或許能用來嚇阻對手。

以上三隻魔物的能力介紹就到這。

問題是另外兩隻。這兩隻的能力可有趣了。

問我哪裡有趣嘛……

首先是蜘蛛。

沒錯，我想當當看某個擁有蜘蛛能力的著名英雄。

咻！地從手腕中噴出蜘蛛絲，用來支撐身體，在高樓大廈間跳來跳去。

就是那個有名的男人。

「黏絲」這技巧原本是用來纏獵物，藉此封住獵物的行動。

不過，發動這個技能後，搞不好能跟那傢伙一樣跳來跳去。

快來做個實驗。

首先，對準大樹的枝幹……

咻！……下垂～…………

呃，我們在說明「鋼絲」對吧？

「黏絲」？什麼鬼？那種只會下垂，沒其他作用的技能，我完全不知道。

來看「鋼絲」吧，這招的目的似乎是用來抵擋對手攻擊。

在做巢時，似乎也會用它製造對自己有利的戰場（迷宮）……我吐出一根細細的絲線，試著拿它鞭打樹木。

咻！噗茲。

二話不說彈開。

不過呢……

我在「魔力感知」下看得清清楚楚，但一般人應該難以用肉眼捕捉這細細的「鋼絲」吧。練習得當似乎能變成好用的武器。

就當做今後的課題，我要多加練習。

最後是蝙蝠。

我最期待蝙蝠的能力。

「吸血」技能？透過吸血，能在短時間內使用吸血對象的七成能力。

這技能怎樣都好。

捕食的效果還比較好。叫它劣等技能都算給面子了。

我又不怎麼想吸血。所以就只有提取資料，將「吸血」能力擺到一旁。

讓我感興趣的是「超音波」。

這個能迷惑目標，讓目標失神，原本似乎是用來定位的技能。

跟前世那邊的蝙蝠一樣，牠們大概也靠超音波反射定位吧。

這裡的關鍵在於發聲器官。技能本身倒是其次。

首先，我想辦法用史萊姆身體重現發出「超音波」的器官。

這下捏形狀就不用憑空想像了，還好我吃掉構造上能拿來參考的魔物。

這麼一來，或許說話有望。

我廢寢忘食地研究。

是說我也不需要睡覺啦……

在為時三天三夜、不眠不休的散步兼研究後，成果總算出爐！

「窩四歪星人！」

成功！

很像在電風扇前震喉嚨講話的怪聲，但我終於成功說話了！

既然能發聲，接下來就只剩調整！

我安撫浮躁的心，開始調整聲帶。

話說，超音波真是不錯用耶。

我記得有音波砲之類的兵器。

好像叫 Sonic Buster，還是 Sonic Blaster？

不曉得我能不能用超音波攻擊？

《答。可從技能「超音波」衍生「超振動」。不過，目前無法取得。》

衍生，是指必須在能力上做變化嗎？

目前握有的資訊太少，沒辦法做進一步活用。

總不可能樣樣都易如反掌吧。

看來我太貪心了。

戰鬥手段愈多愈好。不過，用不著操之過急。

光只是弄出發聲器官就很夠了。

現在想想，其實我獲得不少能力。

就這樣，我一面研究、一面徘徊，試圖尋找出口。

最後總算成功離開洞窟，來到地面上。

重生到這個世界後，我初次來到有陽光照耀的地方……

＊

好像很久沒曬太陽了。呃，正確來說是好幾個月啦。

我並沒有像吸血鬼那樣，被太陽光融掉、曬得渾身燒傷。

事實上，什麼樣的行為對我來說很危險，魔物的本能都會告訴我。

只是我常常一不小心就明知故犯。
真是笑不出來啊。
光是有自覺，今後就要提醒自己改善。

剛才那個洞窟似乎在森林裡。
就坐落在微微突起的山麓上，開了一個大大的口。四周巨木環繞，這座山丘特別醒目。該怎麼形容呢，就只有那邊照得到陽光。踏進森林後，環境立刻變得幽暗。
山丘頂端刻了某種可疑的紋路。
魔法陣？看起來很像。難道是之前遇到的三人組在上頭動什麼手腳？算了，都好啦。
俗話說「君子不立危牆之下」。
我毫不留戀地離開現場。

出洞窟後又過了一陣子，太陽開始下山。
這樣算起來，我大概是正午出洞窟的。
體內有個準到嚇人的時鐘，希望它調到連日期都能告訴我。我剛這麼想，它就自然而然做出調整。
這對它來說是雕蟲小技吧？「大賢者」還是一樣好用。
日前是下午四點。
剛好是準備晚餐的時間，可惜我不需要用餐。要吃也可以，但我吃不出味道，吃了只會更加空虛。
因此，我持續研究在洞窟裡捕食魔物後新到手的技能。研究使用方法、組合方式、其餘額外功能等等。還重點式地進行發聲練習。

就這樣，我試東試西，一面在道路上前進。

沒什麼特殊想法。

愛去哪裡就去哪裡。

是有想過若碰上村莊或城鎮，就找個面善心善的人搭話看看啦……

不過，這幾天過得好祥和。在洞窟裡一天到晚被魔物襲擊，離開洞窟後，幾乎沒碰到半隻。

就只有一次，發聲練習練到一半突然被狼盯上——

「啊？」

我只是啊一聲嚇嚇他，然後——

「嘎————咿！」

——狼就發出難聽的慘叫聲並逃之夭夭。

那些巨狼比一般的大型犬還大，身長超過兩公尺，有好幾隻。但該怎麼說才好，看到史萊姆還嚇個半死，這種魔物未免太沒用了。

我個人只慶幸自己沒遭到攻擊。

雖說吃了狼或許可以弄到嗅覺。

不過，因有些在意，在我觀察周遭後發現一件事，躲我的似乎不只有狼。

在我方圓一百公尺內，都沒有魔物靠近的跡象。

咦？大家好像很怕我……

怎麼會這樣？

肯定沒錯，這個森林的魔物都很怕我。

才剛確定這點，我的「魔力感知」就感應到一群魔物接近。

事出突然。

有一批三十隻左右的人型魔物浩浩蕩蕩地出現在我面前。

身材矮小。

裝備簡陋。

看起來髒髒的，神情欠缺智慧。

不過，他們的智商應該不至於掛零。因為其中有幾個裝備劍、盾牌，還有拿石斧跟弓箭的。

我那灰色腦細胞（註：阿嘉沙・克莉絲蒂筆下的偵探赫丘勒・白羅在形容自己具優秀洞察力的頭腦時的口頭禪）瞬間看穿這群傢伙。

他們是會襲擊冒險者的著名魔物。沒錯，就是哥布林（小鬼族）！

簡直是翻版。

而被襲擊的則是一隻弱小魔物，嗯，就是我吧。是說出動三十大軍就為了對付史萊姆，會不會太誇張了。不過，不知為何我不覺得害怕。

本能告訴我，這些傢伙並不可怕。

他們的劍生鏽了，防具也很寒酸。其中還有只裹條髒布的。

之前碰過身覆頑強鱗片的蜥蜴，手腳長著強韌刀刃的蜘蛛。

我收拾那些魔物，一路來到這兒，這些傢伙的裝備怎麼看都無法傷我。

再說，最糟大不了擬態成黑蛇，用毒噴霧將他們一網打盡……

想著想著，我朝他們望去，疑似首領的傢伙說話了。

「咕嘎，這位強者啊……您往這邊走，有什麼，要事嗎？」

哥布林居然會說話。

或許是因為「魔力感知」的關係，我才能聽出個大概。

話說回來，強者是在說我嗎？

拿武器將我團團包圍，卻又畢恭畢敬地問話……他們在想什麼啊？這引起我的興趣。

看樣子，他們並沒有攻擊過來的意思。

試看看我的話能不能讓他們聽懂或許也不錯。

想到這裡，我決定跟哥布林對話。

我朝哥布林瞥去。

他們——哥布林群應該已經很賣力了吧。大夥兒警戒地握著武器，頻頻觀察我。可惜的是，其中有幾隻快撐不下去，打算逃之夭夭。

在這群哥布林裡，首領不愧是首領。他沒有從我身上移開目光，一直盯著我看。

嗯。

這傢伙似乎有點智慧。或許能跟他溝通。

會管用嗎？

我朝發出的聲音貫注念力，試著讓對方聽懂。
「初次見面，這樣講對嗎？我是史萊姆，名叫利姆路。」
哥布林開始群起譁然。
被會說話的史萊姆嚇到？才剛這麼想……裡頭就出現棄械投降、趴在地上磕頭的傢伙。
好莫名。
「咕嘎，強者啊！您的力量有多強大，我們已經確實感受到。請您別發出那麼強的聲音！」
嗯？我灌的念力太多嗎？
這樣根本沒辦法跟他們溝通。看他們嚇成那副德性。
「抱歉。我還不太會調整。」
總之先道歉吧。
「不、不敢當。您不需要跟我們道歉！」
看樣子我說的話會通。利用這個機會練習好像不錯。
對了，我跟他們說的是日文。說日文也會通，真讓人驚訝。
「所以找我有什麼事？我往那邊去沒什麼特別目的啦。」
對方說話方式很有禮貌，我應該要比照辦理才對，但他們對我的恐懼全寫在臉上，所以我就用有些強勢的態度試探。
「原來如此。往那邊走會遇到我們的村子。因為察覺到強大的魔物氣息，我們才跑來以防萬一。」
「強大的魔物氣息？我沒感覺到那種東西啊……？」
「咕嘎、咕嘎嘎。您別說笑！就算您裝成史萊姆，我們也不會受騙上當！」

看樣子他們誤會了，誤以為擁有力量的魔物假扮成史萊姆。

畢竟哥布林在魔物中也以低等著名。

之後我又跟哥布林稍事對談，說著說著就演變成去他們的村莊叨擾。

他們似乎願意讓我住。外表看起來明明很寒酸，人倒是很親切嘛。

雖然我不用補眠，但去那邊休息一下也不錯。如此這般，我決定受邀前往他們的村落。

一路上，他們跟我透露不少事情。

像是他們拜的神最近失蹤。

還有神一消失，魔物的活動就開始變得頻繁。

此外，身手不錯的人類冒險者愈來愈常入侵森林。

諸如此類。

當我們一來一往地對話時，他們的話逐漸清晰起來。似乎是因為我對「魔力感知」式會話愈發熟練的關係。

在跟人類對話前，能跟哥布林練習或許是不錯的選擇。

我一面和他們聊天，一面隨他們進村。

咦，這是村莊？——那裡爛到差點害我說出這句話。

畢竟是哥布林的巢穴，不應過分期待。

我被帶到最華麗的建築物（？）裡。

茅草蓋的屋頂破爛不堪，處處是縫隙，牆壁像是只靠木板堆疊……照我前世的標準來看，當史萊姆還比較好！——這裡就是這麼爛。

「讓您久等了。貴客。」

說著，一隻哥布林入內。

剛才一路引我來這兒的哥布林首領陪伴在他左右，幫忙支撐他的身體。

「沒啦，哪來的話。我才等一下下，你別在意。」

我露出當業務時訓練出來的笑容回應。

也就是所謂的史萊姆微笑（Slime Smile）。

笑容能讓交涉順利進行。我還真是使出驚人的一招啊。

雖然不知道接下來要交涉什麼鬼就是了。

「很抱歉，無法拿出像樣的東西招待您。我是這個村莊的村長。」

那隻哥布林一說完，像茶的東西就端到我面前。

原來哥布林也會奉茶，好神奇啊。

我開始品茶（外觀上看來應該比較像整隻趴在茶杯上）。

喝不出味道。這是當然的。因為我沒有味覺，理所當然會這樣。

不過，現在這局面到底是好是壞……？成分已經經過調查，裡面沒放毒。雖然沒放毒，但味道似乎非常苦。

苦歸苦，這也是哥布林的一番心意，我還是將茶喝個精光。

「請問，你們特地邀我來村裡，是有什麼要事嗎？」

這個問題單刀直入。

我們都是魔物，大家一起和平共處吧！他們應該不是基於這種交友動機才邀我的吧。

村長身體震了一下，接著似乎下定決心，開始偷瞄我。

然後——

「其實是這樣的，您知道最近魔物開始頻繁活動嗎？」

剛才來這裡的路上是有聽說過。

「我們信奉的神一直守護這片土地免於侵擾，但約莫一個月前，祂突然消失了。因此附近的魔物就開始來這片土地肆虐……我們不打算姑息，動員村民作戰……但戰力相差懸殊………」

唔——嗯。

他們說的神該不會是維爾德拉吧？時間上滿吻合的。

總之，哥布林應該是希望我幫忙吧？

「我明白你們的苦衷。可是，我是一隻史萊姆，要回應你們的期待或許滿難的？」

「哈哈哈，您太謙虛了！區區史萊姆不可能散發如此強大的妖氣！我不曉得您做這身打扮用意為何……但您應該是遠近馳名的魔物吧？」

他剛才說……妖氣？

那是什麼？印象中我沒發出這種東西啊……我從「魔力感知」的視角觀看這具身體。某種不祥的能量正飄散於身體四周。

當初擬態、嘗試「肉身裝甲」之類的技能時，若能及早發現就好了，但現在哀嘆也沒用。

好丟臉。我身上一直發出妖氣，卻完全沒注意到。

如同褲子拉鍊沒拉走在大街上一般的感覺朝我襲來。洞窟內含有高度魔素，所以我一直沒發現妖氣的事。

不行！完全出局了！

直到這個時候，我才明白出洞窟後，魔物們為何會有那種反應。

哪隻魔物會想對上這麼危險的傢伙啊。

正所謂「明眼人懂得察言觀色！」。

都到這個地步了，我只好自暴自棄。

「呵呵呵。不愧是村長，你看得出來？」

「當然！雖然您長得像史萊姆，那身風範卻假不了！」

「是嗎，被你看穿了。哥布林有兩把刷子喔！」

我愈掰愈順啊！

這樣搞不好能誘導村長，把他哄過去。

同時我還試著消滅不祥的氣場＝妖氣。運用操縱體外魔素的技巧，努力將妖氣收回。

「噢噢……您是在測試我們吧？很多人害怕妖氣，您願意收回真是太好了。」

我成功隱藏妖氣。

外表上已經變成普通的史萊姆。

但這樣又有個問題。用跟普通史萊姆沒兩樣的行頭逛大街，反而會遭魔物襲擊，最後累死自己吧？

「沒錯。看到我的妖氣還不怕，膽敢跟我說話，頗有可取之處。」

什麼可取之處啦！實在很想對這瞎掰自我吐嘈，不過我忍住了。

「哈哈！多謝誇獎。我不會刺探您隱瞞真實身分的原因。只是有個……小小的請求。不知您是否願意應允？」

嗯，果然是這樣。

沒事拜託我，他們就不會特地邀看似危險的魔物入村。

「要看是什麼內容。說說看吧。」

我繼續擺高姿態，朝村長問話。

事情是這樣的。

東方新來了一些魔物，打算奪取這塊土地的霸權。

附近一帶似乎有好幾座哥布林村。

這村子就是其中之一，而與那些外來魔物發生的小規模械鬥，使許多哥布林戰士都戰死了。問題在於其中一個冠有名字的戰士。

那名戰士對這個村子來說就像守護者。失去他後，這座村莊的存在價值一落千丈。

其他哥布林村全都對這個村子見死不救。

他們打算趁外來魔物襲擊這座村莊時，抓緊時間擬訂對策——其他村子對此都有共識。

村長和哥布林首領好幾次進行交涉，但都遭他們冷淡以對。

他們說這些話時，聲音裡盡是不甘。

「原來如此……那我問問，這個村莊住幾隻哥布林？裡頭有多少人能戰？」

「是，村裡住了一百隻左右。能夠作戰的，連同雌性算在內，大約有六十隻。」

聽起來勢單力薄。

不過，村長還知道這村裡有多少戰力，在哥布林裡應該算聰明的。

「好。再來是敵人，你知道那些外來魔物有多少，是什麼種族嗎？」

「是。他們是狼型魔物，似乎叫牙狼族。一般來說，即使他們單槍匹馬，我族就算派十隻也不見得贏得了……更何況，他們這次好像還有百來隻……」

啊？什麼鬼，破關條件也太難了吧？我一直盯著村長的眼看。

他的眼神一點都不像在說謊。用認真的目光回望我。

雖然有些渾濁，但以哥布林來說應該算是很真摯的眼神。

「那個，哥布林戰士們就算知道機會渺茫，還是以少敵多嗎？」

「……不，這些情報是……戰士們犧牲性命換來的。」

這樣啊，我問了不該問的事。

進一步追問後得知，命名哥布林是村長的兒子、哥布林首領的哥哥。

聽完這些，我開始思考接下來該如何是好。

村長沉默不語，靜待我做出決定。

應該是我多心了吧，他眼裡好像浮現淚光……一定是我多心了。

魔物不適合流淚。

你們應該要露出傲岸不遜的樣子才對。人見人怕的魔物就該那樣！

「村長，我想跟你確認一件事。若我幫助這個村莊，你要拿什麼回報？你們會給我什麼？」

要我心血來潮救他們是可以啦。

可是，疑似能以一擋十的魔物有百來隻。
敵軍肯定不好搞。
擬態成黑蛇或許有辦法搞定……不過呢，這任務可不能隨便接。
「我們將對您效忠！請守護我們。若您願意，我們發誓對您忠誠！」
老實說，他們對我效忠又沒什麼好開心的。
不過，我經歷了孤獨的九十天，就連跟哥布林對話都覺得開心。
如果是人類，或許會厭惡他們的骯髒樣貌。
但我如今已經是魔物，也不怕生病。
最重要的是村長那雙眼睛，傳達出全把希望放在我身上的情感。
這讓我想起前世。
嘴巴上嫌煩，但其實我一被拜託就難以拒絕。
雖然在那發牢騷、雖然被後進抱怨，最後還是接受案主跟老鳥的拜託。
「好吧。就實現你們的心願！」
我誇張地點點頭。
就這樣，我成為一群哥布林的頭頭、他們的守護者。

牙狼族。

東方平原的霸主。

和東方帝國、朱拉森林周邊國家進行貿易的商人都對他們很頭大。

每一隻牙狼族成員都相當於C級魔物，稍有不慎，就連老手冒險者都會在瞬間被他們咬死。

不過，真正可怕的是集體行動。

若帶頭者很優秀，牙狼族將能發揮真本事。

群集時成為一心同體的魔物，行動上整齊劃一。

此外，當他們群聚時……等級相當於B。

東方平原與廣闊的穀倉地帶銜接。

因此，那裡是掌管帝國生命線的重地，戒備相當森嚴。

牙狼族再怎麼狡猾、能力過人，都難以突破帝國的防線。就算他們真的突破，也會惹毛帝國，到時牙狼族就別想繼續活下去。

他們的首領對這點再清楚不過。

幾十年來，跟帝國的小規模紛爭讓他有所學習，並記取慘痛教訓。

只對小盤商出手，帝國並不會正面介入。不過，一旦入侵穀倉地帶，帝國將不會手下留情。

從前同胞們一直學不乖，重蹈覆轍，他可不幹這種蠢事。

首領如此思考著。

但魔物的本能也告訴他，這樣下去，我族的發展將停滯不前。

對牙狼族來說，食物並非必要。

攻擊人、吃人，充其量只能塞塞牙縫。

那是因為，人類的身體並沒有多少魔素。

牙狼族以吸收魔素維生。

看要攻擊更強的魔物，或者殺一堆人，晉級成「災厄」級魔物。

一直裹足不前，兩條路都難走。

帝國之於牙狼族太過強大。但，繼續對商人動手動腳，晉級成「災厄」級魔物將只是痴人說夢。

聽說南方有肥沃的土地、森林，是魔力強大的魔物們的樂園。不過，要前往南方，必須先通過朱拉森林。

那座森林裡的魔物不值一提。他獵過許多來自森林的魔物，那些經驗教會他這點。既然如此，為何時至今日仍無法入侵森林得逞？

「暴風龍」維爾德拉——

都是因為他在的緣故。

雖然遭到封印，但那強烈的魔力波動還是讓他們懼怕。

那座森林裡的魔物深信維爾德拉在保護他們。有鑒於此，他們才能在凶惡的波動裡生活。

若他們未對此深信不疑，早就發瘋了吧。

直到今日前，他只得每天都恨得牙癢癢，在維爾德拉的威嚴下放棄入侵計畫。

沒錯，直到今日……

首領睜著銳利的血色眸子看向森林。

駭人的邪龍氣息已經沒了。

若是現下，將那座森林的魔物掠殺殆盡，成為森林霸主也不無可能。想到這些，首領舔舔嘴唇。接著，他發出宣告進攻的長嚎。

●

變成守護者後，我該做些什麼才好？我個人認為自己只是保鑣啦，村長卻用很誇張的方式禮遇我。

總之，我先把可以作戰的哥布林聚集起來。

但聚集後一看，全都是些殘兵、烏合之眾。似乎無法期待他們的戰力。

雖還有些哥布林在一旁遠觀，不過都是小孩跟老人……沒有其他哥布林援兵了。

現況對村長來說肯定很驚恐，快把他逼瘋了吧。就算逃跑也沒食物好吃，就只能等著餓死。

至於那些聚集而來的哥布林，他們正用彷彿看神的眼光盯著我看。

好沉重。

我之前活得輕輕鬆鬆，不曾感受過壓力，這些視線對我來說非常沉重。

「大家知道現在是什麼情況嗎？」

目前場面不適合說笑，但我又擠不出什麼像樣的話來講，只好正經地發問。

「是！這一戰攸關我們的生死，我已經做好覺悟了！」

哥布林首領立刻回應我。

聚集在四周的哥布林們似乎也有同樣心情。

有些人不停發抖，但那也是沒辦法的事。制得了心制不了身。

「別把事情想得那麼嚴重，放鬆心情上吧。會輸的時候就是會輸。我們要盡力——只要想這件事就好！」

我試著做出有點帥氣的宣言。

心情變輕鬆了。沒想到還滿有效的。

那麼，該備戰了……

假如失敗，哥布林有可能就此滅村。

就算如此，我還是不改初衷。

我已經決定要傲岸不遜到底！

好！我拿出氣魄，對哥布林下達第一道命令。

之後會下更多命令吧。

而第一個命令就是——

●

夜晚來臨。

牙狼族首領睜開眼睛。

今晚是滿月，正好適合作戰。

他緩緩起身，倨傲地望向四周。

牙狼同胞全都屏息望向他們的首領。

如臨大敵的反應深得其心。

首領心想。

今晚要毀滅那座哥布林村，踩著他們的屍體進入朱拉森林。

之後慢慢將周遭魔物狩獵殆盡，成為這座森林的支配者。

最終將進一步擴張版圖，尋求更強大的力量，朝南方入侵。

我族的力量足以辦到這點。

我族的爪子能撕裂一切魔物，那利牙能咬破任何裝甲。

「嗷嗚────────！」

首領發出咆哮。

大肆殺戮的時刻到來。

不過，有件事令人在意。

數天前，前去察探的同胞帶回令人在意的情報。說那裡有個小不隆咚的魔物，身上散發異樣妖氣。

還說那隻魔物的妖氣比他這首領更強。

怎麼可能。首領並未將此事放在心上。

在這座森林裡，他不曾嗅過如此強大的威脅氣息。遇到的魔物全都很弱。就連森林中段──也就是現在這裡，都沒有出現像樣的反抗軍。其中一次，是有幾個同胞遭十幾隻哥布林殺害，但傷亡僅止於此。

去打探的傢伙八成失去冷靜，才會搞錯吧。想著想著，首領看向前方。

前方看得見一座村子。

正是斥候回報的地點。

他要斥候跟著受傷的哥布林回去，藉此鎖定方位。如今，這個村子的戰力弱得可以。

首領很狡猾，總是小心行事。不過，他看到那村子被某種陌生物體圈住。

跟人類村莊類似……那是圍欄。村子裡的住家全數拆解，拿來作成圍繞村莊的圍欄。

此外，前方開口處還有另一樣東西。有隻史萊姆在那兒。

「好——！在那裡別動。若你們就這麼掉頭，我就放你們一馬。快滾吧！」

那隻史萊姆說話了。

要什麼小聰明。

首領嗤之以鼻。

只留下一個縫隙，是要阻止大軍攻入嗎？

雜碎魔物就只能想出雕蟲小技。

像那樣的圍欄，在我族爪牙前不堪一擊。

就讓你見識我族的力量！首領打定主意，接著發號施令。

十幾隻牙狼就像首領的手腳，開始攻擊圍欄。

牙狼族聚集，化為一心同體的魔物。這是他們的真本事，整齊劃一的進攻手法。

這是透過「思念網」的群體行動。能用比講話更快的速度聯召。

第一波攻擊應能摧毀圍欄。

首領原本還在腦中勾勒哥布林們目睹戰術遭人粉碎、六神無主的模樣，眨眼間卻發出驚呼。攻擊圍欄的部隊被彈回。有些甚至還吐血倒地。

怎麼搞的？首領穩住陣腳，開始觀察情況。

開口處的史萊姆未動分毫。

他是不是動了什麼手腳？

其中一名屬下來到首領身邊，向他稟報。

（就是他！身上妖氣比老大更強的傢伙！）

不可能！首領在心裡暗道，轉眼看向史萊姆。

平原上偶爾會出現這種弱小魔物。

叫他魔物還高估了，那玩意兒就是低等。

居然說這傢伙的妖氣比我強……我不信！首領在心中怒吼。

牙狼族首領是隻老奸巨猾的魔物。

薑是老的辣，作戰方式相當縝密，還具備冷靜行事的器量。經年累月的經驗，以及對於該魔物的相關情報，讓他不認為對方能贏過自己。

這個時候，首領初次犯下致命的錯誤。

而這個錯誤將決定他們的命運。

（區區一隻卑微魔物——看我捏爛你！）

●

啊，嚇我一跳。

沒想到他們會突然衝過來。在我耍帥放話說「掉頭就放你們一馬」時，他們還很安分，結果下一刻馬上翻臉不認人。

牙狼集體出動，開始從四面八方攻擊圍欄。

我原本預計先跟他們談判，這下想好的台詞全飛了。正式上場之前的練習全都白費。

虧我還偷工作空檔練習。

我的第一道命令是要他們帶我去見傷者。

六十隻哥布林加上十幾隻生還者，作業效率並不會有太大改變。可是，既然他們都這麼崇拜我了，我也想盡自己所能幫他們。

傷者集中於髒亂的較大型建築物裡，都躺在裡面休息。

看到那些傷患後，我有感而發。他們姑且有用藥草之類的東西治療……但繼續拖下去肯定會死。

傷勢比想像中還要嚴重。似乎是被牙、爪子抓傷的，傷口大不說，還化膿。

得卯起來治療才行。打定主意後，我開始替所有人進行治療。

我捕食前方那隻哥布林，接著在體內替他裹回復藥並吐出來。

村長似乎說了些什麼，但我沒理他，依序將傷者吞吐一遍。

當我治好數隻哥布林後轉頭一看……

不曉得為什麼，哥布林們全趴在地上，還偷偷窺探我。

他們在幹嘛？

看樣子哥布林誤以為我用什麼復原法術治他們。

因為太麻煩了，我乾脆吐出數個回復藥，再用那些治療傷患的傷。

結果雖然依他們的傷勢來看還要一段時間才能痊癒，但總體來說，治療措施到此告一段落。

努力做最大限度的治療後，我對剩下的哥布林下新指示。

接下來要設置圍欄。砍樹來做會比較好，但現在沒那個閒功夫，只能善用手邊資源。

我毫不猶豫地要他們摧毀住家，用那些素材製作圍欄。

在蓋的時候，我要他們繞著村莊外圍蓋一圈。

趁他們蓋圍欄時，我派哥布林裡較機靈、裝備弓箭的傢伙當斥候。

敵人是狼，鼻子應該很靈。我叮嚀他們別勉強自己，接著就派他們出去。

那一雙雙視死如歸的眼神令人在意，像在說「就算犧牲性命也要達成任務！」一樣。那些哥布林真的很誇張，但想想也是情有可原。

在我造訪村子的隔日傍晚，圍欄做好了。

我進行最後的收尾工作。

沒錯，就是用蜘蛛絲固定圍欄，讓強度增加。

也沒忘順便在各處用「鋼絲」製作陷阱。不知情的傢伙碰到圍欄將會被切得滿身傷。

等這場戰事結束，我要記得過來回收才行。

圍欄正面設有開口。

只要在這裡布滿「黏絲」，準備工作就宣告完成。

我靜待斥候歸來。

這時，負傷的哥布林已經恢復過來，開始甦醒。我用身體去摸，驚訝地確認情況。看樣子，回復藥的效果非常好。

從他們的傷重程度來看，我原本以為還要給好幾次藥……但藥效超乎預期，這誤判令人開心。

接著，我們開始在村莊原址中心聚集廢料，引火點燃。那火讓我想到營火晚會，但現在不是歡慶的時候。

必須通霄警戒。

我不需要睡覺，所以自告奮勇當守夜人，不過……

「萬萬不可！那麼能讓利姆路大人做那種事。」

「說得對！我們會負責站崗。請利姆路大人休息！」

沒錯！說得對！大夥兒開始共鳴。

有這份心是很好啦，但他們應該比我更累才對。我拗不過他們，最後只好排班輪守，沒輪到的人休息。

近深夜時分，斥候回來了。

表示牙狼族開始移動。

雖然身上帶傷，但大家都活著回來了。

既粗鄙又骯髒的魔物——我對哥布林的印象一直是這樣，但這兩天開始對他們產生感情。

可以的話，我希望在這場戰爭中不會失去任何人。

心裡一面想著這些，我將收尾用的「黏絲」黏於開口處。

嗯，準備過程差不多就是這樣。

既然戰火已經點燃，也只能硬著頭皮上了。接下來只需按計畫進行。

雖然對圍欄的強度不是很有信心，但牙狼的攻擊並未擊潰它。陷阱也發揮很大的效果。到這暫時可以放心。

我事先做沙盤推演，在圍欄上設置小型空隙。為了阻礙敵人行動，讓我方進行攻擊……

那是箭眼。

有這些空隙，哥布林再怎麼不濟也能射箭。好幾隻牙狼被箭射中，發出悲鳴。敵方也有部隊試圖把箭眼弄開，待在左右兩側，手拿石斧的哥布林則將牙狼砍頭。

雖然練習時間不到兩小時，但他們非常努力。拚命將我的話弄懂，再執行那些指令。現在就是展現成果的時候。

牙狼確實很強。光靠一隻就能對付好幾隻哥布林。

成群結隊時，戰鬥力更大幅上升。可是我們也有因應對策。單體很強，我方就多派幾隻對付。群聚更強，就別讓他們聚集。關鍵在於運用智慧解決難題。要說這個世界上最強的生物是誰，就是擁有智慧的人類！

算你運氣背……我邊想邊對牙狼首領投以冰冷視線。

區區一隻魔物就想贏我……未免太不自量力了。

●

牙狼首領萬萬沒想到事情發展會和預料的完全不同，他開始慌了。

麾下的牙狼們也逐漸感到困惑。

這樣下去不妙。

牙狼族只有團結才能發揮真正的力量。對首領失去信任將招來致命危機。

首領很清楚這點。所以，他才會在這犯下有史以來最大的錯。見同胞連個爛圍欄都衝不破，對屬下的無能火大之餘，他也怕同伴會找自己洩憤……

牙狼首領心想，身為領袖，必須彰顯自己的力量！

自己是群體裡最強的，光他一隻就強得不像話！

然而在那瞬間，勝負已經底定。

自己沒有漏看牙狼首領的一舉一動。

話雖如此，看在身旁的哥布林眼裡，首領已經不見了吧。

對我來說那動作慢吞吞，簡直讓人想伸懶腰。

一切按計畫進行。

我曾經想過好幾個方案，事情正照其中一條路線走。

不過是隻動物，根本贏不過原本是人的我。

牙狼首領被開口處的「黏絲」抓住了。憑牙狼首領的力量，或許能切斷「黏絲」。

我無從確認，但能不能切斷並不重要。「黏絲」目的在於讓他的動作暫時停擺，就算只有一瞬間。

在他活蹦亂跳的情況下放「水刀」，被避掉就糗了。再說我也怕「水刀」不小心打中我方人馬。視戰場情況，變成那樣也不奇怪。

我會設陷阱是出於上述原因，但事實證明我想太多。

牙狼們甚至連圍欄都沒衝破。我曾想在開口處設「鋼絲」，但怕殺傷力不夠取敵人性命，就沒用了。

在這次的戰爭中，我必須扮演超強霸主。一切安排都是為了這一刻。

我二話不說地用「水刀」對牙狼首領處以斬首之刑。

「水刀」準確地砍下他的頭。

不費吹灰之力，我就此將牙狼首領斬首示眾。

「牙狼族，聽好了！你們的首領已經死了！現在有兩條路可選。要服從還是等死！」

好了，他們會怎麼回答？

希望他們不會為了哀悼首領的死對我方展開瘋狂攻勢……

牙狼們不為所動。

糟糕……要我服從還不如死了痛快！——他們該不會有這種打算，要集體進攻吧？

如果事情演變成那樣，就必須全面開戰。

我方寡不敵眾，肯定會拚個你死我活。

難得現在還沒有人受傷，我們雖然應該不會輸，但我實在不希望流血戰爭開打。

現場靜悄悄的，就好像剛才那些爭鬥是幻覺。牙狼們的視線往我身上集中。

我在視線洗禮下緩緩踏出步伐。雖然我不清楚他們在想什麼，但得讓他們進一步認清首領的死。

我來到牙狼首領的屍體前。沒人出面妨礙。

待在他屍體旁的傢伙往後退去一步。

我將牙狼族的首領吃掉。這是勝者該有的權利。

《解析完成。獲得擬態：牙狼。獲得牙狼固有技「超嗅覺」、「思念網」、「威壓」。》

「大賢者」的聲音在我心中響起。我似乎已經獲得牙狼的能力。

我在牙狼族面前吃掉他們的首領，他們卻按兵不動。

唔——嗯……

都做到這個地步了，他們應該會嚇得逃跑，或在恐懼下臣服才對啊……

啊！我剛才是不是說了要服從還是等死？

糟糕。我是不是踐過頭，做得太過火了？

沒辦法，就準備一條生路給他們吧。打定主意後，我擬態成牙狼。

接著大聲咆哮，施展「威壓」。

「咯咯咯，聽好了！這次就放你們一馬。若你們不願服從我，就放你們回去吧！」

我對牙狼們如是宣告。

這下那些喪家犬肯定會逃跑。我原本是這麼想的，卻想錯了。

（我們將跟隨您！）

他們宣誓服從，還不約而同在我面前跪下。看起來只像是狗趴下就是了。

看樣子，他們選擇服從我。剛才沒動是在用「思念網」開會嗎？算了，沒打起來就是萬幸。

就這樣，哥布林村的戰事落幕。

＊

最好是。

比起作戰，之後的收拾工作更累。

到底是哪個傢伙下令要拆毀民宅的……往後的日子該怎麼辦？

再說今晚起，哥布林們要睡哪兒？
還有，誰要負責照顧那群狗……
雖然死了幾隻，但還有八十隻左右存活。
這該……總之今天先收工！明天再來做打算。等大夥兒起床再說。
總之，我讓哥布林們睡火堆旁，命令那群狗在村莊周邊待命，大家就地解散。

第二天一早。
我昨天想了一整晚，接著想到一個計畫，那就是把牙狼丟給哥布林照顧大作戰！
能上戰場的哥布林共有七十四隻。昨天一戰後並未出現傷亡。
大家都平安無事，頂多出現擦傷。
牙狼族則有八十一隻殘存。
其中有幾隻受傷，但用回復藥後立刻就痊癒了。
放置不管應該也沒差。牙狼族的回復力似乎很高。
哥布林起床後，我要他們列隊。
非戰力族群圍繞在四周觀望。畢竟家都沒了，地面上空空如也，所以他們變得格外顯眼。
村長一直待在我身邊。
他似乎打算照料我的生活起居，但被哥布林爺爺照料一點也不開心。因為我的審美觀還停留在前世。
就算轉生成魔物，只有這點我不會退讓。可是，魔物村莊裡沒可愛的傢伙。我也只能放棄掙扎。
哥布林列隊後，我把牙狼族叫來，要他們排哥布林旁邊。

「呃——各位，今後你們要分組，一起生活！」

我觀察大家的反應。

他們似乎在等我發話，以絕不發出半點聲響的氣勢盯著我看。

聽到分組生活這幾個字，在場無人露出嫌惡的模樣。應該沒問題。

「知道我在說什麼嗎？從現在開始，大家兩人一組！」

話一說完，相鄰的哥布林跟牙狼們就開始你看我、我看你。

他們遵從命令，乖乖地分成兩人一組。

「昨天的敵人是今日之友」。雖然他們想的應該跟這句話有些出入，但大抵八九不離十吧。

這時，我想到一件事。他們好像沒名字？

沒名字的話，叫人很不方便。

看哥布林跟牙狼們兩兩成組後，我接著說——

「村長，這樣叫你們很不方便。我想替你們取名字，可以嗎？」

當我這麼一說，周圍突然吵雜起來，視線一齊往我身上集中。

連在一旁觀看的非戰力哥布林也不例外，不約而同用驚訝的眼神看我。

「您、您願意嗎……？」

村長誠惶誠恐地問著。

怎麼了？這麼興奮幹嘛？

「願、願意啊。沒意見的話，我想替你們取名字。」

當我說完這句話，一直在旁邊屏息以待的哥布林們立刻發出歡呼。

大家是怎麼啦？

看起來超、興、奮！的樣子……

取個名字也這麼爽，自己取不就得了。

當時，我還不把取名當一回事。

首先從村長開始。

我問他兒子取什麼名字。他說是「利格魯」。所以我就叫村長「利格魯．德」，接起來就是利格魯德。名字沒特別意涵，只是唸起來很順，隨意取的。

有子孫就讓他繼承利格魯，你則多加個「德」！我半開玩笑提議，沒想到他居然當真，真到不行。而且還——

「居然恩准子孫繼承這個名字，小的感激不盡！」

——諸如此類，整個人心花怒放。

只是隨便幫他取名，這樣害我有點罪惡感……

啊，都好啦！最後我決定順其自然。

如此這般，哥布林首領的名字就決定是「利格魯」了。取二世之類的很麻煩，利格魯就好。沒想到他居然用謝神的方式謝我。真的很誇張，有其父必有其子。

我照這個調調替哥布林取名。想說順便弄一弄，在旁邊觀看的若有親子，就連帶取名。單身者、孤兒也順手命名。

他們當真要世代沿用這些名字……？

例如有孫子出生，村長就變成「利格魯．德德」。曾孫子出生，曾孫就叫「利格魯」，而村長進化成「利格魯．德德德」。真的要這樣叫喔？我取名方式隨便得讓人想這麼說……船到橋頭自然直吧。

於是乎，我繼續替大家取名。

此時有人對我說——

「利姆路大人……小的萬般感激……那個，這樣真的沒問題嗎？」

——是村長利格魯德，他有些惶恐地問我。

「什麼東西沒問題？」

「呃，我知道利姆路大人的魔力很強大……可是，一次替那麼多人命名……您沒問題嗎？」

他在說什麼？不過是取個名字，有必要慎重成這樣……？

「嗯？ＯＫ啦，應該沒問題。」

說完，我繼續進行命名作業。

利格魯德嘴裡說著「這樣啊……」，看上去欲言又止，但我沒放在心上。

替哥布林命名完後，接下來輪到牙狼族。

牙狼族的新領袖是前首領之子。

他跟父親一樣雄壯威武，已經有個人風範了。

我盯著那對金色雙眸看，一面想名字。

對了！他是狂風之牙——嵐牙，可以取成「蘭加」（註：日文的「嵐牙」讀音為「Ranga」）。就這麼決定！我又隨便取名了。

因為我的姓氏是暴風，再加上牙就變成嵐牙。

哎呀，取名字隨性就好。我在那方面沒什麼品味。

當我替他命名為「蘭加」時，體內魔素突然少去一大半。

強烈的虛脫來襲！

這是……什麼？自從我轉生成史萊姆後，從沒遇過這麼強烈的倦怠感。

《告知。體內魔素殘量低於一定值。將轉入休眠模式。此外，預計三天後完全回復。》

我還有意識。

這是因為我不需要睡覺。

也聽得到「大賢者」的聲音。慢慢地，我開始進入狀況。

這是……魔素用過頭了？應該像是把MP（魔力值）用光的意思吧？

可是，我做了什麼才導致魔素消耗？是先前堆積的疲勞一口氣來襲？

說是這麼說，感覺又不像……

我想動身體，卻無法動彈。

所謂的休眠模式跟冬眠差不多，並沒有真正進入睡眠，但身體無法動彈。

利格魯德一臉驚慌，立刻跑過來照顧我。

話雖如此，但又沒什麼能做的，他就只是將我安置在火堆旁的主位上。

意識殘留，卻無法做任何事。

我針對這個現象考察。

取個名字就用光魔素，這是為什麼？

難道取名字會消耗魔素？

這麼說來……替牙狼首領取名的瞬間，好像少了一大堆魔素……

這只是我個人推論，不過看來幫魔物命名似乎會消耗魔素沒錯。

光導出這個結論就花掉兩天。

想著想著，我終於知道利格魯德當時為何會一臉擔憂了。

等等……這對魔物來說該不會是常識吧？

早點說啊！——雖然這麼想，但將那當耳邊風的是自己。

為這事抱怨只是在亂發脾氣。不過，若我沒失去行動能力，大概早就開砲了吧。

亂發脾氣？又不會怎樣。

不過，一開始很擔心我無法動彈的哥布林們……

不知不覺間，他們已經吵成一團，吵說誰要擦我的身體。

你們搞什麼東東。開什麼玩笑，我可不想開這種後宮。

該怎麼說……我好像變成某種摸了就會改運的幸運擺設。

就這樣，三天過去。

我、徹、底、回、復、啦！

雖然之前不小心把魔素用乾，但現在魔力跟魔素總量似乎比乾掉前更加豐沛。

魔力是用來操作的力量。

魔素則是拿來使用的能量。

我的推測應該大致上吻合。

瀕死將激發潛能，變得更強！——應該就是像這樣吧？

何不試一試？這念頭頓時閃過腦海，但我及時打住。

沒必要嘗試到那種地步，若我只想弄個半死不活卻不小心死了，到時就好笑了。

再說我這個男人常常一不小心就越界。還是小心為妙。

閒扯到此。

發現我醒來，原本忙著工作的哥布林全都聚集過來。

在外的牙狼們也進到裡頭。

這就算了。可是，眼前狀況究竟……

「你們好像……變大了？」

沒錯。

哥布林的身高約一百五十公分。可是，現在看起來卻有一百八。

在我面前等待的傢伙疑似破兩公尺。

咦？他們是哥布林……吧？

牙狼們深茶色的體毛也變成黑色，散發亮麗的光澤。

看上去整整大上一圈，其中甚至有身長接近三公尺的。我記得他們原本只有兩公尺左右啊……

最引人注目的傢伙是帶頭者，他正悄聲無息地走來。

身長直逼五公尺，散發異樣的妖氣與風範。那巨軀略超過敗在我手中的前牙狼首領，高階魔物特有的霸氣顯而易見。

額頭上有特別的星形記號，還長出威風凜凜的獨角。

有點恐怖。

這名外貌駭人的傢伙開口——

「頭目！見您痊癒，屬下深感欣慰！」

整句都是流暢的人類語言。

難道說……這傢伙是「蘭加」！

這三天到底發生什麼事了？

當我還一頭霧水時，魔物們已經開始發出愉悅的呼吼。

＊

唔——嗯……

這三天來，魔物們經歷劇烈成長。

好驚人。

說成長太客氣……根本是進化。

取名字——是這個動作促使魔物進化？

這麼說來，當初維爾德拉也提過取名的事……

好像有提到「無名氏」、「命名魔物」之類的字眼。

對了！對魔物來說，獲得名字就代表變成「命名魔物」。魔物的等級將隨之提昇，並誘發進化。

原來如此……所以他們才這麼高興啊。

對比我身上魔素被吸乾一事，一切都說得通了。

魔物的進化好強大。

已經超越進化，根本是另一種魔物。

哥布林混濁的眼變得亮晶晶，散發知性光芒。

至於雌性哥布林嘛……更扯！她們變得相當女性化。

我驚嚇過度，連聲音都發不出來了。

咦？……咦！

嚇到我連看兩遍。

他們原本的樣貌接近猴子，是小鬼的種族。

現在雄性哥布林進化成「滾刀哥布林（Hobgoblin）」。

雌性哥布林則進化成「哥布莉娜（Goblina）」。

各有各的改變。

根據利格魯德所說，他們曾聽見「世界之聲」。

有進化的傢伙都聽到了，他們還興奮地說：「這種事很少發生！」

可是，天大的問題接踵而來。

雌性哥布林只用破布包住身體，因為進化的關係變得前凸後翹，看上去很性感。

已經不能不把她們當一回事了。

雄性們看到這一幕都顯得極其愉悅。

也不想想你們更少，只纏一條腰布耶……

要搞定食衣住，看來首先得解決的就是穿著問題。

另外一個問題是「蘭加」。

看我恢復似乎很高興，他一直黏在我身邊不走。

喜歡狗類毛毛觸感的人或許會把持不住，但硬要說的話，我愛貓。

哎，說討厭是不討厭啦。

「對了，蘭加……我應該只有替你取名字吧，為什麼牙狼們全進化了？」

沒錯，在我幫蘭加取名後，魔素就乾了……

「頭目！我們牙狼族是『團結的個體』。同胞們一心同體，我的名字就等同族名！」

哦哦。

也就是說名字共通，種族集體進化就對了。

蘭加還說，前任首領對大家「一心同體」的事抱有疑慮。

假如他深信不疑，那場戰鬥或許會有不一樣的結果。

相對的，蘭加就跟同胞完全一心同體。也因為這樣，牙狼族才能成功進化為嵐牙狼族。

總之，我們變強了！蘭加很想這麼說吧。

他一副渴望受到稱讚的模樣，所以我就——

「太好了！」

這話一出口，他的尾巴就大搖特搖。可愛的模樣跟那巨大身體形成反差。

不過，一隻五公尺高的怪物狼擺尾示好，差點害我被風壓吹跑。

「這樣很擾人耶！」

我說著就朝他瞪去，結果蘭加變得消沉不已，看起來很滑稽。而且那身體還縮小到只剩三公尺。看樣子他能自由調整大小。

我深感佩服，心想這功能還真便利，一方面又命令他平常維持三公尺就好。

是說問題又來了，該在哪養這些傢伙？

分組後的狼和雄哥布林一起吃睡……說得更貼切點，比較像是家沒了就拿狼毛當棉被。身上的衣服是一大問題，家又是另一個問題。

好吧，接下來該怎麼辦？

＊

眼前的食物堆積如山。

食衣住——在我確認他們的飲食狀況後，這就是答案。

大家似乎在我魔素乾涸時展開進化。

進化只花一天就結束了，為了慶祝進化、順便辦慶功宴，大家決定一起慶祝！

可是我遲遲沒醒，在無法獲得許可的情況下，他們就先收集食物。

當我魔素乾涸時，隱約發現大夥兒在爭誰要當擦拭官，卻沒注意到進化跟收集食材的事。進入休眠狀態後，我似乎會變得毫無防備。今後要多加注意。

不過，未等我下達命令就主動出擊，在可行範圍內行動，這點該替他們拍拍手。隨著進化發生，他們的智慧似乎也大幅提昇。比起肉體，精神方面似乎蒙受更大的影響。

至於飲食方面，哥布林還未進化前，似乎會收集果實、草葉，以及獵捕能吃的動物或魔物過活。

如今，因為跟嵐牙狼族一起行動，行動範圍變得更大。

最讓人驚訝的是，那些分組成員似乎變得能用「思念網」互相溝通。

比起騎馬還厲害，哥布林可是騎狼馳騁。

現在大夥兒的戰鬥力難以估計。連之前無法戰勝的魔物似乎都能輕鬆獵捕。短短兩天就收集之前無法收到的食材量。

不過還是有些隱憂。

光靠森林吃飯的生活一旦碰上突發狀況將難以應付。之後找個機會教他們種稻或耕作吧。伙食供給必須安穩無虞，這是過好生活的基本條件。

至於適合耕作的作物、用來產米的稻米，必須先從品種開始調查……這些日後再議。

現在就先放空，好好享受宴會吧。

那天，為了慶祝進化、戰爭結束、我身體痊癒，宴會一直持續到深夜。

隔天。

我將大家聚集。

今後的課題堆積如山，但現在必須先說最重要的事。

那就是在這個村子裡生活有哪些規範！

一開始就必須擬訂規矩。

規矩是群體生活不可或缺的要素。對日本人來說理所當然。

「其他人要守規矩，自己不用遵守！」

有些成年人會說這種鳥話（基本上是我），但這種行為很要不得。

我想了三個基本規則。

希望大家至少要遵守這三項。

其他細項我打算全交給下面的人定。

「都來了吧？那麼，接下來要約法三章！規矩共有三項，希望大家至少要遵守這三條規則。」

說完，我立刻發表那三項規則。

一、不能襲擊人類。

二、不能起內鬨。

三、不能鄙視其他種族。

就是這三點。

之前左思右想，原本想定更多規矩，但我不覺得大家有辦法在短時間內悉數遵守。所以就列舉對自己來說很重要的事。好了，不曉得大家會做何反應？

「恕我冒昧！為什麼不能襲擊人類？」

利格魯發問了。

利格魯德一臉凶狠地賞兒子殺人目光。大概將那行為解讀成以下犯上？

其實用不著對我這麼畢恭畢敬啦。

「理由很簡單。因為我喜歡人類！以上。」

「原來如此！明白了！」

咦？這樣就懂了……？不會吧，哪有那麼簡單？

不過，我放眼環視大家的臉，並沒有人表現出不滿的樣子。我還以為他們會大力反彈呢，害我白擔心了。

「其實是這樣的，人類是群居動物，對他們出手，很可能會招來強力反擊。若他們卯起來戰，我方不一定有辦法對抗。基於這些原因，我才會禁止大家襲擊他們。還有，跟他們保持良好關係在各方面來說都有利無害……」

沒辦法，只好祭出事先準備好的正經論調。

喜歡人類！這當然是我的真實心聲。畢竟我之前是人。

聽我這麼說明，蘭加大力點頭，似乎頗有同感。

對他來說，也有覺得不該對人類出手的理由吧。

這說法更能接受！那心態全寫在雄性哥布林臉上，我就當他們同意了。

「還有其他問題嗎？」

「不能鄙視其他種族……這是什麼意思？」

「沒啦，你們進化後不是變強了嗎？不能沾沾自喜，把弱小種族看扁！就是這個意思。只不過稍微變強一點，別自視甚高。哪天對手變強再回過頭報仇，到時不就哭哭了嗎？」

大家都聽得很專心。

應該沒問題。

基本上做忠告時，總有些人會聽不進去。

儘管如此，我還是希望盡量在事前防範問題產生。

「規則就是這些。希望大家能好好遵守！」

這句話一說完，村子的新規章就此生效。

大家紛紛點頭，表示願意遵守。

就這樣，嶄新的共同生活開始了。

制訂規則後，接下來要分配工作。

先是村莊周遭的警戒兵。

再來是出去找食物的隊伍。

收集素材供村莊從事生產的隊伍。

整頓家園或道具的人。

村莊的警戒工作交給「思念網」達人嵐牙狼族，讓配對配剩的狼擔任。

沒配到對的共有七隻，蘭加一天到晚黏在我身邊，所以我就讓另外六隻擔任警戒工作。

細部工作的指派則交給利格魯德，因為他以前是村長。

「利格魯德，我封你為『哥布林君主』！你要把村莊管好。」

簡單說，就是全丟給他。

感覺很像用全力把燙手山芋丟掉。

可是各位要想看看。

我生前的工作是綜合建設公司內務。要我管人太難了。再說我也不想被這個村子綁住，沒辦法去人類住的地方就麻煩了。

雖然我的做法有點強硬，但非讓他接受不可。

我是這麼想啦——

「哈哈！我利格魯德將賭上身家性命，絕對不辜負您的期望！」

他感動到語帶哽咽，想都不想就接下了。

嗯。我只要出張嘴就好了。

「垂簾聽政」。

這句話深得我心。偶爾出張嘴就好。

不過話說這個利格魯德，之前是行將就木、垂垂老矣的哥布林……現在卻變成肌肉戰士，返老還童成壯年的滾刀哥布林。搞不好還比兒子利格魯強？到底是怎麼辦到的……魔物真是不可思議啊。

「嗯。拜託你了！是說我有去看房子的建造情況，你們蓋得好爛啊。」

那根本不能叫房子。是說他們只是哥布林，本來就不該期望蓋房子會有什麼技術可言。

「說來慚愧……之前我們一直不需要那麼大的建築物……」

「嗯。也對，因為你們變大了嘛。還有衣服的事……目前穿著有點太暴露了。你們有辦法弄到新衣服嗎？」

「啊！我們至今常跟某族交易。那些人或許能幫我們弄到衣服。他們很聰明，或許還知道怎麼蓋房子！」

哦。

我好歹是在建設公司上班的，知道什麼好，什麼不好，但頂多只會做些低階木工。

我的技術還沒好到能進行指導。如果能找到人指導他們，又是之前的交易對象——是該過去看看。

「原來如此。或許該過去看看。你們都用什麼交易？錢嗎？」

「不，我們曾經從冒險者身上洗劫一些財物，但一直留著沒用。我們通常不付錢，而是以物易物，或用勞動的方式換取物資。這裡所有用品都是從他們那裡來的。」

「是喔。他們是什麼樣的傢伙？」

「是矮人。」

矮人！原來是那個很會鍛造的知名種族。

非去看看不可！

說來，我比較在意衣服問題，所以一直將武器的事延後，但他們的裝備也很破爛。

鎧甲跟破布沒兩樣，對現在的他們來說又不合身，所以大家都沒穿。

這方面也要進行改善，似乎能趁機一口氣解決。

可是，從冒險者那搶來的堪用物都耗得差不多了，留下的金錢據說也很少。該用什麼當交易籌碼？

是說我在這想破頭也變不出什麼花樣……

「我去看看。利格魯德，你可以幫我打點一下嗎？」

「是！包在我身上！今天中午前就會將東西備齊！」

利格魯德超有幹勁。

就交給他吧。他應該也會盡量幫我籌錢。話雖如此但不能太過期待。

這個世界的錢不曉得長怎樣……是紙鈔就扯了。

現在想想，我其實還處在懵懂階段。光是這個世界有通貨概念或許就不錯了。我是有想過通貨的可能性啦，卻不清楚流通情形。

要去人類居住的地方的話，也得調查金錢交易狀況呢。

總之先去見矮人再說。最近忙得不可開交，我就去矮人那兒觀光一下，順便放鬆身心。

日後一定要找個機會去人類居住的地方。在那之前，先去參觀矮人的城鎮也好。

雖然他們是亞人，但矮人住的地方似乎是個巨大城鎮。聽說還有國王陛下在，不過區區哥布林沒辦法覲見。

基本上光要入城就很吃力了。

他們似乎很鄙視哥布林，這樣沒問題嗎？

再說我外觀上還是魔物史萊姆，矮人會不會嚇到？

儘管心裡有種種擔憂，我還是很期待矮人國之旅。

我帶著許久不見的興奮心情入睡，直到天明。

ROUGH SKETCH

少女與魔人

因為焰之巨人附身，我撿回一條小命。

這事實不容否認。當時若繼續被置之不理，我將死於空襲帶來的嚴重燒傷。因此，不管魔王雷昂的意圖為何，我都必須承認自己被他拯救的事實。

焰之巨人是火屬性的高階精靈，似乎具有遠遠超乎當時的我想像的能力。輕鬆控制幾乎要從我身上滿溢而出的魔素狂潮，奪取我的身體。可是，或許多虧如此——這具肉體安定下來，我才獲得某種能力。

那就是獨有技「異變者」。

我原本會隨著焰之巨人的附身消逝，獨有技「異變者」卻讓我保住那份自我。身體受焰之巨人支配，我跟焰之精靈同化，一方面又保有意志。

魔王讓我待在他身邊。

雖然跟焰之巨人同化，但我的身體依然稚嫩。魔王坐在椅子上，我站在他旁邊，魔王的臉卻仍高過我頭頂。

這具身體被焰之巨人控制，我沒辦法做任何事，只能眼睜睜地望著眼前景物。

我不覺得累，無窮盡的乏味卻讓人感到些許痛苦。不過，或許是跟焰之巨人同化的關係，我已經能夠平心靜氣地接受現狀。

某天——

「雷昂大人，有入侵者！」

隸屬於魔王的騎士慌慌張張地衝進辦公室，嘴裡高聲大叫。

我跟平常一樣站在魔王身邊。因為沒有其他事好做，我也做不來。

站在魔王右側的黑鎧騎士正以手持劍。

「嘎——哈哈哈！魔人凱尼希大爺來跟你問好了！」

一隻半人半鳥的怪人突然闖進這裡，用刺耳的聲音高叫。

「雷昂，只要打倒你，老子就能變成魔王。之前是人類的傢伙竟敢自稱魔王，有夠厚臉皮！老子會代替你當王，你就安心地去死吧！」

怪人開始任意地大放厥詞，但雷昂無動於衷。

「嗯，老夫留下來當護衛似乎是正確的。鼠輩們似乎找到這來了。」

黑騎士不為所動，冷靜沉著地朝魔王發話，將手裡的劍拔出。

「哼。肯定是————那夥人暗中操控。不過，這傢伙來得正好。」

語畢，魔王凝視我的臉。

「焰之巨人，該你上場了。」

這話什麼意思？我一頭霧水。

「——？怎麼了，焰之巨人？」

我的疑惑似乎顯露於外在，魔王跟著露出奇怪的表情。

不過，某人可能被我們惹毛了吧——

「少瞧不起人，竟敢無視老子——」

自稱凱尼希的怪人——疑似上級魔人——將羽翼狀的手伸至面前交叉。

那時，在我眼中看來，凱尼希的手彷彿在發光。

《確認完畢。成功獲得……追加技「魔力感知」。》

無視在腦海中迴盪的奇妙聲響，我下意識踏出步伐。一步、兩步。接著，當我發現的時候，人已經站到魔王雷昂前方。

就此和魔人凱尼希對峙一般。

「妳想先死嗎，小鬼！別急，差別只在先後。等老子先做掉那邊的冒牌貨魔王——」

他喋喋不休的聲音吵死人了，不知道為什麼，我開始覺得不悅。

我看到了眼前魔人的雙翼正充斥大量魔力。

「去死吧！」

魔人一喝，接著羽毛就緩緩射出。我理解到羽毛似乎是衝著我們來的。

每一根羽毛都充滿力量，碰到便會爆炸，感覺會疼痛不已。

這念頭剛閃過腦際，一把劇烈的無名火就打心底竄升，讓我的腦袋陣陣發燙，就好像真的有火在燒。我想，那是跟我同化的焰之巨人在生氣。

接下來的事就發生在眨眼間。

所有羽毛都在那瞬間燃燒殆盡，火焰揮灑過去，將魔人凱尼希纏住。仔細一看，我的右手向前伸出，一條鞭狀火焰自手掌延伸過去。

「嘎、嘎嘎！住手、快住手！我會燒死，住手、住手啊——」

魔人凱尼希在那鬼吼鬼叫些什麼，但來不及把最後的話說完——他被我的火焰燃燒殆盡。

恐懼頓時充斥心中。

是我——我用這隻手殺了眼前的魔人。奪走他人性命，內心卻不可思議地滿足。我認為自己殺得理所當然，這感覺好複雜。

這顆心彷彿不再屬於自己，我害怕得不得了。

但是——

那種感覺一下就沒了。焰之巨人的意念占據心靈，將我的不安與恐懼沖淡。就結果來看，多虧有焰之巨人，我才能活著，不至於發狂。我明明知道自己殺人，卻沒有罪惡感。不，並不是我沒有罪惡感，而是焰之巨人壓抑那份感情，或許是他在控制一切，為了不讓我這個宿主發瘋而亡……

雖然非我所願，但我還是展開與焰之巨人奇妙的共生關係。

之後又陸續發生數次類似事件，我則在毫無感覺的情況下，替魔王雷昂殺掉那些入侵者。

內心並不覺得後悔。當時我年紀還小，沒什麼是非觀念，一切都交給焰之巨人決定。焰之巨人想抹殺礙事分子，我只是隨他的意思起舞，帶著空洞的心行動。

「呵呵，呵哈哈哈哈。有趣。妳展現出頑強的意志，積極求生了呢。我要對妳刮目相看。」

某一次，魔王看著我說出這句話。奇怪的是，我不覺得厭惡——反而還有點自豪。

「妳叫什麼名字？」

「——靜、江。」

「靜、江？嗯，那好。妳的名字叫靜。從今天開始，妳改叫靜！」

聽到這個名字，我二話不說地接受了。

我是……靜。沒錯，我不是井澤靜江，今後要以靜的身分活下去。

就這樣，我成為焰之魔人，立身於魔王城。

以魔王的親信、高階魔人的身分。

＊

自從我改叫「靜」後，時光飛逝數年。

直到那個時候，我終於可以憑自身意志，在一定程度下自由行動。與焰之巨人的共生關係逐漸順利後，我不再心煩意亂。

魔王雷昂的王城設有訓練設施。

黑騎士在訓練場上當教練，負責指導亞人和魔人的孩子——裡頭也包含一些大人。他的指導方式非常嚴格，沒過關有時也會無法吃飯。正因如此，大家都拚了命地努力。我也自食其力，不靠焰之巨人，學會如何用劍戰鬥。我不想輸給大家，也討厭享有特殊待遇。但也多虧這份執著，我變成劍術好手。

某天，我認識了一名叫琵莉諾的少女。

她比我年長一些，是個溫和沉穩的女孩。

做為實戰訓練的一環，大家到森林狩獵時，我有了和她第一次對話的契機。她每次都趁機跑到別的地方逗留，舉止很可疑，所以我悄悄跟蹤她。

「嗶——！」

跟到底後，我發現琵莉諾正在跟風狐的小孩玩耍。琵莉諾餵牠吃偷藏的食物，似乎一直在照顧牠。雖然風狐是魔獸，但牠目前還無法獨力狩獵，相當可愛。牠跟父母失散，只剩自己一個，儘管如此，還是努力存活下來。

「啊——！」

當我現身後，琵莉諾嚇了一大跳將風狐藏到背後。但最後仍放棄掙扎——

「我一直在照顧這孩子……因為牠還很小，看起來很可憐……求求妳，能不能裝作沒看到？」

她這麼求我，眼裡盡是不安的色彩，但能感受到她渴望守護這條幼小生命的心情。

當時的我或許很羨慕那隻風狐。

因為牠跟我不一樣，有人陪伴。

「嗯，好啊。可是，能不能讓我一起養？」

我小心翼翼地試探。

琵莉諾先是一陣錯愕，接著就換上滿臉笑容。

「嗯！我才要麻煩妳呢。我的名字叫琵莉諾，請多指教！」

我也報上名號，兩人互做自我介紹。對我來說，琵莉諾是有史以來第一個朋友。

「問妳喔，牠叫什麼名字？」

被我這麼一問，琵莉諾換上不解的表情。

「名字？魔物沒有名字啊。因為牠們不是能用心交談嗎？」

「可是，我們都有，就這孩子沒名字，很可憐耶。可以讓我想嗎？」

「咦——？但幫魔物取名是禁忌……」

「拜託！沒關係吧？」

當時我不懂琵莉諾反對的理由。不過，我無論如何都想替風狐的小孩取名。

我一直求她，最後琵莉諾只好勉為其難地答應。話雖如此，她馬上就愉快地陪我一起想名字。

風狐命名為皮茲，受我倆愛護。我們想了好久，最後決定從琵莉諾、靜各取一字（註：靜的日文讀音為「Shizu」）。感覺很像我倆的友誼見證，讓我很開心。

「嗶——————！」

當我跟琵莉諾一叫牠皮茲，風狐之子便興高采烈地出聲回應。

牠似乎很喜歡這個名字，我也很高興，琵莉諾也笑得開懷。

（啊啊，好開心！）

我一直很孤獨，琵莉諾跟皮茲則變成我的避風港。

在那之後，我們兩個時常跑去找皮茲。

替牠命名為皮茲才沒幾天的光景，風狐之子已經從手掌大小長到人頭大。我很驚訝，但牠一直對我跟琵莉諾撒嬌，我也就不介意了。風狐大到能自食其力捕捉獵物，我反倒替牠開心。

有時我們去見牠，牠還會幫忙捕鳥或野兔。

「靜，能不能把這孩子帶去城裡？牠會幫忙，又很聰明……」

「咦——？」

老實說，我希望皮茲是我們兩人的祕密。可是一看到琵莉諾苦苦哀求的臉龐，那些話就說不出口。

我不希望因為我的任性，讓琵莉諾傷心。

城裡也有飼養魔獸。像這樣聰明又不怕生的風狐孩子，肯定能獲得認可，當上使魔——琵莉諾用這些話大力遊說。

所以我一點頭，我們兩個就毫無深思地將牠帶回城裡。

然而——這成為悲劇的開端。

「嗶——！」

在城堡大廳遇上魔王雷昂，只有不幸兩個字能形容。不過，其實不是這樣。沒有任何力量，這樣的我哪來的資格照顧他人。

「……快逃，快逃啊……皮茲！」

遇上雷昂，皮茲頓時陷入恐慌。牠從琵莉諾的懷裡跳出，朝魔王雷昂擺出威嚇姿態。接著，皮茲對魔王的敵意喚醒魔人。

這個時候，我的身體開始失控。

明明就在身旁，琵莉諾的聲音卻給人一種遙遠的感覺。

焰之巨人無視我的意願，朝示威的皮茲伸出魔爪。我想阻止，手卻不聽使喚，抓住皮茲，將風狐燒了——用我的手。

不只如此。

我的手生出火焰，那些火化成光亮的激昂漩渦，也朝剛才抱住皮茲的少女襲去。還來不及大叫，琵莉諾就淪為灰燼，從這個世上消失。

就像她不曾存在過。

焰之魔人終於滿足，他恭敬地朝魔王行禮，又安靜下來。

（——剛才，發生什麼事了？）

我來不及反應，呆若木雞地杵著。

（手、手跟……身、身體……自己動了？為什麼？還、還用火、火……我究竟，做了什麼？）

不只皮茲，焰之巨人甚至還將飼主琵莉諾當成敵人，當我驚覺這些，事情已經過去數小時。

沒錯──我用這雙手殺了朋友。

我吐了。吐到胃液都嘔不出來，淚水卻沒有停止。

變得如此，乾脆把我一起殺了──

心裡滿是悲傷與懊悔，幾乎要讓我發狂──緊接著，悲劇宛如一場夢，心頓時沉澱下來。

想哭卻擠不出淚。想發狂卻辦不到。我想吶喊，聲音卻出不來。

我是否連心都變成魔人了？陸續湧上的恐懼幾乎要把這顆心淹沒，接著又歸於冷然。我已經不是人了。我終於知道，渴求一般人會有的平凡幸福是種奢望。

從那天開始，我不再哭泣。反正淚早已流乾，流得一滴不剩。

因為，我已經在那天遺落身為人的重要部分。

魔王雷昂只是用冷酷的眼神盯著我看。他沒有罰我，只是靜靜地看著。

第三章

在矮人王國

Regarding Reincarnated to Slime

利格魯德沒有食言，正午前就將行囊準備妥當。

前往矮人王國的人員選拔也毫無大意地進行。

以他的兒子利格魯為首，共有五組成員。再來就是我跟蘭加。

話說回來，不讓利格魯當隊長沒關係嗎？

我有點擔心，但他們似乎都能接受。

利格魯德好像也跟著返老還童，整個人幹勁十足，看樣子是我多慮了。

接過行李後，蘭加喜孜孜地讓我騎到背上。

彈～～！我的身體陷到蘭加的毛皮堆裡。比想像中更毛絨絨，騎起來好舒服。

為了不讓自己摔下去，我用周圍的毛固定身體。這時就要請出「黏絲」。當騎士沒手腳真的很不方便，只好用能力解決。有機會就該善加利用。

我一直暗中練習操縱蜘蛛絲的技巧。

用絲砍斷敵人！這也是一種浪漫吧？雖然不知道學成的機率有多少，但我有的是時間，慢慢練習吧。

行李裝了錢跟食物。

食物可以吃三天。如果花的天數更多，就自給自足搞定。

其實可以多帶些不會變質的東西啦，但我們想讓行囊盡量輕簡。

是說只要吃進肚子裡，想帶多少就帶多少……不過，人總是需要一點磨練。

因為我不用吃飯，才能這麼理智吧。
財產有銀幣七枚、銅錢二十四枚。
這金額實在不多。
我一開始就不抱期待，錢少也沒什麼大不了。之後的事過去再想吧。

＊

據說以哥布林的速度步行去矮人王國，要兩個月才能到。
森林裡有條大河叫艾梅多河。
到達這裡後，就準備進入山區。
山脈之中有我們要去的矮人王國。

東方有個帝國，朱拉大森林周邊亦有好幾個國家坐落。
柯奈特大山脈橫貫將它們阻隔開來。
因此，貿易路線分成三條。
其一貫穿朱拉大森林。
另一條是穿越大山脈的險惡山道。
最後是海路。
一般而言，貫穿朱拉大森林的貿易路線最短、最安全，卻鮮少有人使用，原因不明。大家幾乎都選擇橫越大山脈的險惡山道走。

海路則有成本問題，再加上海中棲息了巨大魔物，所以成了最乏人問津的路線。

除了這三條路線，也可以選擇通過矮人王國，但必須繳交過路費。此外，若是運送商品，到時候還得付關稅，還得接受貨物盤查。為了防止危險物品通關，這個動作不能少。對小規模團體來說沒什麼大礙，商隊通關時則會花上大把時間和金錢，因此他們都對這條路敬謝不敏。

走這條路肯定安全，但要走可得先算算損益比。

這次我們並沒有要去東方帝國。

帝國就在東面森林外，但我們要北上，直指柯奈特大山脈。

沒必要登頂。矮人王國在艾梅特河上游，坐落於柯奈特山麓。

那個都市非常美麗，直接運用山脈的大自然洞窟造景。

這就是矮人王國。

我們按預定計畫沿艾梅特河走，一路北上。

人夥兒沿著河川移動，不至於迷失方向。但為了保險起見，我還是在腦裡展開地圖。

嚮導是曾經去矮人王國出使的傢伙，名字叫哥布達，由他包辦。

他帶頭走在我前面。

話說，進化成黑狼（＝嵐牙狼族）的牙狼們腳程好快！而且看上去一點都不累。

我們持續前進三小時，途中不曾停下來休息。這就算了，他們還用接近時速八十公里的速度狂奔。

路上遇過凹凹凸凸的岩原，牙狼不當一回事。還注意跑法，避免將乘客震得暈頭轉向！

該怎麼說，總之搭起來很輕鬆就對了。

照這個步調行進，或許一星期內就能到達。

其實不趕路也沒差。

我是想盡快搞定衣服跟住處啦，不過急也沒用。

「各位~不要太勉強喔！」

我開口建議。

奇怪的是，速度居然不減反增。

這三小時來，我享受著比機車還快的速度感，不忘欣賞晃眼即逝的沿途風景，可是現在開始覺得無聊了。

正常情況下，高速奔跑時很難對話，但我吃過牙狼首領，學會「思念網」。跟大家暢快聊天，為旅行增添樂趣或許是件好事。

打定主意後，我立刻用「思念網」串聯隊友。

好啦，該從哪兒開始聊起……

「利格魯。有件事想請教一下，是誰幫你哥取名的？」

「是！您用不著對我拘禮！哥哥的名字啊，聽說來自路過的魔族男。」

「哦。魔族有來哥布林村啊？」

「是，那已經是十年前的事了。我年紀還小時，他曾經在村裡住過幾天，認為哥哥天資過人，就替他取名。」

「是喔。聽起來你哥滿棒的嘛。」

「是！他是我引以為豪的哥哥。那個魔族叫喀爾謬德大人，他也希望有朝一日能將哥哥納為己用！這是他親口說的。」

「你哥哥當時沒被帶走嗎？」

「是。那時哥哥還很年輕，魔族說過幾年後哥哥會變得更強，之後會再來，便離開了。」

「原來是這樣。等他下次過來，看到你的模樣煥然一新肯定會嚇到！」

「是啊。不過，我現在已經追隨利姆路大人了。就算加入魔王軍是種光榮，我也不會跟喀爾謬德大人走——」

「魔王軍？還真的有啊。是說又不確定他會邀你，你很有自信呢。」

「是。不是我有自信，而是我確定他會邀我。哥哥當上命名魔物時也曾經進化過，但他的進化沒我們這次強。進化的層次明顯不同。我還以為這輩子沒機會聽到『世界之聲』，真的好感動！」

一旁的滾刀哥布林們聽到這句話，紛紛不約而同點頭，就像在說：「沒錯沒錯！」

是這樣喔？

取名就會進化。難道說，進化程度取決於取名者嗎……

下次若有機會比較，再來做個實驗吧。

還有魔王軍。居然如我所料，這個世界真的有耶！

魔王會攻過來嗎？到時該幫哪邊？

算了，等攻過來再想。

幸好似乎也有「勇者」存在，魔王的對手一定是勇者，這是常識。

雖說歷經三百年，勇者不一定還活著……但就算死了八成也會跑去投胎什麼的，正神采奕奕地在練等吧。
總之呢，這件事姑且先記著。
接下來是下個話題。
「蘭加啊，我不是你的殺父仇人嗎？你難道不介意？」
我朝很黏我的黑狼提出疑問。
「老實說，我想過這件事。可是，魔物相爭本來就有輸有贏。不管戰事如何，贏的人就是老大，輸了將一無所有。再說……頭目還赦免我們，甚至賜予真名！感謝都來不及了，怎麼會恨您呢！」
「唔嗯……假如你之後想報仇，我隨時奉陪。」
「呵呵呵。進化後，我看得更透徹了。之前作戰時，若您拿出真本事，我們早就死於非命。這樣一來，根本沒機會經歷夢寐以求的進化，將會直接慘死沙場。我族將為頭目您一人盡忠！」
說這什麼話……
的確，若我擬態成黑蛇，或許能殺光他們，但我並不打算做這麼危險的賭注。這傢伙太抬舉我了。
也罷，他的誤會對我來說只有好處沒壞處……
「居然看出這點？你確實成長不少呢！」
「哈哈！謝頭目抬愛！」
我隨便找些話搪塞，算是肯定他的說詞。
畢竟他的父親死在我手裡，說不恨是騙人的吧。
若蘭加有朝一日來找我報仇，我也要爽快應戰。
我也不能大意。在那天到來前，看來必須讓自己變得更強。

畢竟現在的他看起來已經跟黑蛇同等……
就這樣，我們邊聊邊跑。
旅途順利得遠遠超乎預期。
「這樣趕會不會太急啊？」
「沒問題！或許是進化的關係，我們沒那麼容易累了！」
「請您別擔心我們。雖然不像頭目那樣不睡也沒問題，但現在只要小睡片刻就行了！也不用吃那麼多餐，幾天不吃不喝都行！」
利格魯說完，蘭加也跟著附和。
看看其他幾人，大家全都精神抖擻，幹勁十足。
這樣看來，我什麼都沒做，看起來卻是最懶洋洋的一個。
我們有大半天都在奔跑……這些傢伙真的變強了。

第二天晚上，大家在睡前用餐之時。
我找哥布達諮詢現在要去的矮人國。
「是、是的──！那、那個，他們的正式名稱是軍事大國德瓦崗。人稱現任矮人王為英雄王──」
被我一問，哥布達顯得緊張，一方面又欣喜不已的樣子。
那慌張應答的模樣甚至讓人懷疑「這樣不會咬到舌頭嗎？」。
根據哥布達所說，現任國王蓋札・德瓦崗是初代數來第三代。跟他年輕時的祖父一樣威嚴懾人，是個偉大的英雄，以公平公正的手法治理國家，賢王之名因而遠播。

簡直就是活生生出現在現代的英雄。

自矮人王國的初代英雄王格蘭・德瓦崗建國後，這個國家已屹立千年，現任國王繼承格蘭的遺志，保留歷史與文化、技術，引領其發展。

這位賢王所治理的土地就是軍事大國德瓦崗。哎呀，由長壽的英雄王統治，肯定是很棒的國家吧。

我開始期待了，進一步追問到那國家還需多少時間。

「再問一個問題，哥布達。大概還要花多少時間才到得了啊？」

「我想應該明天就到了！山已經離我們很近！」

原來如此，經他這麼一說，山確實就在不遠處。

昨天連個影子都看不到，移動速度好驚人。

「話說，我突然想到一件事，你之前去矮人王國幹嘛？商人每隔一陣子就會到村子裡來吧？」

之前我跟利格魯德聊哥布林王國時，他曾提到旅行商人狗頭族的事。

有商人還特地花兩個月去矮人王國挺奇怪的。

「是！因為我們有魔法兵器跟防具，矮人族願意高價收購。雖這麼說，但他們是用道具支付……後來有替我們找行商代運，算幫了大忙！另外就是，我們那區的魔物都不會使用魔法裝備，所以……」

原來是這樣。

也就是說，他們有時會將冒險者的裝備拿去賣掉嗎？怪不得自用裝備都破破爛爛。

狗頭族分不清物品的好壞，所以他們才特地跑去識貨的矮人王國兜售吧。照理說哥布林們只有辦法對付在森林裡迷路的初生之犢。真沒想到他們會有那種好東西……

「理由不只這些。矮人族的作品從裝備起算，樣樣都是上等貨。東西好到連人類都點頭稱是。大家去矮人王國都是為了這些，人類、亞人、有智慧的魔物齊聚一堂，不論身分高低。這是矮人王國的傳統，該地還以王的名義禁止大家在國內紛爭。」

哥布達講得支支吾吾，利格魯順著他的話補充。

也就是說賣裝備是其次，補充必需品才是重點。最重要的是，矮人王國保持中立，就算是魔物也不會受到歧視、能順利買到東西，這點滿吸引人的。

「能實現這些，全拜軍事大國德瓦崗的強大軍力所賜。聽狗頭族的商人說，這一千年來，矮人軍從沒吃過敗仗……」

矮人王國有重裝步兵當銅牆鐵壁，後方是火力強大的魔法兵團。對手還來不及突破步兵防衛牆就先被魔法攻擊打趴。

之所以會有這麼強大的實力……全都歸功於高端技術催生的裝備。

那些武具以最先進的技術製作，人類的作品根本比不上。肯定沒人想惹這種軍事強國。

理所當然地，人們不跟矮人族作對，而是選擇締結友好關係。因此，就算在他們的國土上遇到魔物，多數人也不至於笨到當場引發爭端。

就算對方是魔物，他們也一視同仁地售予道具，或許矮人族意外親切也說不定。相處得當可能有機會當朋友。

不對，應該說一定要好好相處，非跟他們變成朋友不可。

那裡是人類與魔物共存的都市。

矮人王國在這個世界上應該算特例吧。

戰爭用品滿街賣，同時享有和平。軍火商的據點居然是世外桃源，從某個角度來看……或許滿諷刺的。

這就是我在旅程中聽說的軍事大國德瓦崗全貌。

時光飛逝，我們已經出來旅行三天。

延伸於柯奈特大山脈山麓的一大片牧草地。

由山脈巨窟改建而來的美麗都市。

這是大自然創造的天然要塞。

軍事大國德瓦崗。

我們終於來到矮人王國。

*

門前有一排隊伍。

大門嵌在天然的巨型洞窟上。

這道門只有在軍隊出入時敞開，聽說每個月只開一次。

很可惜，今天沒開。

大門下方設有小小的進出專用口，平常只開這裡。

大門左右兩側都有小門，但右側沒人排。有可能是達官貴人專用道，所以才空蕩蕩的。左邊倒是排了一條人龍，有些人無條件通關，有些則被帶到別的地方接受盤查，狀況不盡相同。

至於這個左側小門，戒備森嚴度之高不辱軍事大國之名。

是在昭告世人「我們軍事大國並非浪得虛名」吧。

進到裡頭應該就能自由些……是說隊伍排好長啊。

旅行三天是小事，在這裡等通關反而有種更花時間的感覺。

「不愧是矮人王的勢力範圍，門好氣派啊。」

「快看，看那個士兵身上穿的防具。我們工作十年也買不起……」

「這當然啊。連東方帝國都避免跟他們正面對立。看那個裝備就知道為什麼。」

「這還用說。敢跟矮人為敵，包準看不到明天的太陽。每個國家都不希望遭受可怕報復，被人滅國啊！」

我排在左門人龍裡，觀察四周動靜，這串對話跟著傳進耳裡。

難道這個世界的矮人跟想像中不一樣，不是性格溫和的民族？聽起來意外火爆。

這個國家是自由貿易都市，還是各族的交易中樞。因此，他們才會變成絕對中立都市。矮人英雄王不容許這個都市發生械鬥，在冒險者間似乎是眾所皆知的資訊。

武力是維護和平不可或缺的要素，原來這概念拿到異世界也通用。

正當我沉浸在自己的世界裡——

「喂喂喂！有魔物出現在這兒耶！還沒進到裡面，在這裡殺沒關係吧？」

「欸，排什麼隊啊。你們幾個很囂張喔。不想死就讓位！還有，把家當留下。乖乖照做的話，這次就放你們一馬！」

諸如此類，某幾人開始說些莫名其妙的話……更正，聽起來擺明在威脅我們。

現在排隊的只有我跟哥布達兩隻。這是因為，帶著一群只繞腰布的傢伙在不好的方面上太顯眼了。所以我就說「我跟帶路的哥布達去就行了！」，事情拍板定案。

利格魯也想跟來，但我拒絕了他。

他們正在森林入口野營，靜待我們歸來。

所以現在只剩我們兩個，看在人們眼裡似乎很好欺負？

我們被懶得排隊的冒險雙人組盯上。

「喂喂喂，哥布達，你聽到沒？」

「是，都聽到了……」

「之前來這兒辦事的時候你也被糾纏過？」

「當然！我在這裡被人欺負，幸虧狗頭族商人救我！若是他們沒救我，我搞不好都沒命了！」

「……原來被糾纏過啊，所以你任他們宰割？」

「弱小的魔物只能認命……」

哥布達似乎被找過麻煩。不僅如此，他還很認命。

希望他早說呢。

哥布達那雙眼似乎看穿我的心思，頭垂得低低的。

他好不容易才學會用平常心跟我對談，這突如其來的插曲又把他逼回原點了？

我有點擔心。

「喂！不過是群垃圾魔物，居然不把本大爺看在眼裡！」

「我說，會講話的史萊姆好像很少見喔？要不要抓去當展覽品？」

雙人組你一言我一語，繼續講些煩人話。

印象中我好像被人稱過菩薩心腸啦，又好像沒有，總之現在的我怒了。

「哥布達……你還記得我之前提過哪些規矩吧？」

「是！當然！」

「是嗎？那你先把眼睛閉上，耳朵也摀住！絕對不能看這邊！」

「嗯？雖然不知道為什麼，但我會照辦！」

準備就緒。

訂規矩的我帶頭違反規矩……要是被發現，就不能以身作則了吧。可能會壞我好事的哥布達已經閉眼了，接下來要清理垃圾！

這時，右邊那個男的視線一動。

我順著他的視線看過去，有三個人一邊賊笑，一邊望著這裡瞧。

眼前這兩人是劍士跟輕裝男，八成是盜賊之類的。

另外那三人則是披著斗篷、看起來像魔法師或僧侶的傢伙兩名，外加一個高大的戰士。

以下是我的推測——這五人一夥，其中兩人負責把我們趕跑，藉機插隊。然後，那三人再暗中做掉我們，裝沒事跟另外兩人會合——劇情大概是這樣。

那幾個傢伙碰到弱小魔物或許都用這種方法殺害，再搶奪財物吧。

超好猜的。

不過……這次是他們先過來找麻煩！

「喂喂！不准插隊！我寬宏大量，現在乖乖排隊就饒你們小命。給我滾去後面排隊！」

我開始挑撥他們。

冒險者二人組錯愕了一下，接著就瞬間漲紅臉。

一下就被激怒了。

「不過是隻垃圾魔物，少瞧不起人！」

「喂喂，你找死喔！老實丟下家當走人，我們還不會殺你……但現在你激怒我們，休想安然無恙。」

他們開始講廢渣愛用台詞。

呵！在建設公司裡上班，沒辦法對長相凶神惡煞的大叔頤指氣使就別想混下去。放眼某些外包公司的職員，甚至還有身上有著塗鴉的淘氣老爹坐鎮呢。

區區幾個年輕人開口威脅根本連屁都不如。

「垃圾魔物？是在說我嗎？」

「不然是誰！史萊姆是垃圾中的垃圾！」

「快給我滾過來。看你會說話，我就不殺你，讓你當魔物奴隸！」

魔物奴隸？有那種東西？

這先擺一邊。

旁邊的商人跟冒險者們開始注意這陣騷動了。

要先想辦法讓我們成為注目焦點。

不曉得這個世界有沒有正當防衛概念……若他們之後肯幫忙作證就再好不過。

不過，是說都沒好心人願意伸出援手？

假如我是美少女，或許會有啦，但史萊姆就別想了。

「左一句垃圾右一句垃圾，根本狗眼看人低啊！還罵我史萊姆……？」

「你怎麼看都是史萊姆啊！」

「可惡，開什麼玩笑……！你這種小角色也敢小看我們，不可原諒！我要宰了你！現在求我們饒命也太遲啦！」

雙人組陸續抄起武器。

啊！他們總算抄傢伙了。

煩耶。第一次遇到的人類交談對象居然這麼鳥，運氣真背。魔物還比較親切。

周遭群眾似乎想跟我們保持距離，開始後退。不想掃到颱風尾吧。

守門人也發現這邊吵吵鬧鬧，趕緊採取行動。

我才不管他們，慢條斯理地踏出一步。接著——

「咯咯咯。說我是小角色？史萊姆？你們是看錯多久了啊？」

我故意說得內有隱情。

不管從哪個角度看我都是史萊姆沒錯。所以他們一定打一開始就認為我是史萊姆。

這是演出效果……大概。

「你說什麼？少在那裡虛張聲勢！」

「哼！你說自己不是史萊姆，就讓我們看看真身啊！不然死無對證！」

他們似乎在等我變身。

如我所料！

維持史萊姆的樣子作戰應該也贏得了。

可是，那樣我很難手下留情，會不小心把他們砍成兩半。要調整威力，只讓他們昏倒可不太容易。

「好啊。就讓你們看看本大爺的真實樣貌！」

我意有所指地大喊，開始釋放一直以來壓抑的妖氣。

當然，只放一點點。

接著轉頭看向四周，看看有沒有人發現這薄薄的妖氣。只有幾名圍觀群眾發現了，而眼前這兩個白痴跟同夥似乎沒發現。

看樣子這群人是三腳貓。

用不著觀察了。我想想，該變什麼好……

黑霧從我的身體噴出。

接著，我全身都包在霧團裡……當霧散去，一隻魔物出現了。

是黑色的狼。

咦？之前吃掉牙狼首領進行擬態時，外觀上好像還是牙狼……現在則變成黑狼，就跟進化後的蘭加他們一樣。還有，我的身體比蘭加更大。

頭上有兩隻角。

擬態：黑嵐星狼。

……也就是說，吃掉的魔物族類若有進化，我的擬態也會跟著改變。不僅如此，我的進化姿態比蘭加更猛。蘭加只有一隻角，這應該表示我比他更強。感受得到壓倒性的強大力量。那兩個笨蛋看到這副模樣肯定會逃之夭夭。我原本是這麼想的……

「哈！假裝高階魔物又怎樣，你還是一隻史萊姆啦！」

「喂喂喂，該不會以為這樣就能把我們嚇跑吧！是不是！」

他們根本沒發現！

搞什麼，一般都會發現才對……我的樣子一看就很殺啊！

說起來，不管是幻覺或其他招數，看到史萊姆變身都該小心吧。

不過，這兩個傢伙卻毫不在意。

或許是認為還有暗中夥同的三名同伴在才不怕……

能用的技能變多了。

「超嗅覺」、「思念網」、「威壓」、「影瞬」、「黑色閃電」——變成五種啊。

「影瞬」是蘭加他們正在練習的技能。

潛伏在搭檔的影子裡，因應呼喚現身！他們正朝這個目標努力。

現在還處在鑽入影子的練習階段，往後還有得練。

再來是「黑色閃電」……不試也能猜出個大概。假如我拿他們試刀，眼前那幾個可悲的男人肯定會變成焦炭。

我的預測通常不夠狠，他們搞不好會變得更慘。這樣算下來，根本沒技能好用。

希望「威壓」對笨蛋有效！但從某個角度來說，笨蛋天不怕地不怕？

是說在旁邊觀望的人群已經嚇到腿軟了。

「受不了……隨便啦。太麻煩了，直接攻過來吧！」

我讓他們先攻。在擬態下遭受攻擊會有什麼下場呢？

事實上，我已經用實驗證實過了。我曾經變身成蜥蜴，持續接受攻擊，看會發生什麼事。

當時我發現一件事，攻擊超過特定量後，擬態會解除。擬態時遭受的攻擊並不會轉嫁到史萊姆本體上。八成是消耗魔素包覆本體，再形成擬態，本體才會毫髮無傷。

缺點是三分鐘後才能再次進行擬態，以及每一種魔物的擬態都需消耗對應魔素。

那些消耗量對我來說微不足道，沒什麼大不了。時間限制也不是問題。

換句話說，隨敵人攻擊到爽為止。

若對手太強，我只要在變回史萊姆的瞬間逃跑就行了。

「看招，去死吧！」

一旁劍士被我的話激到，立刻惡狠狠地出招。

「唔喔喔喔！風破斬！」

那是劍士的技能嗎？他手上的劍在發綠光。

可惜的是，這招對我沒用。好可憐……他引以為豪的劍斷了。

與劍士的攻擊同步，另一名輕裝戰士朝我投擲匕首。

然而——

同時丟三把匕首挺厲害的，但威力不足以貫穿黑嵐星狼的硬毛。

「剛才好像有什麼東西丟我？」

我學反派常擺的嘴臉，用看扁人的態度發問。是說他真的有用東西丟我？剛才的匕首攻擊弱到讓人不禁如此懷疑。

那招中看不中用嗎？

「居、居然有這種事！好硬的毛……」

「怎麼會……不、不可能……怎麼會這樣！我的劍是白銀刀身耶！拿來攻擊魔物還有加成作用！」

……不是吧，銀很脆弱耶。這傢伙在說什麼傻話……

「喂，你們快過來幫忙！」

劍士似乎沒閒功夫顧及尊嚴，他開始呼朋引伴。果然沒錯，那三人是同夥。

「嘿！這下你沒戲唱了！」

「真是的……沒想到還要我們出馬！」

「史萊姆會變身魔法？有趣喔。死掉再拿屍體解剖看看。」

「那傢伙從剛才起就一直待在原地。動了會解除魔法吧。是不是？被我說中了？」

同夥應邀幫忙，他們也跟著亂叫些有的沒的。

五人圍著我散開，同時朝我發動攻擊。

輕裝戰士揮短劍砍來。

劍士開口詠唱魔法，發動帶有鐮風的斬擊。

重戰士口裡叫著「重破斬！」，揮動大斧攻擊。

魔法師高喊「火焰球！」，用魔法進行攻擊。

僧侶則提防我的攻擊，構築魔法防禦。

以組隊來說，這隊平衡性很好。對他們來說美中不足的只有一點，那就是所有攻擊都對我無效……

我朝他們瞥去一眼。只見他們驚嚇過度，啞然失聲。
現在用「威壓」或許有效。
我發出咆哮，就此施展「威壓」。然而，我搞砸了……在一旁圍觀的人跟著昏倒，甚至褲襠流出各種東西……總之，現場變得慘不忍睹。
糟糕，該怎麼辦？我陷入苦惱。
咦？大家想知道五人組有什麼下場？
他們近距離受「威壓」攻擊。結果可想而知。
我的「魔力感知」感應到一群矮人警備隊正朝這跑來。
當下就只有一句話——
「完蛋……了。」
我喃喃自語。看樣子沒戲唱了。
接著我看向跨下流出各種物體的人們，心想「善後工作一定很麻煩吧？」，開始用事不關己的態度逃避現實。

*

「真的很抱歉————！」
我深深一鞠躬（自認）。
我們被帶到警備隊駐紮處。

事發過後，引起莫大騷動的我無罪赦免！外加就地釋放——這種事當然不可能發生。我們被跑來的矮人警備隊團團圍住。

是說對手那五人全都昏倒了，所以就剩我被圍堵。

對了！偷偷變回史萊姆逃走吧。

打定主意後，我變回史萊姆試著開溜，不過……

警備隊眼明手快地抓住我的身體，接著飄浮感襲來。

眨眼間落網。

該名士兵露出笑容，臉上寫著「我不會讓你逃走喲！」。

笑歸笑，他額冒青筋，目前心情表露無遺。

「等等，我們是無辜的！我們是被害者啊！」

我試著模仿哥布達隨口說道，不過——

「嗯。是啊。可是，詳細情形還是到駐紮點再說吧。我們不會讓你逃跑喔！」

士兵放話時笑得好燦爛。看樣子到此為止了……

哥布達在做什麼？我疑惑地看去，他還在閉眼摀耳。

……那個笨蛋！在想什麼啊？

不，他肯定什麼都沒想。因為他是笨蛋。唉，也可以說他老實啦。

我傻眼之餘，不忘把哥布達叫來。就這樣，我們被帶到警備隊的駐紮點去。

這次一共發生三件事！

一、有人找麻煩！

二、我變身成狼！

三、吼得有點大聲。

怎樣？錯不在我吧？我自認沒錯，偷偷抬眼看士兵。

他還是笑得和藹可親。

鬍子這種東西啊，跟他親切的豪爽面容好搭。

可惜。要是額頭上沒青筋就好了。

「那個……為什麼連我也被帶來了？」

「白痴喔！說什麼屁話？還不都是你被人找碴，我們才惹毛矮人啊？」

「咦！原來是這樣？對不起……我又搞砸了……」

「沒差啦，這次也是逼不得已，之後要小心點。」

呼～看樣子蒙混過關了。這就是必殺技──「都你的錯！」。

經歷長年的社會洗禮後，我總算學會這高難度技巧。重點在於不讓對方起疑心。

做起來很難的！

其實呢，供詞乍聽之下很像在說笑啦，但那三件事已經點得八九不離十。矮人士兵盤問過目擊證人，他們似乎也持相同說法。

所以矮人們對我倆的態度好像變得緩和些。

「所以呢？那個狼型魔物是怎樣？」

眼前這位負責調查的士兵開口問道。

問我怎樣，他指的是什麼意思？種族名嗎？

「我想想，那種狼的種族名好像叫……」

「不是這個。名字不重要。為什麼那種魔物會出現在列隊處？是說牠打哪兒來，又跑哪兒去？把你知道的全說出來！」

唔？都說是變身啦，他不相信嗎？

英雄通常會隱瞞變身的事，但我不是英雄。

所以我才會一五一十全盤托出嘛。

「不，就跟你說……那是我變身的樣子嘛！」

「啊？真是的，會說話的史萊姆的確很稀有，但史萊姆不會變身吧？」

「不不不，既然你不相信，乾脆在這裡變給你看？」

「哼。算了。就假設那隻狼真的是你變身的好了，你怎麼能變身？你不是史萊姆嗎？」

咦？對於這個問題，我該怎麼回答？

這是獨有技啊！老實回答似乎不太妥當。若我如此正直，不就跟哥布達同等級了。

快想。立刻想個有說服力的理由……！

「老實說……我被魔法師詛咒了。他大概嫉妒我的才能吧……我是個幻覺魔法師。」

「哦——被魔法師詛咒是吧。然後？」

「呃……是的。我學會幾種幻覺魔法，當時還在精進，卻被邪惡的魔法師變成史萊姆……為了找尋解開詛咒的方法，我一直在外旅行，就是這麼一回事！」

「你跟邪惡魔法師怎麼搭上線的？為什麼他不殺你，只對你下咒？」

咕唔……你幹嘛不照單全收啊。疑心病真重。

不過，也是啦。我隨便說你隨便信，不就比哥布林弱智了！以上是我內心獨白。

時間往後拉長兩小時。

士兵一直在跟我進行問答攻防戰。

…………………

…………

……

兩人論得口沫橫飛，最後生出一個故事。

那就是一名美少女被邪惡魔法師詛咒，變成史萊姆。

也不至於到舌戰啦，只是被士兵指出各種盲點後，腦子就不小心編出一個奇怪的故事。

有個男孩子氣的天才少女，她很擅長變身類的幻覺魔法。她被魔女詛咒，為了解開詛咒而踏上旅途。

怎麼會變成這樣？而且為什麼要用魔法少女設定！

每當我掰出奇怪的故事，士兵就以提問的名義進行修正。

修正到最後，故事「總算有說服力了！」……我跟士兵沉浸在「終於說得通了！」氛圍裡，用熱切的眼神對看彼此。雖然我沒有眼睛啦！

不需要言語，我倆已心靈相通。

「好！筆錄完成。感謝協助！不過，你們還不能──」

砰──！

士兵大哥才說到一半就被打斷，門大力敞開。接著，一名士兵衝進來。

「不、不好了！礦山有甲殼蜥蜴出沒。正在採礦的礦工出現數名傷患——」

「什麼！甲殼蜥蜴有沒有收拾掉？」

「沒問題！討伐隊已經過去處理了。不過，有些人傷得不輕。可能某些國家在備戰，賣藥的都沒貨了，城裡的庫存又無法供應……」

「治癒師呢？」

「他們……跑去採『魔礦石』，現在前往礦山深處了吧？駐紮處配駐的治癒師全都跟去，目前只剩學徒！」

「居然有這種事！」

好像出大事了。

沒人理我。

城裡有庫存就調庫存用啊！我是這麼想啦……

回復藥是吧。我有啊，該怎麼辦？

可以的話，我是希望因此讓他們留下好印象，獲得無罪開釋——我絕對沒有在想這類事。

救人不需要理由。說是這麼說，我個人對這句話半信半疑啦……

俗話說「好心有好報」。或許幫他們會有好事發生也說不定。

「喂，這位大人，大人！」

「什麼事？現在沒空。調查已經結束了，但還不能放你走。等狀況有個眉目再說，你暫時先在這房間裡等！」

「不不不，我不是那個意思。是關於這個啦！」

我從懷裡取出回復藥（雖然看起來很像「呸！」地吐出來）。

「……？啥，這是什麼？」

「回復藥啊。可以喝！可以擦！好東西喲！」

「啊？你這隻史萊姆怎麼會有回復藥？」

喂喂喂，男孩子氣美少女設定去哪兒了？

你根本把我當史萊姆吧！果然，這傢伙只是一時興起幫忙編故事。

算了。我跟他半斤八兩，沒資格抱怨。

「那些不重要啦！用用看吧。要幾個？」

「聽說傷者有六個……這藥沒問題嗎？」

過來稟報的年輕士兵目光狐疑地看我。

魔物贈藥——換我當士兵可不會收。

「嘖！待這兒不准跑！喂，我們走！」

「咦？可是，隊長……這傢伙是魔物耶！」

「吵死了！我們走，快點帶路。」

說著，他一把抓住我吐的六個回復藥，這名被叫隊長的鬍子士兵大哥就此衝出房間。儘管他嘴巴上虛應了事，似乎還是對我有某種程度的信任。

我沒看錯，他是個好人。沒想到他是隊長。

「結束了嗎？」

從頭到尾不發一語，只顧著點頭附和我說詞的哥布達開口詢問。
「還沒結束，總之先等等，看情況再說。」
「了解！」
我們兩個一～直在發呆。
士兵們時不時進出駐紮處，紛紛用狐疑的眼神看我們，一臉納悶……
我們等了一小時。為了打發時間，我都在練習操縱蜘蛛絲，這時感知到隊長歸來的腳步聲。
我收起蜘蛛絲，靜待他進屋。
哥布達已經睡著了。這傢伙……或許意外是個人才！
「多謝相救！」
一進到屋子裡，隊長就說出這句話，還跟我鞠躬。
礦工們跟在他後頭進屋。
「你就是贈藥人吧！謝謝你！」
「說真的，我的手爛成一團，本來就算活下來也無法繼續工作……多虧有你！」
「…………」
礦工們紛紛道謝。
最後那個無言的傢伙，你好歹也說句話吧。也罷，我知道他心裡很感謝啦。
接著礦工們又頻頻道謝，謝完才回去。回復藥能幫上他們真是太好了。
折騰老半天，太陽已經西下，天色完全暗下來了。
之後我跟隊長小聊了一下。

這次是正經地聊。

跟我起爭執的五人組隸屬矮人國自由公會，是一群冒險者。雖然很有才華，卻一天到晚惹事，鬧得人盡皆知。

他們應該學到教訓了吧！他笑著說。

矮人已經確認完畢，知道我們無罪，但考慮其他被害者的心情才會抓人。

是說也沒人來提出被害申請。

害我弄髒內褲快賠我！這麼說太恥了，大家根本說不出口吧。

我也向隊長坦言我方的事。

包含哥布林村的重建、衣服裝備調度。可以的話，希望請個建築指導者回去指導，諸如此類。

隊長仔細聆聽我們的訴求。知道事情原委後，其他隊員也熱心搭話。

哥布達還被大家問來問去，回答時驚魂未定。

就這樣，一夜過去……

隔天。

我們還留在駐紮處。

哥布達跑去小憩室，目前不在這裡。應該還沒起床吧。

我不用睡覺，一大早就在觀賞後院裡的操演。

看他們咻咻咻地揮木刀，稍微模擬對打練習，還有在場上奔跑等等。

我悠悠哉哉地觀望一切。

並在腦內模擬矮人的身手，讓他們跟進胃袋的各路魔物對戰。

因為我很閒，就當是在玩遊戲。可是，拿「大賢者」做這種事可以嗎？感覺有點大材小用。但實在很有趣，不能怪我啊。沒問題啦。

結果魔物大獲全勝。就算我調低強度，還是只有幾人能打贏蝙蝠跟蜥蜴。

一對一的話，似乎是魔物占上風。不過，矮人似乎是以四到六人為基礎戰鬥班，也有幾種組隊能戰勝蜘蛛。

話雖如此，在這兒操演的二十人一起上，還是贏不了蜈蚣。

這批士兵並不是矮人國最強的，所以才會有這種結果吧。

當我在腦內推演時，哥布達起床了。

隊長也來駐紮處上工。

「該放人了。抓你們來關很抱歉。為了顧全大局，只好關你們一天。對不住！」

「不會啦，這樣我們也少花住宿費，算賺到了。」

「你肯這麼說真是幫了大忙。算是賠罪，我替你們介紹技術好的鍛造師！」

「太好了。謝謝你！」

這是個好兆頭。入國審查繁複，他們幫忙優先處理，住宿費也省了。找鍛造師又是一件麻煩事，有士兵介紹肯定能找到好手！

往好的方向想，事情發展順到不行！

「相對的……」

嗯？糖衣裡藏了什麼暗樁嗎？

我只歡迎電影之類的留一手……

「如果你那邊還有回復藥，希望能賣給我。」

原來如此。昨天他好像說庫存不夠。

我肚子裡囤一大堆，要賣也是可以……但不清楚價錢。

該怎麼辦？

……算了沒差。反正是我自己做的零成本消耗品。就賣他幾個吧。

「好啊。說是這麼說，我自己也要留一些，先看你要幾個？」

「多的就可以了。假如只多一個，賣一個也好。」

嗯？這話有古怪喔？他不是想多囤些回復藥以備不時之需嗎？只買一個的話，遇到突發狀況會很困擾吧。

嗯，他大概沒太多資金吧。

「那不然，五個你看怎樣？」

「五個！太好了！」

「嗯，我在想，加水稀釋應該也有效吧？如果是普通的刀傷，大概調配十分之一的藥就行了。」

聽我說明，他頻頻點頭，一副甚是贊同的樣子。

他似乎接受了，所以我就賣五個，換到一個小袋子。

打開一看，裡面放了金色的貨幣。

「錢不多，希望你能接受。一個賣我五枚金幣！」

五個回復藥換到二十五枚金幣。

目前我並不清楚這樣賣有沒有虧，就用這價錢賣了。相對的，我要問問貨幣價值，好好調查一番。

「請問——不好意思……」

「太少了嗎？可是，我就只有這麼多……」

「不，賣這個價錢就行了，我想跟你打聽一些事……」

「咦？你願意接受這個價格嗎？那、那麼，想打聽什麼？」

嗯？嗯嗯嗯？這反應……我被坑了？或許該開高一點的價位。

算了沒差，就別跟他計較了。這個隊長似乎是好人，應該不會把我當肥羊宰吧。

「包含定價的事，其他像金錢價值啦、物價等等，我全都一無所知……可以的話，希望你教教我！因為我只是隻史萊姆！」

我說這話等同否定昨天絞盡腦汁想的男孩子氣美少女設定，儼然是隻史萊姆。

不過呢，彼此彼此啦。反正他一開始就不採信，現在否認也沒什麼大不了。

就這樣，我們出發前大聊特聊，直到吃完午餐才正式「整裝出發！」。雖然我吃不出味道，但他還請我這隻魔物吃飯，那份心意很令人愉快。

我好久沒吃飯吃得這麼津津有味。

●

啊啊……怎麼會忙成這樣……

矮人男性——凱金正暗自抱怨。

搞什麼，居然說「東方帝國可能要行動了！」？這怎麼可能！

那是他的真實心聲。

畢竟三百年來一直都天下太平。

帝國豐衣足食，何必大費周章侵略其他國家。

他怎麼想都想不透。

其實也好，他們靠製作武器維生，戰爭開打就表示可以大賺一筆……但話又說回來，工作量怎麼突然暴增成這樣！這是他再真實不過的心情。

而且，還有另一個問題困擾他……

那個可惡的大臣！他在心裡痛扁對方，整個人苦惱不已。

該怎麼辦才好？他唉聲嘆氣地想著。

期限所剩無幾。

拒絕會損害信譽。

講白點就是——無法用「做不到！」帶過。

他正在等熟人聯絡，視對方提報的結果而定，或許得放棄這次的製作案也說不定。

身為名氣響叮噹的武器鍛造師，有時候也只能舉白旗。

對，就是沒材料無計可施的時候！

引頸企盼的通知總算來了。

「抱歉……昨天就該聯絡你的，無奈忙不過來……」

說完，三個男人進來了。

這三人是矮人族兄弟，凱金委託他們從事採掘工作。

長男葛洛姆。技術高超，專門製作防具。

次男多爾德。工藝技術在矮人世界裡數一數二，遠近馳名。

三男米魯得。沉默寡言，但手很靈巧，做什麼都難不倒他。亦精通建築及藝術，是個天才。

以這三人的鬼才程度來看，就算一人開一間店也不意外，可惜他們在人情世故方面過於笨拙。除卻擅長的領域，其他部分跟白痴一樣。

可能因為過於優秀，那些缺點才加倍奉還嗎？他們個性上並不擅長周旋、跟人爾虞我詐做買賣，被周遭的人利用個夠本。

此外，店鋪還被信賴的人奪走、同門師兄弟嫉妒他們的才華，害他們慘遭暗算、拒接大臣的案子，結果被國家視為眼中釘……在真的已無可奈何後，三人只好來找兒時玩伴兼老大哥的凱金幫忙。

怎麼不早點來找我！凱金心想，不過這麼想也無濟於事。

凱金將三人藏在自家店鋪，並僱用他們。

可是，他沒工作給這三人做。凱金的店專賣裝備沒錯，但除了武器，其他都從外面進貨。

凱金做武器從來不假他人之手，能派的工作就是請他們當助手……若在這個節骨眼上開始製造防具、進行精密加工，不再向外購入防具的話，有可能引來不必要的麻煩。

在風浪平息之前，他都必須維持以往的經營模式。

實在想不出其他辦法，凱金只好派工人給他們，讓他們指揮礦石、素材的收集工作。

根據三兄弟所說，那裡似乎有魔物出沒。

這讓凱金頭大。

首先該慶幸這三人平安無事。

幸好他們都沒受傷。想到這——

「沒關係，你們沒事就好。還好你們逃掉了，沒受傷真是太好了！」

凱金這麼說道。

沒錯。身體安然無恙，往後要採礦有的是機會。朋友平安無事比採礦重要多了！凱金這麼想。

沒想到話一說完，那三人就尷尬地互望。

接著——

「不是……我們沒逃成。」

「嗯。老實說，我到現在還不相信昨天那件事是真的……」

「……………」

——說著，三人開始娓娓道來。

他們說有隻不可思議的史萊姆贈藥，才保住小命。

平常凱金會笑說「太扯了」，但三兄弟從不說謊。

他們沒聰明到有辦法捏造謊言。

這麼說來，事情是真的？不過，昨天才有人在採礦場遭遇魔物，現在肯定沒辦法請到新的礦工。之前僱的工人只做到昨天，全都在昨天請辭、逃之夭夭。大家似乎都受很重的傷，不能怪他們。

照理說，這種時候本該去拜託自由公會，可是希望渺茫吧。

凱金早就提出申請，希望委託他們採礦，但自由公會遲遲沒有答覆。

其他工房也紛紛提交訴求，僧多粥少自然難請。

拜託護衛幫忙又要燒很多錢，而且他們只拿錢辦事，不會多做。護衛的工作就只有護衛。更別說要請能打倒「等級B^-」魔物的冒險者……

不行！這樣算下去別說超支，根本會破產。

嘖！為什麼在礦山淺層地區會出現那種強力魔物啊！

凱金深深地嘆了一口氣。

該怎麼辦？

期限所剩無幾。是否該硬著頭皮，親自過去採礦？

想不到好辦法。但時間不待人，一點一滴流逝……

四張臉面面相覷，生不出解決之道。

就在這時，一個奇怪的團體出現了。

●

「喂！老哥，你在嗎？」

一邊問話，擔任隊長的凱多進到店裡。

我跟他愈聊愈熟，熟到都直接叫名字了。至於凱多說要替我介紹的店，似乎就是親哥哥經營的店舖。

麻雀雖小五臟俱全，整理得井然有序，很像頑固老爹經營的店。

「打擾了～」

「你好！」

寒暄個幾句，我們隨凱多進入店裡。

剛踏進店面，幾道視線就朝我們投來。

「「「啊！」」」

昨天受回復藥幫助的三人組發出驚呼，一直盯著我看。

看樣子他們康復了。不曉得為什麼，表情有點憂鬱。

接著跟想像如出一轍的傢伙出現，他長得比專蓋傳統建築的老爹還要老爹，一臉嚴肅。

應該是這間店的店長。老實說，他跟凱多一點都不像。

「怎麼了？你們認識？」

「凱金老大，就是這隻史萊姆！昨天我們受他幫忙……」

「對對對。隊長，您是老大的弟弟吧！」

「…………」

「噢噢，他就是剛才提到的史萊姆啊！聽說你昨天救過他們，多謝。」

「別客氣，也不完全是我的功勞，又好像是啦！哈、哈、哈、哈——！」

有人誇就容易跩個二五八萬，絕不能誇這樣的我。

像現在就飛上天，下都下不來。

「好啦，今天怎麼會過來？」

老爹有點退卻，仍開口問話。既然都問了，我們就決定詳談。

我們到店舖後方找位子坐。之後，凱多開始進行概略說明。

我也不時補充一下，會談進行得很順利。

題外話，三男米魯得，你這矮人好歹也說句話吧！話說，為什麼不講話還能溝通？太神奇了。

「我明白了。可是，要跟你們說聲抱歉。我可能幫不上忙……其實我店裡正忙著處理某國委託……」

要保密喔！凱金說完，開始避重就輕地坦言。

據他所說，某國笨蛋疑似要挑起戰爭，其他國家先怕起來放，才跑來委託凱金製作武器。

昨天會遇上藥品物資大缺貨也是出於相同原因。

「就是這樣。兩百支鋼製長槍還能熬夜準備……最重要的二十把劍卻連一把都沒做。因為沒材料好用……」

老爹垂頭喪氣，一面發牢騷。

「你回他們說沒辦法，退掉訂單不就得了？」

凱多說到重點了。

「笨蛋！我一開始就說『老子也沒辦法！』……結果混帳大臣培斯塔回……『王國內赫赫有名的凱金大人，不會連這點程度的工作都做不來吧？』拿這話嗆我，還是在國王面前！我怎麼忍得下這口氣？那個王八蛋！」

老爹說話時怒氣值整個爆表。

進一步追問才發現，之前培斯塔大臣希望三男米魯得幫他蓋房子，但米魯得拒絕了。大臣懷恨在心，頻頻找米魯得麻煩，結果米魯得就被國家放生。

最後是凱金收留他們，怎麼想都是大臣在找碴洩恨。
搞不好是大臣壟斷材料，害老爹沒辦法做事？以上純屬個人推測。
刀跟槍的材料不一樣嗎？聽我這麼一問，老爹自暴自棄地應聲：
「不一樣，需要『魔礦石』這種特殊礦石。槍只是普通的鋼。」
巧婦難為無米之炊。空有技能卻無從發揮，老爹一定很不甘心吧。
大臣或許在等老爹過去找他哭訴？
「困難點還不只這些……做一把刀就要花一天。就算讓作業程序提高效率，做二十把也得花上兩星期……」
期限到什麼時候？我原本想問他，卻沒問出口。不用問也知道，他的表情已經寫滿絕望。
「期限只到這個週末……下週第一天就要呈給王室。這次是國家接案，再發包給各家工匠。沒交貨的話，工匠資格很有可能遭到剝奪……」
也就是說只剩五天。不對，今天已經沒時間做了，實際上只剩四天？聽起來很嚴重呢……是說跟我又沒關係，我待在這幹嘛？
咦，等等？他剛才說「魔礦石」，我不是有嗎？算了，跟我無關啦……
一回過神，不曉得大家是不是誤會什麼了，全都盯著我看。
被男人看一點也不開心！這群傢伙……都把史萊姆當成什麼了？
沒辦法。
就賣個天大恩惠給他們吧。然後，再叫他們幫忙復興哥布林村！
「呵呵呵，哈哈哈！哈———哈哈哈！搞什麼，不就是些雞毛蒜皮的小事嘛！老爹……這個能用嗎？」

咚！我將礦石抽出素材一股腦兒地放到面前那張工作檯上。

再來就大剌剌地坐到沙發上去！（自認大剌剌）

「……不、不會吧！不會吧——！這、這不是『魔礦石』嗎——！純度還高得誇張！」

呵。這不是「魔礦石」啦。

已經加工完成，是「魔鋼塊」！

「喂喂喂，老爹，你眼睛脫窗喔？」

連魔鋼塊都看不出來，我看他的技術也沒好到哪裡去。

我原本是想隨便開個價只把素材賣了，但這樣關係就會到此為止。

「什麼……？難道說……不，怎麼可能！這一整塊都是『魔鋼』嗎！」

老爹果然好眼力。不過，看他吃驚成那樣，我也嚇了一跳。

「這、這個可以賣我嗎？當然，價錢隨你開！」

呵呵呵。上鉤了！

「我想想，該怎麼辦呢～」

「唔，你想要什麼？只要是我幫得上忙的都行喔！」

「就等你這句話！你已經聽說我們的事了吧？老爹認不認識能來我們村子裡當技術指導的人？希望你幫我們牽線。」

「什麼？報酬只要這些？」

「哼。對我們來說，目前最迫切的問題，就是食衣住裡的衣跟住！不只這些，還希望今後能幫忙準備衣服跟武器之類的。」

「如果你只要這些，對我來說小事一樁！」

就這樣，我給老爹凱金「魔鋼塊」，跟他做了約定。

等製劍結束再來決定細項。

從他的反應來看，更多要求也會照辦，但做人不能太貪心。

貪心一直是我的敗因。

我這個人知錯能改。

那天，大家一起共進晚餐後，凱多就回去了。

大叔他好歹是警備隊隊長，居然從中午開始翹班，好大的膽子。

好吧，其實是為了替我帶路啦。我不應該說他壞話。

此外，矮人三兄弟非常感謝我。

他們認為凱金是因為自己的關係才被國家盯上，一直覺得愧疚。

既然這樣，要不要跟我們一起回去？這提議一出，那三人先是愣了一下，接著就開始討論。若他們願意來村裡，應該會是最好的做法啦。

隔天。

素材是有了，但期限依然緊迫。

好啦，我也差不多該提議了。

「凱金，只剩下四天。有辦法弄出來嗎？」

「……說實話，我覺得沒辦法。不過，現在只能硬著頭皮幹了！」

要靠拚勁去衝就對了？

可是，我明白一件事。辦不到的事就是辦不到。

要達成某個任務，該有的要素全都不能少。

沒辦法了，幫人幫到底。

「既然這樣，我有個對策。總之你先做一把最完美的來。」

「什麼？你沒學過吧？能搞出什麼名堂？」

「祕密。相信我吧！不相信就算了，隨便你。只不過，成品會交不出去喔。」

「……我信就是了！若你搞砸，我可不會付『魔鋼』的報酬。畢竟我也無法全身而退，到時肯定沒辦法支付報酬……但我可以保證，只要你遵守約定，我一定會履行承諾。替你找最棒的工匠！」

約定成立。

約定這種東西就是要拿來履行的。

場景換到工作室。

昨天我們借學徒專用的空房間過夜。除了報酬外他還在這方面出力幫忙，所以我想履行承諾，依約幫忙凱金。

我們進到屋裡一看，只見三兄弟早就在那眺望「魔鋼塊」。他們一面讚嘆，一面將素材翻來覆去數次，確認素材狀態。

我吐出的塊狀物差不多人類拳頭大。他們的反應很誇張，這東西真的那麼稀有？

當我提出疑問後……

「你在說什麼傻話？」

凱金這麼回我。

根據他的說明，事情是這樣的——

「魔礦石」是「魔鋼」的原石。光原石狀態，價值就跟黃金不相上下。

理由很簡單。因為它很稀有，又很好用。

「魔素」是構成這個世界的要素。前世那邊沒有「魔素」，它在這個世界裡扮演重要角色。

打倒魔物後，很罕見地會掉名為「魔石」的魔素結晶。魔石類似能量聚集物，似乎會用在精靈工學——這個世界特有的發明物上，拿來當燃料。

此外，說到高階魔物的核心魔石，可是比寶石還要美麗，蘊含的能量也非同小可。這些高階魔石會用來當作各種產品的基核。

例如工藝師加工的裝飾品等等，都包含這類素材。

性能上有各式各樣的好處，例如讓使用者能力上升，追加附屬效果等……

而「魔礦石」跟普通礦石有個決定性的差別，那就是只能在高階魔物附近採到。這是因為礦石生長在魔素濃度高的地方，經年累月吸收大量魔素後變質，最後才形成「魔礦石」這種物質。

簡單來說，類似礦物突變。

理所當然地，魔素濃度高的地方通常有強力魔物棲息。「魔礦石」一般不太會在能讓冒險者隨便就打倒來賺些零頭的低階魔物的棲息地出現。至少要B級魔物的棲息地才會有「魔礦石」。

對了，凱金還向我說明魔物等級，這些資訊是我第一次聽到。

「原來是這樣啊！那我也差不多是B級嘍？」

「「「…………」」」

除了哥布達這個笨蛋，大家恐怕都在想同一件事。

——別管說這句話的笨蛋吧。

「魔礦石」超級稀有，然而能從中提煉出的「魔鋼」卻只有百分之三到五。也就是說，雖然只有拳頭大，「魔鋼塊」的價值卻比等大金塊貴二十倍以上。

補充一下，這裡的黃金價值跟前世那邊大同小異。之所以會用金幣當交易媒介，也是因為黃金值錢的關係。因此，為了讓各國交易有通用基準可循，這世界還採用金本位制（註：每單位貨幣價值等同若干含重量的黃金）。

總之我料得沒錯，它是稀有金屬。

順帶一提，我這裡還有一大堆「魔鋼塊」，但其實我現在開始有點害怕。應該不會被發現啦……但露餡兒又該如何是好？會有這種想法是因為我是市井小民吧？

接下來才要切入正題。

「魔鋼」會這麼貴不單只是它稀有。

真正值錢的原因還在後頭。那就是——性質上很適合誘導魔力。

說到魔素這種東西，只要有某種程度的概念就能操縱。

包括我的「魔力感知」還有「水操術」等，都是藉操控魔素發動。同理，魔物技能多半可說是魔素的運用吧。

我對魔法不是很了解，但原理應該相去不遠。

那麼，武器素材若含有大量魔素會發生什麼事？

結果令人吃驚，居然能做出「會成長的武器」！

太夢幻了！

咦，那什麼玩意兒？我想要！

我在千鈞一髮之際把話憋住，那句話都來到喉間了。

這種武器能配合使用者的想像，慢慢轉變成理想形態。

此外，依使用者的魔力而定，甚至能在戰鬥中自由變換形狀！

再加上跟魔素相容性佳，技能威力還會有增幅效果。

從某個角度來說，跟普通的武器一比，若雙方勢均力敵，持魔法武器的人會占上風吧。

假設有足夠的財力和技術，在純魔鋼刀身上鑲嵌高階魔石，應該能做出「焰之劍」或「冰雪之劍」吧？夢想又變多了。

我的心在吶喊，吵著說「快做它！」，但猴急壞事。我個人認為應該做得出來，有機會再弄個魔石來做實驗。

大致上向我說明完後，凱金他們開始著手進行製作。

想說先學起來放，我跟著參觀起來。反正哥布達那傢伙一定又跑去睡覺了……

劍又分成好幾種。對我來說，最強的劍莫過於日本武士刀。可是，武士刀也有各種形狀。所以我很好奇他們會造出什麼劍來。

開工後歷經十小時。

看起來普普通通，沒什麼特別的長劍誕生了。

咦？魔鋼還剩一大堆。

那顆魔鋼只有拳頭大。這樣夠做一把劍嗎？我之前還在疑惑……

經我一問，他們說整把劍都用魔鋼做，不知道要燒多少錢。

想想也對。怪不得都沒人想做「焰之劍」、「冰雪之劍」、「雷之劍」。太燒錢了。

原來如此。

他們拿魔鋼當芯，再用普通的鋼鐵製造刀身。雖然用料不純，但魔鋼的魔素會侵蝕鋼鐵刀身，總有一天會合而為一。放愈久的武器多半愈強，似乎是出自這個原因吧。老化也沒關係，它會吸收周遭的魔素再生，所以刀身不會腐朽、缺損，這也是特徵所在。

不可思議的是，劍也有壽命。斷劍、徹底扭曲時，魔素會流失，整把劍瞬間風化。

他們邊向我展示剛做好的劍，邊對我進行說明。

聽起來滿有趣的。

我將成品拿在手裡端詳（我沒手，只是形式上拿）。

仔細看看，這把劍造型樸素，卻沒有絲毫誤差。

可以說它刻劃得恰到好處，走精簡路線。

跟日本刀不一樣，主要不是拿來砍人的，但還是能用刀刃進行斬擊。

我懂了。是拿這個當基本款，再隨個人目的調整吧。

如果是這樣，製作者不花心思設計，讓造型簡單就說得通了。

好啦。

凱金他們言而有信，打出一把好劍。

接下來該我上場。

「好！接下來我要進行隱密作業。不好意思，麻煩你們全都從這房間退出去！」

我開口要大家退場。

製作過程可不能讓大夥兒撞見。主要是因為說明起來很麻煩。

「材料的話，這個房間裡都有。可是，真的沒關係嗎？我們什麼忙都願意幫喔！」

「嗯。沒問題！比起那些，重點是這三天都不能偷看房間喔！要答應我！」

「知道了。我相信你，會乖乖等的……」

說完，凱金他們就離開房間。

奇怪的是，哥布達也跟著離開……

那個笨蛋的腦袋瓜到底都裝什麼玩意兒？看來有必要重新教育一下……

好的，本日菜單是「長劍」。

製作方法很簡單！

首先，把範本吞下去！

接著將這邊這些材料……一口氣吃掉！

我嚼我吞！

然後，在肚子裡充分混合……

《告知。成功解析目標物「長劍」。接著，複製工作……成功。》

重複這個過程十九次後，製作完成～！

很簡單吧？

可是，好孩子絕對不可以學喔！

如此這般，我邊想些有的沒的，邊進行製作。
不得了……複製一把劍的時間大約十秒。
一百九十秒……三分鐘多，十九把劍便宣告完成……
把凱金他們趕出去後，時間還過不到五分。是說，我原本就認為複製不會有問題，但不小心製造得這麼簡單，好像很對不起工匠……
「捕食者」太作弊了。
好吧，接下來該怎麼辦？
這三天不能偷看喔！我都已經這麼放話了，難道要在這無所事事過三天？不……無意義地躲在這個房間裡又能幹嘛？
還是老實招供，說我做完了好了……

我用力推開門扉，離開房間。
四名矮人神色擔憂地望著這邊，一看到我趕緊起身。
哥布達則是……睡著了。
你這傢伙……出去五分鐘又睡，是怎樣？決定了。我在那瞬間打定主意要抓哥布達魔鬼特訓。
「喂，怎麼了？碰到麻煩嗎？」
「材料不夠用嗎？」
「……還是說，你果然也沒辦法？」

矮人們你一言我一語地問著，語氣裡盡是擔憂。

「唔、嗯。沒啦，其實……」

那些擔憂的眼神看得我渾身不自在，害我不小心表現出沉重的模樣。

我這個人就是壞。爛性格到死都改不了。

「開玩笑的啦～！其實我已經做好了！」

「「「…………什麼——！」」」

事成的宣告一出，他們就上演驚呼三重奏。

也是啦……

＊

「「「乾杯——！」」」

打著慶功宴的名號，我們來到夜晚的店家。

東西順利交出，所以大家就來這兒慶祝。

呃，我有跟他們說，用不著來這破費喔……？

「別那麼拘謹嘛，有很多漂亮的小姐喔！」

「對對！從嫩妹到熟女都有！是紳士的愛店喔！」

「…………！」

「喂喂喂！利姆路少爺不來，我們還玩什麼？」

如此一番，大家卯起來勸，我只好照辦啦。

真拿這些傢伙沒辦法。

店名叫「夜蝶」。

真的是蝴蝶吧？如果是飛蛾會掀桌喔——！

……不不不，我沒什麼興趣喔！只是站在紳士的立場盡一份心力啦。

蛾啊蝶的在腦內打轉，我一腳踏入店面。

「哎呀！歡迎光臨～！」

「「「歡迎光臨——！」」」

唔唷——！

整排都是上等貨！

唔哦——！耳朵好長！

咦，是色情精靈！更正，是精靈——！

媽啊！超猛——！衣服好薄——！

啊啊……若隱若現……

怎麼會！我明明「魔力感知」全開了！

這些小姐們死守若隱若現防線啊！

唔……想挑戰我嗎？對我下戰帖是吧！

可惡啊氣死人……！

「唔哇——！好可愛——！」

「妳搶什麼！是我先發現的耶！」

好～軟！好彈啊！彈死我了！

讚、讚啦————！

我的身體ＱＱ軟軟！

我的背上軟軟ＱＱ！

這裡是天堂嗎？

「……我、我說你……來得心不甘情不願，實際上卻挺享受的嘛！」

啊！不行不行，我在搞什麼啊……

「咦……？沒啦，沒有啊？」

好像轉得有點硬……沒人相信我。

可是，沒辦法。無可奈何啊！因為我現在就被抱在精靈小姐的大腿上……超感動的耶！

啊啊……要是我死去（消失）的龜兒子還在，現在一定感動得活蹦亂跳……

就這樣，我們度過一段美好的時光，不過——

「看看誰來了，這不是凱金大人嗎！不行啦，怎麼帶小嘍囉魔物到這種高級店面來！」

有人開口找碴。

誰啊？這大叔是誰……？

周圍立刻安靜下來。

女孩子們似乎很討厭大叔，紛紛擺出嫌惡的表情。雖然不仔細觀察就看不出來啦。

大叔的身材在矮人間很少見，又瘦又高。話雖如此，身高也只跟一般人類差不了多少。

「喂，媽媽桑！這間店可以帶魔物來嗎？」

「不、不行啦，但說是魔物，又只是看起來沒什麼害處的史萊姆，所以……」

「啊？魔物就魔物，不是嗎！妳想說史萊姆不算魔物，找藉口開脫嗎！」

「不……我怎麼敢……」

媽媽桑打算四兩撥千斤，讓對方消氣，這大叔卻不買帳。他擺明是衝著我們來的。

「糟糕……是大臣培斯塔──」

這個大叔就是傳說中的培斯塔大臣？原來如此……該怎麼說，他的長相看起來很難搞外加神經兮兮。

就在此時──

「哼！魔物跟這個最配！」

培斯塔大臣說完就朝我潑水。

這下真的把我惹毛了，但我按兵不動，忍氣吞聲。

對方是大臣，不能因為我一時衝動連累凱金一行人跟這家店的媽媽桑。

要是被這間店列為拒絕往來戶就慘了，我可不想發生這種悲慘的事。

基於這些原因，我才打算忍氣吞聲。

「喂……別以為老子沒吭聲就好欺負！」

砰地踢開桌子，凱金站起來了。

「喂，培斯塔！你這王八蛋，竟敢出手汙辱我的貴客，準備好受死了是吧？」

……咦？等等，凱金大哥……對方可是大臣耶，沒問題嗎？

培斯塔大臣驚訝得渾身僵硬，我也嚇了一跳！

我背後的柔軟觸感也在彈跳！

……我是無心的，我發誓！

「混、混帳！竟敢對我口出惡言……！」

培斯塔大臣又驚又怒，連話都說不好。

「你差不多該閉嘴了吧！」

說完，凱金毫不猶豫地賞培斯塔大臣顏面鐵拳……

「利姆路少爺，你不是在找強而有力的工匠嗎？這樣夠不夠力？」

夠啊超夠的……是說，這樣真的好嗎？

話又說回來，你都毆打大臣了，我看今後別想在矮人國混啦。

但這些顧慮是多餘的，有時男人不需要言語。

「這句話等很久了！我才要請你多多指教，凱金！」

細節不重要。凱金願意過來，我就只需接受他。什麼排場都去吃屎吧！我們要活得自在！

凱金跟我滿腔熱血地互朝對方頷首。

可是……接下來該怎麼跑路才好？

人生在世，衝動行事還是會引來一堆問題。

要一時酷，之後要面臨的問題還是在那兒……

*

好啦。

不用說也知道，毆打大臣會死得很難看。

「大哥……你在幹嘛？」

凱多帶警備兵過來，這句話出自他。

看樣子他也沒神通廣大到能天天翹班，今天都沒看到他來店裡露面。

我們有邀他一起去喝酒，但他說今天有事，就拒絕了。

然而，當他正忙到無法陪我們時，騷動卻在這時發生，怪不得凱多會傻眼。

光逃跑不難啦，不過那是最壞的打算……

「哼！都是那邊那個白痴害的，竟敢汙辱我的客人兼恩人利姆路少爺，所以我才稍微教訓他！」

說著，凱金就指向由四名手下騎士照顧的培斯塔大臣。

培斯塔大人依舊驚魂未定，還沒恢復冷靜。

他流著鼻血，瞪視這邊。

那張臉完全呆掉，看起來很滑稽。看樣子完全沒料到自己會挨揍。他驚嚇過度，甚至連吃痛都忘了。

「喂喂喂……什麼教訓一下，對大臣做那種事還得了……」

凱多語帶嘆息地碎碎念。

「總之……我要先逮捕你們！」

拋下這句話，凱多對部屬做出指示。

不過，他偷偷告訴我們「我不會為難你們，你們老實點」，音量小到只有我們聽得到。

這還用說，我並沒有惹麻煩的意思。

我悄悄來到媽媽桑身邊，給她五枚金幣。

媽媽桑「咦？」了聲，一臉錯愕，我則跟她表示：「裡面包含慰撫金！我們還會光顧的！」

這家店超棒。為剛才那些事登上拒絕往來戶名單就太無趣了。

就這樣，我們被人帶走……是說好像遺忘了什麼。

對喔！忘了哥布達。

我們沒帶那個蠢材來店裡。

因為他一直耍笨，目前正被處以「簑蟲地獄」之刑。

一開始是打算把他倒吊起來，但那麼做還是太不人道了。

所以我就用「黏絲」綑綁他，將他吊在房間裡。

「等等！太過分了！我也想一起去！」

哥布達用悲痛的聲音呼喊，可是，若我擺出好人臉，他肯定會得寸進尺。

「蠢材！你平常的蠢樣讓我看不下去！若你不甘心，就召喚伙伴（嵐牙狼）來救你！」

如此這般，我拋出他不可能辦到的指令，就此丟下他不管。

姑且不論哥布林，他們現在已經進化成滾刀哥布林，一個星期不吃不喝也行吧。

若我們被關好幾天，還是找個機會脫逃，過去救哥布達好了。

思考到這打住，我決定暫時把他忘掉。

好像有點可憐？一方面這麼想，一方面又認為那傢伙很強壯，沒問題的。

我們五個人被帶進王宮。

說是這麼說，我們並沒有被五花大綁。比較接近隨意同行的感覺。

結果，我們必須在牢裡過兩天。

但伙食似乎不錯，房間內的家具用品也很完善。

我們五人關同一間，這裡不像牢房，反倒像個大房間。

待遇還不差。

「都怪我太衝動，害大家遭受波及……抱歉！」

凱金跟我們道歉。

不過，大家都不介意。

「凱金老大，別擔心！沒問題啦！」

「說得對，老大無需在意！」

「…………！」

三兄弟跟我的感受似乎一樣。

「別管那個了，等我們被放出去，就跟凱金老大一起走！」

「利姆路少爺，我們一起跟去行嗎？」

「…………？」

最後那個傢伙想說什麼，憑我的理解力無法判斷，但我明白他的心情。

「哼！這次就罩你們幾個好了！但我會任意使喚你們，給我做好覺悟！」

「「「喔喔！」」」

總之呢，差不多就這樣，我們開始討論出獄後的安排。

第一天在討論中度過，時間來到第二天夜晚。

「話說那個大臣，好像把凱金當成眼中釘了？有什麼原因嗎？」

我不經意問出這句話。

聽到這句話，凱金立刻換上苦瓜臉，先是嘆了一口氣，接著就開始述說。

其實凱金原本是王宮騎士團的團長。

說是團長，但王宮騎士團共有七個部隊，他似乎擔任其中一隊的團長。

在背後支援的是工作部隊、補給部隊、急救部隊。

另外三個前線部隊則是重裝打擊部隊、魔法打擊部隊、魔法支援部隊。

然後，最重要的是國王直屬護衛部隊。

凱金當時擔任工作部隊的團長。

副手就是培斯塔。

「那傢伙是侯爵出身。大家都在傳他用錢買官階。我是平民，所以他特別嫉妒我的地位。他的心情應該很複雜吧。或許在平民底下做事讓他感到屈辱吧……我當時沒空顧慮其他人的心情，為了呼應王的期待忙得焦頭爛額……那時，有件事發生……」

說到這兒，凱金開始談當時那件事。

他就是因此辭去軍職的。

魔裝兵事件。

當時的矮人工作部隊無法開發新技術，只能苦吞七部隊中最爛部隊的惡評。

矮人王國以技術立國，工作部隊應該端上檯面才對！培斯塔派如此主張。

應該維持現狀，老實做研究！這是凱金派的主張。

雙方爭執不下，開會都沒有交集，理不出結論。

就在那時，他們敲定跟精靈技術士協力開發的「魔裝兵計畫」。

無論如何都要讓這個計畫成功，藉此鞏固工作部隊的地位！當時培斯塔似乎有這個念頭。

凱金說培斯塔操之過急，但培斯塔根本不聽平民上司的勸告。弄到最後，因為培斯塔狗急跳牆，害「精靈魔導核」失控，實驗剛開始沒多久就失敗了。計畫就此遭遇挫折。

聚集當時最優秀的菁英技師執行的「魔裝兵計畫」，最後以這種形式收場。

還導致凱金一肩扛責，被迫辭去軍職。

培斯塔將自己的失誤全推到凱金頭上，買通軍方幹部，要他們做偽證。

這就是那個什麼魔裝兵事件的真相。

凱金說完就一臉疲憊地嘆氣。

我懂他的心情。經年累月的悔恨肯定不容小覷。

話說那個培斯塔，聽起來就是典型的壞人嘛。從某方面來說實在很好懂。

總歸一句，培斯塔擔心凱金沒從這個國家滾出去，總有一天會重拾軍階，進而威脅自己的地位。

對付那種卑鄙的傢伙，直接死刑啦？是說用死刑好像太過火了……

「總之就是這麼一回事，若我離開這個國家，那傢伙多少會安分點。」

說完，他有些落寞地做出總結。

三兄弟也知道當時事件的真相是怎麼一回事，一直很討厭培斯塔大臣。

聽到這些，就連我都討厭他了。

不過，凱金還是打了貴族。應該沒辦法無罪釋放……

發現我在擔心——

「不會有事啦，我猜。雖然我已經退役了，但好歹當過團長，保有準男爵地位。若是平民對貴族下手，根本不會經過審判，直接死刑了吧。」

凱金說完就哈哈大笑。

我完全笑不出來耶。

有什麼萬一逃就對了！我就跟這件事撇清關係，在事件平息前假裝自己是隻普通的史萊姆吧。

我在心裡偷偷想這些。

＊

審判日到來。

我們被帶到國王面前去。

矮人族的英雄王。

親眼目睹才知道，他身上的懾人氣魄非同小可。

現任國王——蓋札．德瓦崗。

王正閉目養神，深深靠在椅子上。

身材相當結實，很有矮人風範。那些肌肉蓄滿勃發的力量。

再來是顯眼的褐色肌膚。黑髮向後梳得整整齊齊。

好強。我的本能許久不曾像這樣全力敲響警鐘。

他左右皆有騎士隨侍。

這兩人也很強，但在王面前顯得遜色。

這個矮人國王是怪物。

我還以為輕輕鬆鬆就能逃掉，這下……

鬆懈的意識一來到王面前就突然清醒。

這或許是我來到異世界後初次產生的「危機感」。

一名男子在王面前跪下，似乎在跟他請示什麼。

接著王似乎應允了，男子站起來，開始朗讀宣誓文。

「審判開始！大家肅靜！」

此話一出，審判就開始了。

整整一小時都在宣讀雙方的說詞。

我們雖然是當事人，卻沒有在這裡發言的權利。能夠在這裡暢所欲言的就只有貴族，位階還要在伯爵以上。其他人在獲得王的許可前，都不准說話。

擅自說話會有什麼下場？

一說話就有罪，還會額外送你大不敬的罪名。他們才不管你是否被冤枉。這裡的規則就是這樣。

只能全權委託代理人。

被關的這兩天來，我們跟那個代理人見過好幾次面，套招數次。

打個比方，他就好比律師。

這個代理人應該沒問題吧？

結果這份擔憂疑似成真……

「所以，就是這麼一回事，培斯塔大人在店裡休息品酒，結果他們一群人闖進店裡施暴！這種行為實在令人髮指！」

「這些話都是事實？」

「是！我不只問過凱金先生，也向店裡的人做過調查。剛才說的那些千真萬確！」

……啊？他在說什麼？

代理人應該是戰友才對，居然背叛我們。

這下不就慘了？

我看看凱金有什麼反應，他的臉一口氣漲紅，接著又由紅轉白。

難怪他會有這種反應。畢竟連辯駁的機會都不會給他嘛。

當然，代理人說謊可是大罪，被發現就死刑。除非有相當覺悟，或是有什麼原因，否則不可能說謊。

可是，這不可能卻成真了。

該規制是用來避免賤民（這裡是指罪人）在國王面前亂講話，這次卻被壞人拿去濫用。

「國王陛下！您都聽到了吧？請您嚴厲制裁這些傢伙！」

培斯塔得寸進尺地向王進言。

說著還瞄我們一眼，露出勝利的笑容。

那個王八蛋……打他還真是打對了……

王一直閉著眼睛，沒有任何動作。

確認王的反應後，隨侍在側的人替王發話。

「肅靜！接下來要宣讀判決！主犯凱金，處以二十年的礦山強制勞動。其他共犯，判處十年的礦山強制勞動。審判到此結束——」

「——等等。」

渾厚、沉著的聲音打斷閉庭宣言。

王睜開眼睛，盯著凱金看。

「好久不見，凱金。過得好嗎？」

「……是！國王陛下也別來無恙，見您身體安康，萬事足矣。」

頓了一拍，凱金隨之回應。

看樣子，回答國王的問題似乎不要緊。

「免禮。朕跟你都什麼交情了。」王對凱金應道，接著就提出關鍵問題：「你有意回來嗎？」

這樣的處置似乎是特例，周圍開始吵雜起來。

培斯塔的臉瞬間發青。

我不經意朝某方向看去，只見剛才背叛我們的代理人面如死灰。

「吾王，恕小的冒昧！我已經效忠新主了！新主與我的羈絆對我來說有如珍寶。哪怕有王令加身，我也不願放棄這個至寶！」

在場眾人聽到這句話全都臉色大變。護衛兵甚至朝凱金釋出殺氣。

雖然變成眾矢之的，凱金依然無所畏懼，反而問心無愧地挺胸，目不轉睛地看著國王。

看到那雙眼，國王再次闔眼。

「是嗎……」

四周再度歸於寂靜。

接著——

「朕在此宣布判決。仔細聽好了！流放凱金及其同夥。今晚午夜一過，就不准待在我國。以上。你們快從朕眼前消失吧！」

王睜大雙眼，聲如洪鐘地宣判。

這就是王的霸氣！壓迫感讓人渾身發顫。然而，王看起來好像很寂寞。

審判到此結束，我們回到凱金的店裡。

原本想去喝一杯，但這樣會惹麻煩。

還是快點收拾包袱，早早出發吧。

這麼說來，哥布達不要緊吧？

應該沒差啦，才第三天……

我有點不安，打開處罰用的房間一看……

「啊！歡迎回來！你們玩到現在嗎？下次也請帶我一起去！」

如此說著，哥布達竟整個人從沙發上跳起！

居然……有這種事？這傢伙是怎麼從蜘蛛的「黏絲」中逃脫的？

仔細一看，剛才被哥布達當枕頭的正是嵐牙狼。

真的假的？他召喚成功喔！

「我、我問你，哥布達。難道你成功把狼叫來了？」

「啊！是啊！我在心裡想『快點來』，結果他就來了！」

說得那麼簡單……其他滾刀哥布林至今都沒成功過耶。

那顆腦袋裡的營養該不會都拿去灌溉才能了？

不會吧。他是哥布達耶，怎麼可能。

一定是巧合。

這時，我發現矮人們看到嵐牙狼後渾身僵硬。

「你們發什麼呆？快點弄一弄走人吧？」

我朝矮人們發話。

「喂喂喂，暫停一下！這裡怎麼會有黑牙狼！」

「對啊！我們快逃吧，那是B級魔物耶！」

他們好像滿驚慌的。

那樣子好滑稽，看起來很有趣。

「別怕、別怕！沒問題啦。他們就跟一般的狗一樣！是家狼！」

我說這話是想讓他們放心，但不知道為什麼，四人全都驚得目瞪口呆。

補充一下，黑牙狼似乎是牙狼的高階種族。牙狼朝魔屬性進化時，毛皮會變黑。嵐牙狼也是黑色的，但光澤不同。一般而言，牙狼並不會朝嵐屬性進化。似乎是因為我幫他們取名的關係，才會發生突變。

像在火山地帶就會有火屬性的赤牙狼，水邊會出現青牙狼，森林則是綠牙狼。總歸一句，高階物種只要獲得某種屬性，就有一定機率進化。魔屬性的黑牙狼會襲擊人類，是危險的魔物，怪不得大家會怕黑色的狼。

嵐屬性會讓毛皮變成黑紫色，不熟悉這些物種的人肯定看不出兩者差異。

但現在沒有時間，沒空向凱金他們說明。

我硬塞剛才那套寵物說詞，要他們改變看法，進而接受。

等矮人們換上旅行服裝後，大夥兒離開店鋪。

接著，我將家當全吞進肚裡。

谷量上還綽綽有餘。

可是，把建築物吃掉太顯眼了，可能會引人疑竇，只好作罷。

行裝打點完成，我們動身前往跟利格魯他們約好的會合點，也就是森林入口。

●

現場一陣安靜。

就好像剛才那些騷動都是幻覺。

五名犯罪者拔腿開溜後，沒有半個人採取行動。

培斯塔吞了一口口水。王一直沉默不語，讓他愈來愈害怕。

下一刻，彷彿要劃破那片寂靜般，國王蓋札開口了：

「好了，培斯塔。你有什麼話想說？」

「陛下，臣、臣斗膽！這是誤會！一定是哪裡弄錯了！」

培斯塔模樣狼狽，對王釋出的呼喊滿是懇求。

相對的，矮人王始終喜怒不形於色，態度冷然。

「誤會是嗎？朕因此失去一個忠臣。」

「陛下何出此言！那種人怎麼會對王忠心，身世不明不白——」

「培斯特，你會錯意了。凱金早就離朕而去。朕失去的忠臣……是你。」

培斯特的心臟開始狂跳。

必須找藉口開脫才行……但他腦袋空轉，半個字都擠不出來。

整個人六神無主。

剛才，王說什麼了？

失去的是你。也就是說……

培斯特苦尋出路。然而，他硬是生不出任何點子。

「朕再問一次。培斯特。你有什麼話想說？」

好可怕。

培斯特怕得無法思考。

王在問自己問題。非回答不可……但是，他擠不出任何說詞。

「臣、臣惶恐……」

「朕很期待你的表現，一直給你機會。之前的魔裝兵事件也是，朕一直在等你說出真話。這次也一樣……」

國王蓋札一反常態，用可說是和顏悅色的表情望著培斯塔。但他皮笑肉不笑，一句話說得比劍還利，直刺培斯塔。

「看看這些——」

國王指著兩樣東西。

近侍不知何時運來這兩樣物品。

培斯塔用空洞的雙眼看著它們。

第一樣是培斯塔從未見過的東西，一個裝滿液體的袋狀球體。

第二樣是一把長劍。

「知道這是什麼嗎？」

被王一問，培斯塔定睛觀察，他沒看過那顆球狀物，長劍倒是挺眼熟的。是凱金提交的劍。

「替他說明一下。」

接獲國王的命令，近侍開始進行說明。

培斯塔花了些時間才讓腦袋運轉，把近侍的話聽進去。

那不是復活藥，不過，它是希波庫特藥草的純正萃取液，也就是完全回復藥。

就算集結矮人的技術精粹，頂多也只能抽取百分之九十八的精華。

百分之九十八——這比例只能配出高級回復藥。那球狀物卻有百分之九十九的濃度！

培斯塔嚇到顏面扭曲。他想知道！想知道怎麼抽取——

更驚人的情報還在後頭，相關說明鑽進培斯塔耳裡。

就是那把長劍。

報告指出，拿來當蕊芯的魔鋼已經開始侵蝕。

不可能。一般都要十年才會慢慢侵蝕！

培斯特的腦袋瞬間驚醒。

倘若那些話屬實——該念頭在腦海內打轉，接著——

「帶來這些成品的就是那隻史萊姆。因為你的關係，我們失去跟那隻魔物攜手的機會。你有什麼話想說？」

這一句是關鍵，讓培斯特明瞭國王有多生氣。他已經無話可說。

「陛下，臣……無話可說。」

眼淚湧上。他終於知道王決定捨棄自己。

希望對王有所貢獻。希望讓王認可。

培斯特的願望就只有這些。

自己是什麼時候踏上歪路的？

是從嫉妒凱金開始。

或者更早……

培斯特不清楚。他只知道一件事，那就是他辜負國王的期待。

「是嗎？聽好，培斯塔！朕禁止你踏入王宮。往後不准出現在朕面前……不過，朕最後要賜你一句話。辛苦了！」

培斯塔接獲御令後起身，朝國王深深一鞠躬。

接著就離開了。

他要為自己的愚昧行為付出代價……

在他退殿同時——

近衛兵跑了過來，逮捕跟培斯塔一夥的代理人。

王看著這一幕，開口道——

「密探聽令，過去監視那隻史萊姆的動向！要暗中進行，絕對不能讓他發現，絕不！」

國王再三叮嚀，對密探下令。

沉默寡言的國王在下令時多加囑咐。周遭人士因此體認這任務有多重要，不敢怠慢。

「屬下誓死赴任！」

密探說完就消失了。

國王思忖著。

那魔物（史萊姆）是何方神聖？

牠是一隻怪物。連那種魔物都被解放了？

身為英雄的直覺嗅到某種不尋常氣息，迫使矮人王正視。

王相信這份直覺，開始採取行動。

●

我們在森林入口跟利格魯等人會合。

結果他們在森林裡度過五天。跟預定日數相去不遠。

雖然途中遇上一些變故，但還是值得慶幸，最後有達到目的。

要說我還有什麼心願未了，那就是類似冒險者工會的自由公會，我想去那邊看看。雖然機率應該不高，不過，公會裡或許有「異界訪客」也說不定……

此外，難得來矮人王國一趟，我原本想順便參觀工藝加工、防具等製作過程，如今事情演變成這樣，也只能放棄了。至少有吸收工匠當夥伴，是該滿足才對。

再說還賺到金幣二十枚，算是有所收穫。

我向利格魯他們介紹凱金等人。今後凱金一行人就是我們的夥伴了，希望大家能好好相處。

話說回來，矮人好像不太會種族歧視。因為他們是半妖精族，所以才沒這種觀念吧，將日後的相處一併考量進去，未嘗不是件好事。

接下來，剛要出發就碰上一個問題。

蘭加搖尾巴向我示好、準備讓我搭乘，而我要他變回原本的五公尺巨狼，讓三兄弟裡的二人搭乘，結果……

蘭加原本還一副雀躍樣，聽到後立刻換上撲克臉，搖搖晃晃退後不說，更一屁股坐在地上。

接著就像是想說「只要這幾個笨蛋不見，問題就解決了吧？」般，頻頻盯著矮人看。

看到蘭加露出巴不得撲過去咬死他們的表情，矮人們全都面露懼色。

基本上，他們初次目睹蘭加時——

「「「噎耶————！怎麼會有這種怪物……！」」」

諸如此類，一整個嚇到不行。

他們是真的很怕蘭加，還是其實是某種搞笑？

我不是很懂啦，裡頭可能藏了什麼笑點吧。

「你冷靜點，蘭加。其實我也擬態成黑狼過，所以想多測試一下性能。為了變身測試，才會把那兩個矮人交給你！」

聽到我這句話，蘭加立刻充滿幹勁——

「我知道了！頭目！」

他終於願意接受任務。

凱金和三兄弟長男葛洛姆坐我背上。

次男多爾德和三男米魯得騎蘭加。

確定他們都坐到蘭加背上後，我用「黏絲」將兩人固定在蘭加身上。

畢竟要跑時速八十公里，這個世界沒有機車，對他們來說會有點恐怖。

是說我能不能跑那麼快還是個未知數，所以本隊不一定會跑滿八十啦。

接著換我。

擬態：黑嵐星狼。

擬態完成。

「好厲害！不愧是頭目！」

「呼哈哈！那還用說。你也要為了進化成這樣好好努力！」

我對蘭加的讚賞做出回應。

「哈哈！我一定不會辜負頭目的期望！」

新的目標出現，蘭加一雙眼放出燦爛的光芒。

受他的心情感染，其他嵐牙狼也跟著雀躍起來。

看樣子大家都拿出幹勁了。很好很好。

準備就緒，我想叫凱金他們過來搭車，朝那一看……不知道為什麼？他們已經口吐白沫兼昏死。

在幹嘛啊？這幾個大叔……

算了這不重要。

該來展現平日的練習成果！我從背上吐出「黏絲」，再將凱金他們拉起來。

成功！我之前一直努力練習吐絲跟操作技巧。

就這樣，讓昏死的凱金等人搭乘後，我們出發了。

題外話，我當初只是小跑一下，結果就跑出一百公里以上的速度。凱金他們先昏死算運氣好。

因為這起跑加速一定會把他們嚇昏吧……

我看向騎在蘭加背上的兩名矮人——多爾德跟米魯得。

他們似乎夠硬派，所以不會有事——的相反。原來那就是傳說中的睜眼昏死！請兩位節哀順變。

我們不管那些昏死的矮人，開始踏上歸途。

昏倒大概就不會不小心咬到舌頭吧。

老實說，假如我跟他們互換，會覺得被人叫醒反而得經歷恐怖體驗，根本不想被叫。

趁他們睡著時跑完全程，對他們來說會比較幸福。

雖說到吃飯時間會叫人就是了。

我真的很壞心眼。

這麼說來……

「利格魯！問你一個問題，你成功召喚黑狼了嗎？」

「不，說來丟臉……目前還沒成功……」

唔嗯，沒想到連利格魯都沒成功過。

其他哥布林似乎也對此懊惱，搭檔黑狼們一樣心有不甘。

這樣一算，成功的就只有哥布達？

「沒啦，只是想說哥布達那傢伙好像成功了？」

「什麼！哥布達，這是真的嗎？」

「是真的！我一叫，他就來了！」

聽到這句話，其他哥布林和黑狼都換上鬥志飽滿的眼神。

「……想想也滿合理的。畢竟哥布達是徒步往返矮人王國跟哥布林村的強者！」

原來如此，這麼說來……我一直把哥布達錯當成「大笨蛋！」，實際上他這個男人會在危急時刻拿出真本事。

嗯，哥布達笨歸笨，不代表他無能。仔細想想，往返花上四個月，一面張羅食物又走那麼長的距離，一般人很難辦到。

雖然強度不高，但這一帶多少還是會有魔物出沒。

哥布達在我心中的評價飆升。不過，應該很快就會慘跌。

入夜後，我們暫時停下腳步歇息。

雖然我一點都不累，但其他人需要休息。

當大夥歇息後，我開始確認能力。

黑嵐星狼的身體機能高到不像話。

力量源源不絕湧現，好像隨時都會爆發。

輕輕朝地面踢一下，瞬間就能躍上高空。在地上奔馳時，跑起來像在飛一樣。配合我的反應速度，要發揮黑嵐星狼的性能易如反掌。

說來，之前那些打鬥都用「水刀」砍敵人。

所以我都沒什麼意識到，其實肌肉力量和瞬間爆發力都是戰鬥的重要元素。

在這方面，黑嵐星狼可以說擁有無可挑剔的戰鬥力。

把「大賢者」的輔助一併算進去，我擬態後的黑狼搞不好能秒殺洞窟裡那隻黑蛇。不用發動任何特殊能力。

之前在矮人鎮上聽人說明時，蜥蜴似乎是「B⁻」。

進一步用「大賢者」模擬後，大致算出其他魔物的等級。

按那些算法來看，黑蛇未達A級。

因為黑蛇能戰勝十隻蜈蚣，所以是「A⁻」吧。

在同樣的計算模式下，若是非我擬態的黑嵐星狼，會比黑蛇強，但以一擋十不太可能。不，等等，我記得有「黑色閃電」這個可疑技能……

我的本能告訴我「這滿強的吧？」。

為了確認真偽，我變回史萊姆，想試打黑色閃電。變回史萊姆出招，威力會比原有性能弱，拿來試打剛好。

就這樣，我發射「黑色閃電」……那威力超乎想像。

先是一陣閃光。緊接著，震耳欲聾的爆音響起。

我選河邊的大石當試擊對象，那顆石頭已經被打個粉碎，連渣都不剩。

落雷隨便一打都超音速，這我原本就有概念……不過，那破壞力真不是蓋的。遠遠超乎我的想像。

呵呵呵……裝做沒這回事吧！我當機立斷。

沒錯。我剛才什麼都沒做！只是碰巧有落雷打下！

就用這套說詞吧。

這能力就步上黑蛇的「毒噴霧」後塵，先封起來不用。最好等到我能控制威力再用。因為它會消耗不少魔素，不會調整最好別亂用。亂用可能會害魔力乾掉，行動癱瘓。

可是，它的威力實在沒話說，攻擊範圍也很廣，似乎可以拿來當王牌。

以岩石坐落地為中心，半徑二十公尺內都因高熱變成玻璃狀，望著這片光景，剛才那些念頭在腦海中盤旋……

利格魯他們還以為發生什麼事了，衝過來關心，我騙他們說有雷落在前方不遠處，剛才那一招似乎害他們驚醒。都是我不好。

今後要做什麼危險實驗的話，得找可以安心測試的地方才行。有隔音效果就更棒了。若找不到這種地方，我也沒辦法靜下心實驗。

總之，至少有弄到數據。

我再次於腦內展開模擬。

「黑色閃電」──有這招加持，就算不是我的擬態，黑狼也能戰勝十隻黑蛇。

總體來看，黑嵐星狼很有可能在A級之上。

A級魔物足以毀滅小型城鎮，是「災害」等級。

今後還是少在城鎮附近擬態成黑狼。

後來我一直偷偷研究，直到天空轉白才停。

隔天一早。

利格魯等人負責準備早餐。

哥布林就只會用烤的，根本不能稱作佳餚。

目前是沒差，反正我沒有味覺。可是，哪天弄到味覺後，我一定要教他們做菜的要訣。東西好吃，這是發展文化生活的第一步。

哥布林他們能過有格調的生活嗎？

我認為能。雖然未來的事無法預料，但只要有可能性存在，我都願意嘗試。是說，如果他們連飯都煮不好，我會很頭大。

矮人們起床後依舊面色鐵青。他們還好吧？

「你們還好嗎？」

「還、還可以……這裡是哪裡？」

隨著意識逐漸清明，他們瞥見四周盡是陌生的景色，開始困惑。

我告訴他們，目前正朝哥布林村前進。

「什麼！一般去哥布林村都要兩個月耶！不找個城鎮當中繼站、弄馬車來坐，食物根本不夠吃啊！」

現在才知道震驚，說什麼傻話──我原本想開口吐嘈，但仔細想想，好像還沒對他們做過任何說明。

包括我們怎麼來這裡、移動速度多快等等。

反正整趟路又不急。我決定趁這個機會對矮人們說明自家小隊的狀況。

這時早餐剛好也準備完成。只是烤野兔，不過矮人們空空如也的肚子似乎受到刺激，紛紛發出哀鳴。

看樣了他們的身體狀況不錯。

我們一面吃早餐，一面談今後的預定計畫。

談話間，我順便針對剛才的問題回應……跟他們說再兩天左右就能回村，結果——

「「「怎麼可能……！」」」

矮人們喃喃自語，全都驚到張口結舌。

兩天到站＝移動速度飛快，他們會受到驚嚇很正常。

放心吧，習慣就好！我安慰他們。

我是希望他們能早點適應啦，但在他們適應前，目的地也到了吧。

我們再度展開移動。

接著我發動「思念網」，弄個虛擬聊天室。先前已經發動過好幾次，使起來相當順手。

幸好對矮人們也有效。

「思念網」是「念力交談」的高階版，吸引人的地方在於可以同時跟複數連結者對談。哪天要同步展開作戰行動會很好用。

有效範圍最大可達一公里，很夠用了。

之前被嚇過一次，矮人們似乎已經做好心理建設，他們沒有昏倒，而是緊緊抓住狼背。

風壓讓他們睜不開眼，所以我嘗試用蜘蛛絲做薄膜。一開始是想做安全帽替代品，結果成品比想像中還要令人滿意。

我已經能用思緒操縱「黏絲」到某個境界。

只要熟悉魔素的操作手法，隨心所欲操縱絕不是夢。這技巧不只限於「黏絲」，還能多方面運用。正可說是魔法的元素。

矮人族似乎也漸漸習慣了，看起來很冷靜。

安全帽的替代品也發揮效果。

多虧這些，我們終於可以聊天，我向矮人們隨興請教些社會常識，一面前進。

哥布林們也專心聽矮人說話。接著，他們發現彼此的常識有共同點，所以就愈聊愈開心。雙方相處愉快，總算可以放心。

照這個樣子來看，回村也能跟大家好好相處吧。

矮人也好，哥布林也罷，兩大種族似乎出自相同祖先。

矮人是半妖精，可以活很久。

哥布林是半魔族，壽命很短。

在進化過程中，雙方逐漸出現差距。最主要的是生活環境吧？

話雖如此，哥布林根本沒進化，是退化了才對吧。

那些哥布林進化成滾刀哥布林，打個比方就類似矮人的魔族版。他們找回祖先的優良基因，魔力大幅提昇。隨著進化發生，壽命或許也會延長，我猜得應該沒錯。

不過呢，他們不怎麼精明，魔物跟妖精還是有差……

就算同樣是半妖精，矮人比精靈更接近魔物。

所以說，一旦混熟，兩派人馬肯定能相處融洽。

這時我突然想起一件事，立刻開口詢問：

「凱金，現在問這個可能太晚了，但這樣真的好嗎？你很尊敬矮人王吧？」

「哦，這件事啊。我很尊敬他。所有的矮人都尊敬他。畢竟傳說中的英雄就是自家國王嘛！」

的確。他就是枕邊童話才會出現的傳奇英雄。

那樣的英雄活生生出現，支持、守護他們，還是他們的王。要說大家會對他充滿憧憬，敬愛這個王，自然有其道理。

人人都希望對王有所貢獻。

永遠行在正道上，謝絕不公不義的事。堪稱模範國王。

要讓聖王傳奇在現實中存續，他得做出不少犧牲吧。

從某個角度來說，甚至讓人害怕。這是因為，他的精神力肯定很強韌。

就因為這樣，大家才會追隨矮人王……我是否有像他那樣的覺悟？

我順水推舟成為哥布林的王。可是，接下來該怎麼辦？

「問你喔，凱金，你為什麼要跟隨我？不管從哪個角度想，回國王身邊都是正確選擇吧？」

聽到這個問題，凱金答道：

「咯哈哈哈哈！真令人意外，原來少爺很纖細啊。還不都是因為跟著你比較有趣。直覺是這麼告訴我的，說這傢伙會幹一番大事業！就是這樣。有這理由就夠了吧？」

有這理由就夠了……

的確。他說得沒錯！

「哼。之後可別哭訴喔！本大爺可是出了名會壓榨人呢！」

沒錯。只有我一個，什麼都辦不到。

我會把事情交給別人，依賴他人。可是，有人跟我求助，我也想伸出援手。

我希望自己能照這個步調活下去。

「我知道！」

對方的回應傳來，我滿意地點點頭。

兩天後，我們按預定行程回到村子裡。

目的全都達成地平安回村。

少女與勇者

喀喀喀喀……

城堡裡有微微聲響迴盪。

魔王已經逃走了，這座城遭人拋下。

我負責殿後。被當成棄子。

魔王一直到最後都把我當道具，對我沒有任何感情。

唯獨替我取名字的事，我想那是他唯一一次的仁慈表現。

問我恨不恨魔王？其實我也不清楚。

對魔王言聽計從，這是火屬性高階精靈——焰之巨人的意思，抑或自己的意志？

現在的我仍無法分辨。

我也不恨他把我當棄子用。反正我什麼都不在乎了。

這座城堡似乎是某種實驗設施。毀掉也不會對魔王造成多大損失。

令人納悶的是……留我在這有任何意義嗎？

可以選擇不跟入侵者為敵，二話不說撤退。然而，魔王卻要我留在這裡。

是否有什麼特殊用意？我到現在還想不透。

入侵者是「勇者」。

長長的黑銀髮在腦後綁成一束，身上穿著濃黑色系的輕裝。

對方的美貌不亞於魔王。差別只在於「勇者」是少女。

一看到她，心裡立刻有種直覺——我打不過她。

然而，我還是希望捨棄人的身分，以焰之魔人的立場跟「勇者」對峙到最後一刻。因為我苟且偷生這麼久，這麼做至少能稍微贖罪。

我揮出火焰集結而成的劍，勇者用刀輕鬆接下攻擊。超高溫焰劍理應無所不斷，卻被人用一把刀擋下，我還以為自己看錯了。這恐怕不是刀的性能使然，而是勇者本身的能力吧。

在魔王隨扈——黑騎士的鍛鍊下，我的劍技也有相當水準。焰之巨人不會學習劍術，黑騎士說那是我的個人才華，我記得他對我的稱讚。

自從我變成魔人後，身體機能在魔王雷昂的部屬中算是數一數二。擁有強大的身體機能，再加上黑騎士親授的高超劍技。我之所以能成為魔王心腹、在城裡傲視群雄，並非完全仰賴焰之巨人的能力。

然而——一切攻擊都對勇者無效。

就連我拚命學習的劍術也不例外，勇者都用刀擋下了。她柔柔地化解攻擊，劍與刀甚至遲遲沒有互相角力的機會。

除此之外，就算被焰之巨人的超高溫火焰包圍，她也沒流半滴汗，依然若無其事地佇立。

跟我一開始的直覺不謀而合，勇者果然很特別。

焰之巨人消耗太多魔素，已經在我體內睡著了。這下沒辦法繼續戰鬥。我無法傷對方分毫，就此敗陣。

我當場頹坐在地。自認已經對魔王報恩。可以的話，我想再活久一點，但我是個魔人，勇者不可能饒我一命。

「滿意了嗎？妳為什麼會待在這裡？」

勇者開口問話。

我還以為她會直接殺我，內心有點意外。

我疑惑地看著勇者。勇者負責狩獵魔物，我則是跟她敵對的魔人。因此，她二話不說把我砍死也合情合理。

然而——不曉得是哪陣風吹起她的好奇心，勇者一直問我話。

我在勇者的追問下小心翼翼開口。就這樣，自從被召喚到這個世界後我是怎麼活到現在的，其間又做了什麼，那些來龍去脈全都一五一十告知勇者。

真是自私自利的一番話。

話出自淪為魔人的我，她肯定不會相信……

可是，就算只有一點點，有人對我感興趣，願意聽我說話，真的讓我很高興。

這就代表，我能留下自己曾經活過的證明。即便只活在某人的記憶裡，我還是能抬頭挺胸說自己曾經活過——我如是想。

我這個魔人說的話，勇者肯定不會採信。但這樣也無妨。只要能讓她稍微記得我就夠了。

明明是這樣，但——

「已經不要緊了。這些日子，妳很努力。」

勇者相信我說的話。

聽到這句話，我雙眼開始浮現淚光。當我回過神，人已經抱著勇者痛哭。來到這個世界後，我第一次有安心的感覺，能發自內心展露自己的情感。

*

在那之後，我被勇者納入羽翼之下。

勇者看到我身上的嚴重燒傷，臉色頓時間一沉。我已經看習慣這些燒傷了，並認為遍及半邊身體的疤痕是生存證明。

勇者使出回復魔法，試著治療燒傷，但最後沒能如願。跟焰之巨人同化後，我的身體就在燒傷狀態下定型。

勇者稍微思索一會兒，接著就從懷裡取出漂亮的面具。

「這個東西能提高魔法抗性，或許也能壓抑妳體內的焰之巨人。」

說完，她寶貝地撫過面具，再交到我手中。

「抗魔面具」可以壓制焰之巨人，同時遮掩燒傷痕跡。不過，效果不單只有這些。

焰之巨人的意志受到壓制，一直壓在我心底的情感隨之滿溢而出。

孤身一人很寂寞、變成魔人很可怕、殺死第一個朋友讓我慚愧不已、對這個毫無道理的世界怒火中燒……戴上面具後，我又找回人類之子該有的感情。

在我還沒靜下心前，勇者一直抱著我。

之後有一陣子，我只敢跟勇者說話，每天都過得心驚膽戰、畏畏縮縮。

勇者沒把那樣的我當成麻煩，甚至親手照顧我。在她的教導下，我逐漸敞開心胸，能像正常人那樣跟人溝通。

我拿斗篷罩住身體，跟在勇者身邊。一直很怕她丟下我不管，拚命追著她跑。

就在那個時候，我被引介到名為冒險者互助會的組織裡。

一天到晚戴著面具遮臉，沉默寡言的少女——這是當時人們對我的評語。

我只能躲在勇者背後，是個一無是處的包袱。

某天，在我跟勇者一同露面數次的互助會裡，發生某個插曲。

「那個戴面具的孩子是女孩吧？這次的任務很危險，還是讓她留在這等吧？」

勇者去討伐魔物時，我總是跟她一起行動，有人擔心我的安危才這麼說。

不過，我只覺得害怕。這是因為當時的我只相信勇者。

對我來說勇者就是一切，要我離開她是不可能的。

魔人的身分曝光，大人們會把我殺了。我已經有某種程度的社會常識，知道自己會有什麼下場。

勇者見狀對我泛出苦笑——

「別擔心，這裡的人都很和善。還有，妳是個堅強的女孩。所以不要緊的。」

勇者用這些話安撫我。

因為她對我這麼說，我才有勇氣努力。我想回應勇者的期待，一方面我其實也知道這樣下去不是辦法。此外，勇者的語氣莫名堅定，讓我堅信她說得沒錯。

我不可思議地冷靜下來，從那天開始負責留守。

互助會的櫃台旁有接待室，我在那邊讀書。

差不多是那個時候，我才知道這個國家叫布爾蒙。還得知朱拉大森林周邊有好幾個國家。

教導給我的不只國家名稱。櫃檯空閒時，沒事做的人還會教我數學，更教了我好幾種文字。

我會聽冒險者們談論周邊國的事，這附近有哪些國家、彼此的角力關係如何，聽著聽著就有粗淺概念了。

我沒上過學，互助會就是我的學校。

還有魔法也是。

法術師、咒術師、魔術師、符術師——

有些來互助會的人也精通這類魔法。

這個世界有許多神祕事物，我很幸運，跟冒險者混熟後能從他們身上學到。

除了那些，還有我無法理解的艱澀知識，但對當時的我來說，最需要知道跟精靈相處的方法。

高階精靈焰之巨人已經跟我同化。因此，我省去締結契約的手續，可以直接行使焰之巨人的能力。

可是，必須時時謹記自己正用「抗魔面具」封住焰之巨人。我小心翼翼地摸索跟焰之巨人相處的辦法。就這樣，我能在某種程度下身體無負擔地借用焰之巨人的力量。

不知不覺間，我被人冠上「爆焰支配者」的稱號。搖身一變成為自由操縱火焰、擅長使爆裂魔法的精靈使者。

我已經有所成長，就算跟勇者一起出去冒險，大家也不會擔心我了。不僅如此，甚至還認可我為一同冒險的夥伴——認同我是勇者的搭檔。

我很開心。這些日子來不斷努力，就為了讓恩人勇者認可，希望自己多多少少能幫上她的忙。

努力有了回報，當時的我幸福得無以復加。

然而多年後，勇者踏上旅程。把我留下……

我不明白她這麼做的理由。或許勇者有什麼難言之隱吧。

就跟我一樣。總有一天我也打算出去旅行，沒資格責備勇者。

為了殺掉魔王？不，事實上──

他助我活命，又拋下我。我只是想弄清背後含意吧。還有，我希望再次獲得他的認可。承認我是個人，我活在世上。

我懷著如此任性的願望，有什麼資格阻止勇者隻身踏上旅途。

我已經長大了，不是懵懂的孩子。所以，沾濕面具的淚水肯定是錯覺。內心如此斷定，我目送勇者遠走。

──我倆一定能重逢──

將這句話收在心裡，我決定要變得更強。

*

勇者離去後，我開始在各國間遊歷。

我想跟她一樣，幫助受苦受難的人們。

應該是跟焰之巨人同化的關係，我的肉體停留在十六、七歲，沒有繼續成長。

雖然也很像魔王的詛咒，但這樣正合適當冒險者行動。

多數冒險者會在森林裡採集稀有植物、殺魔物收集素材，都幹些粗活。或許是因為這樣，強者往往會受到尊敬。正因他們經常與死亡為伍，才會受人尊敬、受人依賴。

冒險者互助會這組織由無國籍的自由自在人士們組成。

因此，就算跟魔物交戰後受傷，國家也不會照顧他們。國家會自行組織騎士團，用以守護該國領土。

有時城鎮會遭受魔物襲擊，領主會委託冒險者互助會派人協助討伐。不過，基本上國家與冒險者並非互助合作關係。所以國家的領土通常只能劃至國軍守備可能之範圍，生活圈非常狹隘。

偶爾也會有強大的魔物襲擊城鎮。

例如三頭蛇、有翼獅等。災害級魔物在城鎮周邊出現時，整個國家會陷入騷動，像在打戰一樣。

超越國與國的邊界、各國相互支援的體制理所當然因應而生，並制訂協議確保。不過，這類支援只在危機平息後實施。討伐魔物攸關國家威信，必須由受害國自行處理。

也因為這樣，擁有市民權利的國民享有優惠待遇，其他人則被分往危機四伏的城牆周邊居住區。

無市民權的人們早已習慣遭受剝奪，有能力的人會為了自保去當冒險者。貧富差距擴大，這是很自然的事。

這個世界就是弱肉強食，弱者活該受到欺凌。

我希望守護這些貧苦之人。

我衷心企盼真正的救贖到來，是勇者給我這些，我想跟她一樣。

若我拋棄這些人，就跟魔王沒兩樣了。所以我一直站在弱者這邊，拚命付出。

日子一天天過去，不知不覺間，我已經成了大家口中的英雄，受人們愛戴。

*

有龍入侵城鎮。

戰鬥力相當於一整支軍隊，是如假包換的災害級魔物。布爾蒙王國立刻發表緊急宣言，舉國戒備。果不其然，他們也跑來委託我屠龍。

根據資料顯示，每隔數年就會有災害級魔物入侵，但這次的魔物非同小可。半調子攻擊傷不了龍，攻擊力不夠的騎士團難以派上用場。我也拿出全力，協助他們對抗敵人，不過劍對龍沒用，一直無法對牠造成重創。這樣下去會死很多人。左思右想後，我決定叫醒沉眠許久的焰之巨人。

龍吐出的龍焰將我吞噬。然而，我已經跟焰之巨人同化，那種攻擊就跟微風沒兩樣，不痛不癢。

龍發現自豪的龍焰對我不管用，這才下意識感到恐懼，不過，牠驚覺得太晚。鞭狀的灼熱焰流自我雙手延伸，綁住試圖逃離的龍。

最後，龍順利燒成灰燼。相對的，代價就是我陷入昏睡，時間長達一星期之久。原因是魔力的減少。我已經有點老了，沒辦法像年輕時那樣集中精神。精神力的衰退會導致魔力衰敗。

因為跟焰之巨人同化的關係，魔素量一直很飽滿，用來操控魔素的力量卻萎縮了。肉體遲遲沒有老化，所以我沒發現自己的體力衰退。仔細想想，我時常得花心思壓抑焰之巨人，自然會消耗體力。

總之我勉強擊退那隻龍，就結果來說值得慶幸，不過，只要走錯一步，比龍還凶惡的焰之巨人將會覺醒。

想起往日種種，內心燃起的恐懼讓我面色發青。

稍有不慎，我可能又會用這雙手燒死應當保護的人。

——該急流勇退了——這念頭浮現。我愈弱，焰之巨人失控的可能性就愈高。現在或許是隱退的絕佳時機。

在我還小時，負責統整冒險者互助會的海因茲先生曾照顧我，一直到我長大，我跟他談起這件事後——

「若妳決意如此，就去英格拉西亞吧。我記得那裡正在募集人才，教新人基本戰鬥技巧等等。世上多的是退休冒險者，能教育英才的卻不多。」

說完，海因茲先生替我寫了份推薦函。

「謝謝你，一直很照顧我。」

「別這麼客套啦。我們才該感謝靜小姐呢！妳幫我們不少忙。」

聽我道謝，對方難為情地笑答。

「保重。哪天有空記得回來露個臉。」

臨走前，他對我這麼說，大家都出來送我。看大家替我送行，我深深體會自己是他們的夥伴，當時心裡非常高興。

就這樣，我卸除冒險者身分，開始當一名教官。

第四章

爆焰支配者

Regarding Reincarnated to Slime

我們抵達哥布林村。

從村子出發後，花費時間還不到兩星期，但我已經想念它了。

不過呢，說它是村莊未免太過抬舉，只是個圍了柵欄的廣場……

在我們出去旅行時，他們已經架了簡易帳篷，在裡頭生活。

村莊中央留有營火痕跡，我發現他們在上頭設了大鍋。

以往只知道「燒烤！」，現在又多了「煮！」，進步顯著。

這鍋子哪來的？仔細瞧瞧，似乎是將邪蛇大龜的甲殼加工製成。

他們的狩獵範圍到底多廣啊……

總之，村子沒有被其他魔物襲擊過的痕跡，稍微可以放心了。

一進到村子裡，住在裡頭的滾刀哥布林就發現我們，大夥兒歡聲雷動地出迎。

可惜了，我沒帶土產。

不過呢，我有看到他們曬獵來的魔物毛皮等物，這樣矮人很快就能幫他們做衣服吧。

希望哥布林未來總有一天能學會自己做東西就是了。

好啦，該來介紹矮人了，為了聚集大家，我打算把利格魯德叫來。

但這個動作免了，因為利格魯德自己跑過來。

還以為他為了迎接我們才慌忙趕來，那張臉卻帶著苦惱的色彩。

發生什麼事了？心頭一陣納悶，才想開口提問，這動作又免了。

「歡迎歸來！您剛回來就叨擾萬分抱歉，有客人來找利姆路大人……」

您還未歇息就來叨擾，實在很抱歉！利格魯德說得一臉惶恐，順便替我解惑。

客人……？我在這沒熟人啊？

總之，我先讓矮人們自由參觀村落。他們將來也要住這，應該會對村子有興趣吧。

至於那些從外地帶回的用品，大夥兒把它們全收進空帳篷裡。放帳篷總比在外曝曬好。

派利格魯照料矮人後，利格魯德就帶我去見客人。

他帶我到一個大帳篷裡。不知道什麼時候蓋的，專門用來當接待室。

是誰啊？沒差，見面就知道了。打定主意後，我進入帳篷。

一進帳篷就嚇到。

裡頭有好幾隻哥布林。

其中幾隻有模有樣，另外幾隻隨侍在側。

是族長跟其護衛嗎？他們好像沒帶武器。是說有帶也不構成威脅啦。

無視我困惑的樣子，哥布林們突然跪趴在地。

「「「初仰尊容，偉大的尊者！請您傾聽我們的願望！」」」

他們異口同聲地說道。

偉大的尊者？好像在講我耶，會不會太誇張了。可是從他們的眼神看來，投注在我身上的視線再認真不過。

不曉得他們對我有何期待，總之先聽再說。

「嗯。說說看。」

「是，感激不盡！我們希望追隨您，成為您的部下！」

一名族長代表眾人開口。周遭的人亦有共識，紛紛點頭。

「「「請您施恩！」」」

他們用充滿期待的目光偷看我，整齊劃一地趴在地上，深深叩拜。

說老實話，我覺得很麻煩。

我們還有重建工作要做。沒空管你們好嗎！

雖然很想用這句話回絕，但村子確實人手不足。反正日後大家也會為了爭地盤大打出手，趁現在吸收他們或許是件好事。

若他們窩裡反，到時再把他們全殺了。

我絕不允許背叛。

要率領魔物，心地太過仁慈有礙統理。必須狠下心處置。一方面也是想逼自己痛下決心，所以我就讓他們加入。

我再次提醒自己。

這些傢伙膽敢背叛，我就殺光他們。

話又說回來……我居然輕而易舉決定「殺光他們！」。

我被自己的想法嚇到。

算了，總比在那裡煩惱好。

是說，這幾個傢伙好像只是代表，那他們總共有幾隻啊？

一想到得幫那夥人取名的事，我就不由得嘆息……

各族的傳令哥布林陸續回村，跟村裡人報告。

好啦，我向留在我村的代表們問話。

聽完那些，再將內容統整，大概如下……

一切的開端始於森林秩序大亂。受牙狼族侵略時，他們之所以會捨棄利格魯德的村莊是有原因的，因為沒有多餘的戰力可以幫忙。

除了半獸人族、蜥蜴人族外……還有大鬼族（食人魔）——

這座森林裡的高智慧魔物為了爭奪森林霸權紛紛出籠。

至今也曾起過多次衝突，但大家心照不宣，並沒有訴諸武力。

可是，由於這座森林的支配者消失，他們才會出動，想一吐怨氣吧。

本來魔物便具有炫耀自身力量的天性。因此，為了掃除滿肚子怨，各大族都專心備戰。開戰是遲早的事。

弱小如哥布林族，一旦遇上這些種族就只能遭人蹂躪。

各家哥布林族長都慌了。這樣下去，他們將受戰火波及，肯定會滅族。

他們召開族長會議，連日進行商談，不過，畢竟都是些低智商魔物。

不可能生出好點子……

一團亂中，有人告知牙狼族即將進攻，但他們那時分身乏術。因此，利格魯德的部族才會被捨棄、被遺忘。

然而……他們至今還是想不出好點子，食物存糧日漸匱乏，這時又有報告，說森林出現新的威脅。

據說出現黑色的野獸，還有野獸騎乘者。

那些人如履平地般在森林中疾馳，還打倒強大的森林魔物。

他們究竟是何方神聖？哥布林們嚇得六神無主，令人震驚的報告隨即而來。

那些傢伙原本似乎是哥布林。

接獲這個報告後，意見開始出現分歧。

一派人馬主張立刻去他們那尋求庇護。

太可疑了！肯定是某種陷阱！另一派人馬如此主張，認為應嚴加戒備。

面對陷阱派，尋求庇護派大力遊說，說該族對己方設陷阱沒有任何好處，但他們完全聽不進去。

再說，就算不是陷阱，對方也未必會庇護自己。最主要的原因，是某些人想起當初捨棄利格魯德村莊的事，他們不認為對方會接納自己，才群起反對。看樣子哥布林也知道羞恥。

最後低智商生物終究難逃那悲哀命運——討論不出個所以然來。

因為這樣，主張尋求庇護的人才派出代表，來到這裡。

原來如此。聽起來都在替自己護航嘛。可是哥布林很弱，又沒什麼智慧。當初那麼做也是逼不得已的。不管怎麼說，我都已經決定接納他們了。

想來的都收。

我對來訪的哥布林代表們如此說道。

經我承諾後，哥布林們就先回到自己的村莊去。

＊

接下來才是問題。

望著前來投靠的哥布林，我不禁想——

這數目……太多了吧？

數量多到這個村子沒多餘空間塞。

是說，為什麼我非得煩惱這種問題不可？

最近這幾天，要不就是做斧頭，不然就用做出的斧頭砍樹，對木料進行加工，遲遲無法進展到蓋房。要做的事太多了。

凱金負責當木材相關工作的負責人。

矮人三兄弟則陸續對毛皮進行加工，幫滾刀哥布林們做衣服。

說到三兄弟看哥布莉娜的眼神，實在有古怪。因此，我才要他們加緊趕工。

就在我們手忙腳亂趕工時，哥布林群來了。

總共有四個部族，加起來大約五百隻。

據說其他剩下的哥布林都去了反對派的村子。

這下只能搬家了事。現在搬的話合起來花一次工就好。

打定主意後，我開始確認腦內地圖。

地理環境上靠近水源、適合農耕的開闊場所最理想。

遍尋先前走過的地點，條件最符合的是……離開最初的洞窟後附近的鄰近地帶。

就這裡吧。我把利格魯德叫來，問問那一帶的情勢。

「那一帶是禁地。因為洞窟內部跟森林不同，是強力魔物的巢穴，所以……」

「那就沒問題啦。再說我都住過洞窟了。」

「您、您說什麼！」

「沒啦，我疑似在那邊出生，住附近應該沒問題。」

「……不愧是利姆路大人。小的佩服至極。」

他的話好謎。

不過是在那個洞窟出生罷了，有什麼好佩服的？

唉，反正他似乎接受了，這樣就結了。

我立刻把三兄弟的三男米魯得叫來。要他貢獻一下建築知識。

我跟米魯得大肆討論。有關前世的建築知識，我把自己所知的全都倒給他。

這個世界的測量技術混合魔法後，聽起來有相當水準。再加上我擁有的皮毛知識，我們擬定一個實地測量計畫。

黑狼不需要，但哥布林、矮人都需要排泄物處理設施。既然這樣，我們就搞個下水道系統，讓排泄物發酵，再把它們弄成肥料。從衛生層面來看，一般人應該都知道排泄物容易形成散播傳染病等負面疾病的感染源。我一併將這想法告知米魯得。

魔物哥布林會生病嗎？我也考量了這問題，按情報來看是會染上傳染病沒錯。當魔物還這麼軟弱。

不過也是啦，排泄物髒死了，怎麼可能不生病……
哥布林的生殖力很旺盛，出生率大於死亡率，藉此維持種族數量。
不過，進化似乎讓他們的繁殖力銳減。相對的，應該會活更久才對……但若病死數愈多，要維持種族人數就愈難。我沒有醫療的相關知識，沒辦法治病。
或許能用魔法治癒，可是這邊沒人會魔法，不能指望。
基於上述原因，既然都要蓋了，乾脆做個徹底，蓋出衛生環境良好的住處吧。
米魯得姑且有相關知識，熟知排泄物處理方法。換成「異界訪客」可能要好幾個人集智才生得出來。
這個世界有獨門學問「精靈工學」，足以解開許多不可思議的謎團。
但至於排泄物的利用就不是很清楚了，他對我分享的做法大感吃驚。
就這樣，我們討論到一個段落後，我就任命米魯得當建設班班長，全權交給他處理。
這就是我最擅長的「發包」。
另外還要利格魯德派幾個助手給米魯得，讓他們前往現場勘測。
顧及安全問題，我也讓蘭加同行。
應該不會有魔物跑出洞窟才對，但凡事都有萬一。話雖如此，有蘭加在就能及時對應。
如此這般，米魯得建設班依令離去。

一個問題解決了，不過，還有另一個重要任務待辦。對，就是命名的事。
光想就很憂鬱。要幫五百隻左右的魔物取名，這下或許得請出禁斷魔技「ＡＢＣＤ」。畢竟伊呂波順（註：日文中假名順序的一種排列方式）我只講得出一半啊。

事不宜遲，我立刻展開命名工作。

果不其然，取到一半就進入休眠狀態，花四天總算把大家的名字命名一遍。真想誇自己非常努力。

幸虧這次沒之前疲勞，但五百隻命名工作真的不想再碰第二次。

我把族長叫來。

他們跪在我面前，全是族長進化版。

以利格魯德為首，依序是魯格魯德、雷格魯德、羅格魯德。

排起來一目了然。沒錯！就是RA、RI、RU、RE、RO（註：日文字母R行排列順序）。

RA剛好是蘭加，這只是偶然。

雖然取得很隨便，但沒問題的！大家都沒發現我在亂搞。

還不忘做做樣子，假裝「我想得很認真喔」。

我這個男人超擅長在工作上裝認真。

第四名族長是女性。

得取個女性化的名字，所以我就叫她莉莉娜。

因為進化的關係，她的性別終於讓人一眼就能認出。我能用「魔力感知」判斷哥布林的性別，不過，當初光用肉眼實在難以分辨。

今後這些名字也會繼續沿用嗎？那念頭閃過腦海，不過未來的事未來再說吧。現在沒這閒功夫。

重點回到眼前這些進化版哥布林身上。該不該替他們定上下關係？

家和萬事興，人人平等！現實中不可能有這種事。

必須有個明確的命令體制。特別是重視權力關係的魔物。

想到這，我決定做一件事。

「聽好，我賜你們位階！」

我這麼宣言。

利格魯德升等，晉級為哥布林王。

剩下四名族長是哥布林君主。

放眼四周，留在村子裡的哥布林集體跪拜，緊張地觀望這一刻。

「「「是！我等領命！」」」

這句話一說完，現場就揚起驚天動地的歡呼聲。

哥布林族將開創嶄新紀元。

凱金認真地將木工道具準備妥當。

在葛洛姆和多爾德的指揮下，服飾順利製作完成。

木材全都順利運往村莊空地。準備工作如實進行。

確認所有的哥布林都完成進化後，米魯得剛替新的村莊建設預定地做完測量，人正好回到村子裡。

一切都很順利。

我著手確認新的村莊建設藍圖。

規模已經超越村莊，來到城鎮等級。

那裡是我們的新住處。

確定各環節都準備就緒後，我們朝建設地挺進。

出發前往新天地。

踏出建設嶄新國度的第一步！

●

男人的名字叫費茲。

他是小國布爾蒙的自由公會布爾蒙分會長。

費茲的實力有目共睹，上看等級「A^{-}」，曾是個厲害的冒險者。

按照跟貝葉特男爵的約定，緊鑼密鼓地展開祕密調查。

結果，情報部門跟他取得聯繫，說帝國沒有動作。

或許帝國之後也不會有任何動靜……但這只是他的推測，事情不能有任何閃失。

他派人繼續監視帝國。

本來監視帝國並不是他的職責，但他非做不可。費茲已經決定把這事攬到自己身上。

這時有人稟報，說另一組調查隊已經回來了。

進屋後，他慢條斯理地坐到沙發上。由於內容極為機密，所以在接待室談。

對面沙發上坐了三名男女。是等級B的冒險者們。

先是擅長隱密行動的基多。職業是「盜賊」，擅長收集情報。

再來是防禦力優異的卡巴爾。職業是「重戰士」，在隊伍裡是稱職的坦。喜歡開玩笑，做事卻很仔細認真。

最後是特別會使特殊魔法的愛蓮。她的職業是「法術師」，能操縱各式各樣的魔法，其中又以移動類魔法見長。值得一提的是，為了提高隊伍的生存機率，她準備得相當周到。

他們是費茲派去調查維爾德拉封印洞窟的調查隊。

乍見他們的第一個想法就是——他們平安無事歸來真是太好了。畢竟那個洞窟的難度適合「B⁺」冒險者。把維爾德拉坐鎮的事考量進去，就算委託「A⁻」冒險者也不為過，洞窟裡相當危險。就算他親自出馬好了，說老實話，孤身一人攻略仍很吃力。

不過那些都是後話，自己身為分會長，無法說去就去……

種種考量下，他並未選擇「B⁺」冒險者，而是要那三人去調查維爾德拉現在的狀況。要說為何會委託他們，就是生存機率高，情報收集能力優異。撇開討伐不說，光就迴避戰鬥、收集情報而論，他們的程度還在「B⁺」冒險者之上。

不過，倘若這三人有什麼閃失，自己這個分會長也難辭其咎。畢竟身為分會長還帶頭違反規定。

話雖如此，他無論如何都要確認真偽。

所以最高興那三人回來的莫過於費茲。

「讓我聽聽報告。」

費茲刻意裝得高深莫測，開口質問他們。

儘管心裡感謝萬分，他還是連半句慰勞的話都不說。

三名男女早就司空見慣——

「這趟真的很累人耶！超累——！」

「好想快點去洗澡……」

「俺覺得當大哥跟大姐頭的和事佬才累人……」

還是老樣子，回報任務的調調一如往常。不過，他們的眼神都很認真。按那個反應來看，這次的任務果真艱辛。

就這樣，三人組開始進行報告。

先是跟洞窟內的魔物發生戰鬥。

他們在守護者「嵐蛇」的感應能力下蒙混過關，成功進到封印門扉後。

維爾德拉確實消失了。進去以後，他們在裡頭展開為時一週左右的調查，的確沒發現任何生物。

其中，最讓他們在意的就是——

「就是這樣。結束內部調查後，我們離開那裡……結果嵐蛇不見了。」

「對啊！我的逃脫魔法沒辦法從內部發動，一直在煩惱該怎麼騙過嵐蛇，結果那些煩惱都白搭！」

「俺的幻覺加熱源幌子也沒機會大顯神威。是說俺還擔心去程能用，回程會不會被識破呢……結果可以說是皆大歡喜吧。」

以上是他們的報告。

究竟發生什麼事了？

嵐蛇是推測達「A⁻」的魔物。在那個洞窟內無人能敵。自己親自出馬可能也會打輸牠。就因為有嵐蛇在，這次任務的成功率才會大幅下修……

費茲開始盤算。

那裡果然有事發生。一定要搞清楚才行，費茲做出結論。

「好，你們幾個。給你們三天休假。假放完再去森林調查一遍。這次不用進洞窟。把周邊查個滴水不露就行了。命令到此，退下吧。」

「不對吧，那什麼態度──！」

「什麼，只有三天！多給幾天假嘛！」

「是是是……反正再怎麼回嘴都沒用吧？」

幾句牢騷傳進耳裡，但費茲當耳邊風。

那不重要，先整理剛才那些情報才是真的。那座森林究竟發生什麼事了……

費茲陷入沉思。

當他回過神，睜開眼睛時，只見那三人正射出怨對視線。

這些傢伙……他嘆了一口氣，像往常那樣爆出吼聲。

「看什麼看？快走啊！」

在怒吼聲中，三人組遭費茲趕離現場。

三天後。

卡巴爾、愛蓮、基多三人組準備前往森林進行調查。

「假好短……」

「真的。」

「你們兩個，別開口閉口都是抱怨好嗎？這樣很讓人洩氣耶——」

見兩人在那發牢騷，勉強算是隊長的卡巴爾開口勸慰。聲音聽起來很無力，想必跟那兩人的心情一樣吧。

前往森林的交通手段不多。

最近魔物極度猖狂，商人們都不駕貨車去森林。僱護衛又很燒錢，成本上不合。因此，要去森林就只能靠兩條腿。

反正去「封印洞窟」的路本來就不能通馬車，橫豎都得在半途上下車步行。

因此，事前準備就變得非常重要。

光要準備數星期的乾糧就很費力。但伙食不夠肯定會死在半路上。幸好能用愛蓮的魔法變出水。

準備告一段落，一行人正要啟程時，有個人出現在他們面前，朝他們搭話。

「不好意思。若你們要去森林的話，能不能讓我同行，只走一段距離就好？」

光聽聲音很難判別是男是女，是老是少。

看不到表情，這是因為對方戴著面具。

那張面具沒有任何表情，刻著美麗的圖案。

這為眼前人士增添些許詭異氛圍……不過——

「可以啊！」

「喂！我這個隊長都還沒點頭，妳就……到底在搞什麼飛機啊！」

「沒辦法，大姐頭都這麼說了，再多的怨言也沒用啦！」

三人組簡簡單單就答應了。

「感謝。」

那個可疑人物只拋出這句話，接著就默默地跟在一行人後頭前進。

就這樣，卡巴爾三人組多收一個同伴，再度前往勘查。

●

森林裡，伐木聲、槌子敲打聲陣陣迴盪。

我們整頓新市鎮用地，按部就班地建造房子。說是這麼說啦，其實要先設置給水系統跟排水系統的管線，目前還未蓋任何房子，地面什麼建築物都沒有。

水路設計是這樣的，要直接從河川引水。

雖然還在建設階段，但我們預計蓋個管理水質的水管處。打算在那裡淨化水質，再配送到各個民宅裡。

至於排水方面，我們會在地下埋設用木材作成的渠溝。木材內側會做抗腐蝕的防腐處理，再用混凝土固定。現在在做的工程就是這個。幸好附近山區可以採到石灰系素材。

此外，我們還預計在城鎮外建造汙水處理設施，用來製造肥料。

再來是臨時居所，我要大家建造類似大型體育館的建築物。這是暫時用來休憩的地方。因為之後要拆掉，所以我們隨便蓋一蓋，目前住起來沒什麼大礙。

規劃整理的工作順利進行。

首府設在洞窟附近，預計在那建我的住所。族長住居自該處綿延，居民們的房子再繞著周圍蓋。

由於先進行規劃，各區有條不紊、整整齊齊地排劃開來。並設置十字型大型道路，有什麼急事也好集體動員。還得小心別讓外觀類似的街道綿延，否則很容易迷路。不過，這個擔心似乎是多餘的。

該擔心的是——外敵進攻時是否便於行動吧？

不過話又說回來，敵人進城就已經事態嚴重了，擔那種心也沒用。

假如城鎮被毀，大不了再造。

先幫哥布林（小鬼族）取名、讓他們進化成滾刀哥布林（人鬼族）果然是對的。

他們的智能急遽上升，學習力大增。體格也變得壯碩，力氣更大。

據矮人族所說，哥布林似乎是F級魔物，但高階哥布林相當於C～D級。

總之，他們進化後已經不能叫一隻兩隻，應該改拿一人兩人當記數單位。他們超越魔物，變得更接近人類。也因為這樣，族裡有強有弱。裝備的武具、個體職業及技術不同，評價會隨之變動。

真是一樣米養百樣哥布林，力量強弱天差地別。

特別是被我任命為君主的四個族長，能力似乎比其他人強。

所以被任命為王的利格魯德就更——

「噢噢，原來您在這兒啊！我找您好久了。」

這怪物哪來的！這句話差點要脫口而出，他已經變成肌肉發達的大隻佬。

跟大鬼族相比毫不遜色，甚至有過之而無不及！——以上是凱金的感言。

不單只是命名的關係，賦予職業（等級）似乎也會帶來改變。

魔物的生態果然很謎。下次來任命其他傢伙好了，看會發生什麼事。

「怎麼了嗎？」

「是！我抓到可疑分子，前來跟您報備。」

「可疑？是哪邊的魔物嗎？」

「不，是人類。依您之命，我方並沒有傷害他們。」

「人類？怎麼會跑到這種地方來？」

居然是人類？太好了！一定要跟他們交朋友！

不過，如果是之前那種笨蛋冒險者的話，我看還是偷偷處理掉，當魔物的點心好了。

「他們好像在跟巨大妖蟻集團戰鬥，利格魯的警備班出手相救並保護他們……但那幾個傢伙疑似在周邊進行調查。我才來跟您請示……」

唔嗯。是哪個國家派人來這附近調查嗎？

我問過矮人，他們說朱拉大森林並非哪一國的領土，是中立地帶。為了擴大領土，很有可能是某國的調查隊。

如果我料得沒錯，事情就麻煩了。算了，沒問來龍去脈，光在這裡煩惱也不是辦法。

先去看看再做決定吧。

「好，我過去看看。替我帶路！」

話一說完，我就跳到利格魯德肩膀上。

蘭加被我派去巡視，所以要移動時就變得很麻煩。

雖然搭利格魯德跟我的一般走速沒兩樣，但這是為了替矮子史萊姆增高。直接去的話，沿途遇到的傢伙都會居高臨下看我。若他們在意這點，刻意在我面前跪下，又會妨礙工作……為了保有威嚴，讓人俯看不是很妥當。雖然要注意諸多細節很麻煩，但我個人認為，事先避免不必要的糾爭要素才是上選。

因為這樣，我才會在移動時盡量找個肩膀當代步工具。

利格魯德讓我坐在肩上，帶我去見剛才抓到的冒險者。

好啦，來看看是什麼樣的傢伙吧？想著想著，有聲音鑽進我耳裡（實際上沒耳朵）──

「喂！那是我的！」

「你這樣不會太超過嗎？那是我小心呵護的肉耶！」

「大哥他啊，搶東西吃可是不讓步的！」

「嚼嚼。」

似乎有人在吵吵鬧鬧，現場熱鬧非凡。

「……」

發現我投出無言的疑問，利格魯德應道「不、不好意思」。

「他們的行李好像被蟻群搶走了……還說最近都沒吃飯，所以我才為他們準備餐點……」

哦。看樣子利格魯德滿好心的嘛。

「不，這樣不是很好嗎？我還覺得你很細心呢。幫助遇到困難的人，這是好事。」

我開口誇他。利格魯德開始抓到訣竅了，就算不跟我請示，也知道該怎麼做領導工作。可喜可賀。

「哈哈！我今後也會繼續努力，期許自己不再麻煩利姆路大人。」

嗯，一板一眼的個性依然沒變。

想通後，我準備進入簡易帳篷。在入口看守的人替我開門。
進去後，好幾道視線往我身上集中。
只見一群冒險者大口吃蔬菜跟肉，都把腮幫子撐得鼓鼓的。
他們瞪大雙眼看我。模樣有夠滑稽，但當事人好像沒自覺。
嗯？好像在哪裡看過……啊，是在洞窟遇到的三人組。
雖然多出一張生面孔。
那傢伙戴著面具要怎麼吃東西，我很納悶。
嚼嚼……
那傢伙吃得旁若無人。
還是吃烤肉！唔，若我有味覺就好了……好想念肉。啊啊……我的味覺跑哪兒去了……
啊，不小心沉浸在奇怪的思緒裡。我趕緊將意識拉回正軌。
利格魯德走向主位，再把我放下。
「各位客人，我們只有寒酸的東西招待，不曉得是否合意？這位是我們的主人，利姆路大人！」
他開口替我介紹，並在一旁落座。
咕嚕一聲，將食物嚥下的聲音響起。
接著——
「「「咦？史萊姆是老大！」」」
「嚼嚼。」
冒險者不約而同地大吃一驚。

其中一人的反應微妙，沒關係，那不重要。

「初次見面。我是史萊姆利姆路。不是邪惡史萊姆喲！」

噗！我剛打完招呼，戴面具的傢伙就將口中飲料全噴了。

可是，在面具阻擾下，嘴裡的東西並沒有向外爆開。但面具底下是什麼情況就不得而知。

這傢伙好失禮。

史萊姆會說話似乎讓這個人嚇得不輕。

另外那三人也同樣吃驚，幸好他們嘴巴裡沒東西。

好啦，來看看這些傢伙是什麼貨色吧？希望他們是正派人士。

對方似乎從震驚中恢復——

「剛才真是失禮了。沒想到魔族會救我們，真是幫了大忙。」

「啊！我們是人類冒險者。這個肉好好吃！這三天來一直在逃難，都沒吃到像樣的東西……非常感謝你們！」

「感謝出手相助。沒想到高階哥布林會在這裡蓋村子呀。」

「咳咳、咕嘶。咳咳咳。」

哎呀，用不著緊張嘛。

「那先這樣，你們慢慢吃，吃完再聊。」

語畢，我決定先等他們吃完。早知如此，等他們吃完再叫我來不就得了，想是這樣想，利格魯德還沒機靈到那種程度。

雖然他慌得情有可原，但今後還是得多加教育。

我也是，畢竟沒想到人類客人（俘虜？）會來，所以情難自禁啊。

待在這裡可能會讓他們吃得不自在，所以我離開帳篷。接著就跟守門人交代，等他們吃完再把人帶往洞窟附近我專用的帳篷。

利格魯德好像很歉疚，不過——

「沒關係，別在意。今後多加注意就好。」

——我開口安慰他。

他們持續按自己的步調成長。

沒人一開始就十項全能。

我來到自己的帳篷，寬心等待。

利格魯德要手下哥布莉娜備茶。茶看起來似乎比之前端來的還要好喝，可惜我喝不出味道。

真有趣，沒想到進化也會對泡茶產生影響。

有文化水平的生活正如實紮根。種種變化讓我對此深信不疑。

＊

如此這般，時光流逝……

剛才失禮了！這麼說著，四人進到帳篷裡。

這是簡易帳篷，空間有點狹窄。

帶他們過來的哥布莉娜退場，另一個哥布莉娜則端茶進來。

各位看看！不知不覺間，他們已經成長到這種地步了。

入夜後，他們會跟矮人們把酒言歡，聊文化、聊生活，這些我都知道。

「容我再次問候，初次見面你們好。我是這兒的主人利姆路。你們到這裡來有什麼事嗎？」

他們早就料到我會這麼問吧。

我已經給他們充分的討論時間，他們似乎想好答案了。

「初次見面，我是卡巴爾。算是這個隊伍的隊長。她是愛蓮，他是基多。這樣介紹可以嗎？我們是等級B的冒險者。」

「初次見面！我叫愛蓮！」

「您好，俺叫基多。跟您照個面！」

果然沒錯，這三人是團隊。

B級滿強的，但攻略洞窟應該很吃力吧？搞不好他們有不為人知的特技或才能。

三人的介紹到此，另一人又是什麼底細？當初在洞窟內相遇好像沒看到？

「這個人剛好跟我們同路，暫時加入我們，叫做靜。」

「我是靜。」

從聲音聽不出性別，也不知道年齡多大。不過，要我判斷性別易如反掌。我可是連哥布林公母都能看穿的男人，小菜一碟啦。

她是女性。此外，我還順手猜了一下。

這傢伙……該不會是日本人吧？身上有濃濃的日本味。

像是喝茶的動作啦、跪坐姿勢等。

我對這個世界的事還不是很了解，目前沒辦法斷言，不過，好像很少看到其他人跪坐？就好比現在，另外那三人並沒有跪坐。他們盤腿坐在狼的毛皮毯上。名叫愛蓮的女子也隨性側坐。是說這個世界某處有類日本文化，我也不意外啦。她是日本人的事有待觀察。

這時我突然想到一件事，他們未免太沒戒心了。難道這個世界的居民都不太有危機意識？雙方理所當然地輕鬆談笑，但仔細想想，這裡可是魔物的巢穴。包括我在內，這裡就只有魔物……算了。搞不好是這幾個冒險者的神經特別大條。

別多想。回歸正題吧。

「你們多禮了。繼續聊啊？」

大夥兒一路聊下去。

…………

……………

……

當我提問，他們似乎沒什麼戒心，七嘴八舌地把自己幹過的事全招了。

這麼聽來，他們似乎受分會長委託，前來調查附近有無異狀。

而其中不值一談的對話——

「可是，有古怪都他說的，我們怎麼知道哪裡怪啊！」

「沒錯沒錯！到底要查什麼！希望他說清楚點耶。」

「俺們是很擅長調查沒錯，但有極限啊。」

——諸如此類，他們開始講分會長壞話。

這些人不行啊……

我開始同情素未謀面的分會長。

更瞎的是，他們發現大石塊上有可疑空洞，認為自己找到關鍵點了，就拿刀去戳，結果……那似乎是巨大妖蟻的巢穴。我傻眼到說不出話來。

為什麼碰到岩石上有空洞會拿劍戳呢，我好想發問。好想問個明白。

虧他們能活到現在。

後來他們拚死拚活逃亡三天，途中弄丟行李，再來就是現在這樣了。

該怎麼著，我只能對他們說「辛苦了！」。

「這附近沒什麼疑點吧？真要說的話，大概就是洞窟了？」

聽我這麼回應，愛蓮頻頻搖頭。

「那裡什麼都沒有啦。你知道嗎？外面都在講，說那裡封了邪龍。可是，我們待在裡面調查兩個星期，什麼都沒發現耶！虧我拚命調查，連澡都沒泡，真是浪費時間……」

「喂，妳腦殘喔！再怎麼樣都不能講這些吧！」

「不干俺的事喔！是大姐頭說的！有事別找俺！」

愛蓮不小心說溜嘴，兩名男性慌得跟什麼似的。

沒差啦，我之前跟他們擦身而過，知道他們去過洞窟。

話說回來，原來這個世界有泡澡文化喔。一定要在城鎮裡蓋個澡堂。

澡堂的事晚點再說，繼續聊才是真的。

「妳說去洞窟調查過，為什麼要跑去那裡調查呢？」

感覺不像去那尋寶的。

被我這麼一問，卡巴爾沒轍地搖搖頭。

「既然都已經說出來了，再瞞也沒用。其實愛蓮說得沒錯，外面都在傳，說邪龍消失無蹤……」

原來如此。

我沒管道自然不知情，不過，維爾德拉消失的事似乎在人類世界引起軒然大波。

封住的龍突然間消失，光這點就鬧得沸沸揚揚。該說他是隻厲害的龍嘍。就我個人來看，他只是話多又老好人的龍一枚……

不過，是說影響也太深遠了吧。居然特地派人調查。

在洞窟附近蓋城鎮該不會是錯誤判斷吧？

「而且，我們還聽說洞裡的魔素很濃，連反應石都帶去了……沒想到濃度比預料中還低。現在那個洞窟的濃度是比一般地帶濃沒錯，但已經退居普通洞窟了。魔素濃度降低滿奇怪的，這是我們唯一弄到的異常調查結果。」

「嗯，不過裡面有很多強力魔物，不要進去比較好。又沒有寶藏，也沒有礦石。打倒危險的魔物，進洞冒險根本不值得！」

「仔細找或許會找到盜賊掉落的裝備啦，但那種東西又沒什麼大不了的。」

心虛。裡頭的礦石……把那些顯眼物品全都清空的犯人就是我！

魔素濃度之所以降低，疑似是我把魔素源頭維爾德拉吃掉的關係……也就是說，事情幾乎可以算在我頭上。

嗯，沒關係。

不說誰曉得。

我們繼續聊下去。

既然都說溜嘴了，還瞞幹嘛！——照這個調調，他們提供各式各樣的情報。

出乎意料，這三人沒什麼心機。

洞窟的價值銳減，相對的，調查行動也會變少。

大不了把城鎮搬走，想是這樣想，目前看來應該沒關係。畢竟這裡不屬於任何國家，他們憑什麼管。

但城鎮都蓋到一半了，所以我姑且問問他們，看自由公會是否會插手干預。

「不，沒問題吧？」

「對啊……這不是自由公會該管的事。國家方面就不曉得嘍？」

「唔——嗯，俺也不清楚。」

的確，國家是否出動，自由公會成員哪會知道。

就算國家真的出手干預，還得拿充分的理由說服各國。

當我左思右想時，一直安靜聽我們交談的面具小姐有狀況了。她突然失去意識，當場倒地。

我們慌了，正要過去幫她——

「唔咕、咕啊啊啊啊啊啊——————！」

——驟變就突然降臨。

＊

當靜不再呻吟，現場同時歸於寂靜。

面具表面出現裂痕，從中漂出妖氣。事態非同小可，任誰都看得出來。

接著靜緩緩起身，開始進行詠唱。

「是召喚魔法！」

愛蓮發出驚呼。

「喂喂喂，不是吧！怎麼突然搞這招！是什麼等級的召喚術？」

「——我看看，從魔法陣的規模來看，是等級『B^+』以上的魔物。」

「大哥，別在那閒聊了，我們要趕快阻止她！」

不愧是冒險老手。他們及時收心，當場散開。

「大地啊！把她束縛住！泥手！」

「看我的——！重裝衝擊！」

愛蓮負責牽制，卡巴爾則跑過去衝撞敵人。基多是應變人員，在旁邊警戒，準備臨機應變。

嗯。雖然是Ｂ級，默契卻很好。沒有多餘動作。

不過，當靜先是動動食指，由下往上一晃，小規模爆發就以她為中心炸開，將我的帳篷炸個粉碎。

帳篷的事不要緊。我比較擔心那三人，不知道他們有沒有炸傷？

現場吹起小規模爆風，對我沒有影響。所以我分神觀察那三人。

確定泥手抓住目標後，卡巴爾就衝過去撞敵人，但衝得不是時候，他被炸個徹底，身體飛了出去。
在一旁警戒的基多察覺危機將至，立刻將愛蓮推開，兩人逃過一劫。
「喂，你們沒事吧？」
「俺們沒事！」
「討厭，身體痛死了！回去得多要些危險加給！」
二人如此回應──
「噢噢，好痛──……你們兩個──好歹也關心一下隊長的死活吧！」
嘴裡發著牢騷，卡巴爾起身歸隊。這男的好耐打。
「我是有猜到靜會魔法啦，沒想到還能使召喚術……」
「是說，靜想召喚什麼東西？」
「不對吧，現在不是談召喚物的時候。就俺所知，召喚進行到一半突然發動魔法，不用經過詠唱，根本連聽都沒聽──」
基多話說到一半就僵住。接著難以置信地看向靜──
「咦……難道說……是爆焰支配者──？」
他似乎想到什麼了。
靜繼續詠唱。全身散發紅光，身體微微浮起。
面具格外顯眼，竄出斗篷的黑髮輕輕飄盪。
她的目的是什麼？突然間態度丕變……
「利格魯德，快帶大家去避難！別讓村民靠近這裡！」

「可是……」

「這是命令！避難工作完成後，把蘭加叫來！」

「是！遵命！」

利格魯德立刻展開行動。據我推測，哥布林無法應付這種敵人。我不希望大家白白犧牲。

至於叫蘭加過來，並不是為了跟靜對戰。

理由很簡單。我認為這些冒險者可能在自導自演，準備趁虛而入。

若他們一開始就打算殺光我們，當然會將祕密全盤托出。

雖然說，也有可能只是在耍笨……

如果自導自演的推測屬實，可能會趁我跟靜對戰、落居下風時，再從背後出其不意攻擊。為了防範，我才把蘭加叫來。

應該是我想太多，但不怕一萬只怕萬一。

「喂，基多！你剛說爆焰之類的，那是什麼？」

基多都還來不及回答這個問題，有人就搶先——

「那不是五十年前大顯身手的英雄人物嗎？」

——愛蓮反問他。

原來她很有名？這念頭剛閃過腦海，面具就從靜臉上滑落。

火焰直竄而上。

空中出現三隻火蜥蜴。

面具滑落後，靜藏在面具底下的臉跟著曝光。

黑色髮絲在爆風中飄盪開來，反射火光，映著美麗的光輝。

貌美、纖細柔弱的女性。然而，那對雙眸卻散發邪惡光芒，其嘴角看起來因即將大開殺戒的愉悅而泛起笑意。

我也說不上來，就覺得那模樣很不自然，此時——

《獨有技「異變者」發動。》

世界之聲在周圍響起。

同時，美麗的少女身姿逐漸轉換成焰之巨人。

「果然沒錯……是爆焰支配者……役使焰之巨人，最強的精靈使者——！」

焰之巨人——伊弗利特（Ifreet）——能將萬物燃燒殆盡的焰之支配者。在火系精靈裡僅次於王級，是超高階精靈。

「咦——！你說焰之巨人，那不是A級以上的高階精靈嗎！」

「唔哇……第一次看到……不對——我們根本打不過吧！」

「打不過……俺們要死在這裡了……人生好短暫——」

帶著三隻火蜥蜴，爆焰支配者焰之巨人駕臨。

怪不得他們三個會手足無措。隨便一隻火蜥蜴都有「B^+」的強度。

等等，這是什麼……？我看到的不是靜在操縱它，該說是——焰之巨人在操縱靜。

這時一陣衝擊來襲。

靜——不對，焰之巨人放出魔力波動。

——奇怪……？不帶任何殺意，那攻擊——只是在發洩暴力衝動？

感覺不像人為操控，比較接近順著預先設定的模式發動攻擊。我的猜測應該八九不離十。這不是靜小姐的意思，而是被她役使的焰之巨人失控。

不過，那是不是真的，現在已經不重要了。問題在於這波攻擊狂猛的破壞力。

薄紅色的衝擊波襲向四周。衝擊波伴隨熱流，將未完工的建築物燃燒殆盡。

可惡！才剛蓋沒多久耶！

三名冒險者試圖用魔法障壁抵擋，但一擊就立刻被炸開。

剛才那一炸不至於喪命，但也不可能毫髮無傷。他們還保有意識，但應該無法輕舉妄動。一動就會變成焰之巨人的攻擊對象。

「你們幾個，待在那裡別動！小心被當成攻擊目標！」

聽到我叫喊後，三人點點頭並待在原地不動，專心防守。他們沒有離開，除了發動魔法障壁外，還追加發動鬥氣防壁。

這樣看來，他們沒有自導自演，真的在抵擋攻擊。也就是說他們故意要毀滅這裡的可能性是零。

不過，是說這攻擊好威。

魔力施放得毫無保留，以焰之巨人為中心，直徑三十公尺的圓形範圍有陣陣熱風吹拂。

若我不參戰，這些火一定會把大家全殺了。除了焰之巨人外，還有三隻火蜥蜴。好棘手。

然而，有件不可思議的事。

在這個節骨眼上，我居然不覺得害怕。是因為變成魔物的關係？嗯，說來也有道理，我一開始就被維爾德拉、黑蛇嚇過，可能膽子已經練大了。

「喂。你的目的是什麼？」

「…………」

喀！

我後方發生爆炸。照這樣子看來，要跟焰之巨人溝通是不可能的。他徹底無視我的問題，光顧著單方面進行攻擊。

不是像剛才那樣漫無目的地釋放魔力，而是確確實實要殺我。熱線朝這邊打來，蘊含相當程度的熱量，足以將掃過的東西全都蒸發。

那威力遠勝剛才的魔力解放。可是，避開就沒問題。我已經成功回避那些熱線。我的知覺速度快到連音速都能捕捉。

現在想想，還沒把城鎮蓋好真是萬幸。都這種時候了，我卻打心底這麼認為。

簡易帳篷、暫居住宅全被燒光，但不構成太大的損失。我們砍倒樹木，現在這裡已經變成一大片廣場。假如森林還在，早就燒成火海了吧。這樣一想，可以說是不幸中的大幸。

雖然運來的材料具可燃性，如今也只能放棄搶救。

是說這傢伙愈燒愈猖狂！那態度擺明把我們看成礙事的障礙物。狗眼看人低，徹底把我激怒。

我認定焰之巨人是敵人，決定出手反擊他。會這麼做並不代表我無視宿主靜的死活，但遲遲不反擊，問題並不會解決。鎮壓焰之巨人是首要任務，靜的安危擺在後頭。

再說，目前還不能完全確定靜是否被焰之巨人操縱了。

我瞄準焰之巨人的腹部，朝他釋放「水刀」。

那攻擊都還沒打中焰之巨人就蒸發了。火焰漩渦包圍巨人，形成防護罩。

咁唔。「水刀」似乎不管用。

不對，現在不是悠哉發呆的時候。對我的攻擊起反應，火蜥蜴集體出動。

「水冰大魔槍！」

愛蓮瞄準其中一隻，射出冰魔法。我朝那邊看去，愛蓮發動完魔法就立刻逃進魔法障壁。

她手腳俐落，看得我很佩服。魔法障壁似乎是常駐型防禦魔法，不須集中精神控制。可是，單一發水冰人魔槍不足以打倒火蜥蜴。那隻火蜥蜴改朝三人撲去。

「喂，你們有辦法應付嗎！」

「交給我們沒問題啦！我們可是燃燒生命幹冒險工作喲！」

「欸欸，別又來了……隊長是我耶。唉，既然都弄成這樣，只好接收了。我們負責料理那隻！」

「雖然不曉得盜賊要怎麼對付精靈啦。總之要死一起死啦！」

感覺很可靠，又好像不夠力。

既然他們願意接收，就交給他們吧。但害死他們又會讓我過意不去。

「就交給你們了。可是，千萬別勉強自己！還有，不小心受傷就用這個——」

說明就免了。我取出好幾個回復藥，朝三人組丟去。基多手腳飛快地接住那些藥。

「那個……利姆路、先生？這是什麼……？」

「回復藥。藥效很好，受傷記得用這個！」

現在沒空在那花時間慢慢說明了。簡短說完後，我迅速移到別的地方去。

三人組開始認真應付火蜥蜴，抽不出空閒聊。光要對付一隻就很吃力，只能祈禱他們努力完成任務。

配合我的動向，另外兩隻火蜥蜴朝我撲來，焰之巨人也緩緩移動。

好了，接下來該怎麼辦？

念頭浮現的同時，蘭加終於趕來。我原本是想讓他監視三人組，現在沒那個必要了。

我有更重要的任務給他，就是搭蘭加移動。

「您找我嗎？頭目！」

我二話不說地跳到他背上去。這樣就能確保移動速度。火蜥蜴的動作飛快，卻比不上蘭加。

接著，我對蘭加下令。

「你只要專心迴避就好。不須發動任何攻擊。我會負責進攻！」

「遵命！」

我倆似乎心靈相通。蘭加嗅出我的意圖，立刻展開行動。

像在發射火焰彈，兩隻火蜥蜴朝我們直噴焰之吐息。蘭加輕鬆避開，退到火焰的影響範圍外。

威力似乎滿高的，我可不想被砸到。人類只要吃上一發就會炭化吧。

打倒焰之巨人前，最好先收拾那兩隻火蜥蜴。打定主意後，我朝火蜥蜴射出「水刀」。跟焰之巨人不同，牠們的火力似乎不足以蒸發「水刀」。所以我成功切斷其中一隻的腳。

然而誇張的是，火蜥蜴的腳瞬間再生。

火蜥蜴恰如其貌，腳也是火焰構成的。光切沒用。從我感應到的力量強弱來看，黑蛇還比較厲害，不過，火蜥蜴的特殊能力似乎會讓我陷入苦戰。

「——頭目。對精靈種來說，物理攻擊沒用。必須利用弱點屬性攻擊，或用魔法才有效。」

蘭加向我獻策。原來如此，精靈不怕普通攻擊嗎？

我的攻擊無效，這是因為「水刀」單靠水製成吧。

那麼，用一大堆水澆敵人呢？我的「胃袋」裝有從地底湖吸取的龐大水量。用這些水能否削減焰之精靈的力量？

《答。能釋放大量水源。跟火蜥蜴接觸會讓水蒸氣氣爆，要實行嗎？　YES／NO》

什麼？水蒸氣……氣爆……？那是什麼？

《答。由於火蜥蜴是熱能聚集體，水一包覆就會迅速氣化。水蒸氣將在火蜥蜴身上形成蒸氣薄膜，高溫、高壓會引發壓力波，進而產生連爆現象。》

——所以呢？這樣就能打倒火蜥蜴？

《答。壓力×體積＝釋放水量×氣體常數——》

STOP——————！拜託你講簡單點，讓我聽懂。

《答。會發生大爆炸，能將火蜥蜴炸個片甲不留。不過，這一帶也會夷為平地。》

白痴喔！這樣不就沒意義了！我又不想自殺。

可是，該怎麼辦才好。用我的「水刀」砍也沒效……正當我在煩惱時——

「水冰大魔槍！」

我看到三人組以魔法師愛蓮為首，正努力對付敵人。

等等，我的「水刀」不是魔法，所以沒效，那改用魔法不就得了——

「愛蓮！快朝我打一發水冰大魔槍！」

「咦！這要求有點難辦……」

「拜託妳！」

雖然對我的要求感到頭大，愛蓮還是詠唱魔法，發動冰魔法「水冰大魔槍」。

「有事別找我抱怨喔！『水冰大魔槍』！」

愛蓮放聲大喊，朝我射出冰柱。

若我推斷正確，她放出的魔法就能用獨有技「捕食者」吸收。

那樣一來——

《宣告。獨有技「捕食者」發動。成功捕食水冰大魔槍，解析成功。》

很好！如我所料。

話說回來，一開始聽說明還半信半疑的，現在總算知道這個「捕食者」技能強到犯規。水冰大魔槍似乎是很強的魔法，我卻沒有遭受任何創傷，順利吸收它，還學會這招。

「咦欸！我的魔法發生什麼事了！」

抱歉，現在沒空說明。

魔法解析眨眼間完成，只要我有那個意思，就能發動它。

我發動魔法不須經過詠唱。那是另一個獨有技「大賢者」的詠唱排除效果。

「水冰大魔槍！」

我省略詠唱時間，朝火蜥蜴發動魔法。同時我也學會一件事。那就是魔法原理，它的運作方式。

用「水刀」砍無法對火蜥蜴造成傷害，愛蓮的魔法則對它有效。

其實原因很簡單。施展魔法並非引發某種現象，比較像是讓某種概念實體化。

也就是說，我現在釋放一種能量，帶有「奪取目標物熱能」的效果。間接讓能量外觀變成冰柱。

冰柱並非主體，它包的能量才是重點。因此，由熱量、火焰構成的火蜥蜴才會受到傷害。

此外，我現在射出的數根冰柱——說是槍，比較像是其放大版——它們一口氣刺穿兩隻火蜥蜴。單只是遭刺，火蜥蜴的魔力就消耗殆盡，雙雙蒸發，變成蒸氣後消滅。

「好！這邊搞定，那隻也交給我——」

愛蓮特地用魔法打我，我打算幫她一把——但幫得太遲了。

「糟糕，這傢伙要自爆——」

負責當坦的卡巴爾大叫，同時發動鬥氣防壁。可是，火蜥蜴的自爆攻擊威力強大，強到將那堵防壁打破。

三人組受高熱火焰摧殘，紛紛被炸飛出去。

我趕緊要蘭加跑到三人組底下接人。

他們的燒傷比想像中還要嚴重。目前還保有意識，傷勢卻重得讓身體動彈不得。其中最慘的莫過於坦的卡巴爾。然而，卡巴爾不當坦的話，防禦力低的愛蓮跟基多將面臨死亡風險。

「可惡，蘭加，你保護這三人，帶他們到安全的地方去！」

「可是——」

接獲這個命令，蘭加當下就想回嘴，但他似乎嗅出我身上的妖氣，因而選擇沉默。

野生魔物的本能作祟，已經讀出我的命令不容質疑吧。

「這是命令！快點行動。我已經給他們回復藥了，確保安全後順便替他們治療。」

「遵命——望您凱旋而歸！」

「放心吧。我會打倒焰之巨人！」

蘭加終於願意接受我的命令，他點點頭。接著又用充滿敬意的眼神看我，叼著那三人遠離戰場。

他好像誤會什麼了，算了別管那麼多。現在只剩焰之巨人。

這下就能心無旁鶩地戰鬥。我不希望再出現傷亡。

要盡快了結這場鬧劇。打定主意後，我抬眼瞪視焰之巨人。

火焰肆虐。

焰之巨人在我眼前分裂。好幾隻巨人擋住我的去路。

他的能力非常棘手，但我並沒有因此急得像熱鍋上的螞蟻。

我的感應能力能正確掌握熱能分布。

就算焰之巨人製作的複數分身同時施放攻擊，我也能依火焰溫度高低判斷危險性，對應起來易如反掌。並非所有巨人都有相同性能，我已經看穿這點。

焰之巨人肯定無法順利擊中我。

相對的，我的攻擊也對焰之巨人起不了作用。

因為那些火焰很難纏。

地面都已經變成熔岩狀了。溫度一定很高。

要在那種高溫中靠近是不可能的。因為我不想「升級」成烤焦史萊姆。

該怎麼辦……

基本上，「麻痺噴霧」、「毒噴霧」等招式的最大有效範圍是十公尺。也就是說，要對焰之巨人進行噴霧攻擊，至少要進到十公尺內……太勉強了。

要找能保持距離以策安全，同時對焰之巨人造成傷害的攻擊手段。目前就只有我剛學會的「水冰大魔槍」這招符合條件吧。

「看招，水冰大魔槍！」

我射出好幾根冰柱巨槍，讓焰之巨人的分身蒸發。「用冰蒸發」這句話好像怪怪的，但熱能遭冷卻會噴發蒸氣，用「蒸發」來形容最貼切。我乘勝追擊，陸續將分身變成蒸氣。

不過——

當我在心中暗叫「不妙！」時，一切已經為時已晚。這份直覺剛閃過腦海，我就成了階下囚。

大範圍捕獲結界！這是焰之巨人的特殊能力嗎？

他略過魔法詠唱，魔法陣眨眼間誕生。都忘記了，具備詠唱排除特性的不是只有我。敵人讓自己的身體氣化，用超高溫火焰、熱量填滿直徑一百公尺範圍。

這應該是焰之巨人具備的最強火屬性範圍攻擊。此外，剛才被我消滅的分身之能量亦充斥整個領域——

「焰化爆獄陣。」

分不清是男是女、是老是少的聲音響起。

這下子——無處可逃。我被敵人陰了。焰之巨人故意讓我攻擊分身。

為了混淆視聽，順便在結界裡灌滿能量。

我已經有赴死覺悟。

啊啊……我不覺得自己大意，但應該有其他手段。還被敵人玩弄於鼓掌間，太慘了。

早知道就別耍帥，叫大家一起上。不然就擬態成黑狼，用速度迷惑敵人，冒著被火燒傷的風險咬他。

在那耍蠢靜觀其變個屁，直接拿「黑色閃電」打他不就得了。

除了這些，我還對很多事懊悔不已……

不過，我的知覺速度已經提昇千倍了，為什麼遲遲沒受傷？也好啦，我比較喜歡無痛死亡……

可是，未免也太久了吧？

故意吊我胃口？

奇怪了……照我的推測走，應該早就被火焰吞噬啦。
唔——嗯……？

＊

《……答。「熱變動抗性」生效，焰攻擊自動無效化。》

搞什麼，你忘記身上有「熱變動抗性」夠！——在我聽來就像這樣。
這種時候閉嘴沒人當你是啞巴！呆子！
哦，它對我的臭罵好像回應了「……」。
一定是我想太多吧。那可是對我誠實有加、沒自我意識的「大賢者」，怎麼會「……」呢。
哈哈哈。一定是我想太多了。肯定是那樣沒錯！
好，來辦正事吧。
喂喂喂，它剛才說火焰攻擊無效化耶？
什麼？難道說——
我要輕鬆打怪了？
一整個超合我意的？
先在敵人面前用「我死定了！」裝死，再將他一軍。計謀得逞！
就假裝是這樣，快快結束這場戰鬥吧。

「你剛才在打空氣是吧？」

我偷偷用「黏鋼絲」纏繞焰之巨人。

那傢伙死定了。解析完成，他利用靜當本體核心。假如他像火蜥蜴那樣，是完全的精靈體，就不可能用絲捕捉，但有「基核」另當別論。

此外，我做的「黏鋼絲」兼具「黏絲」跟「鋼絲」兩種特性，是我平日花時間研究的成果。還有個特徵，就是能繼承我的抗性。也就是說，它不會被火燒斷。

完勝。

我之前小看你了，不過你也把我看得很扁。

我們彼此彼此啦。所以說，你要恨我就恨吧。

「接下來，換我出手啦！」

焰之巨人手忙腳亂地逃跑。

我早就料到了。當然，「黏鋼絲」已經纏住他，想逃是不可能的。

我緩緩靠近。為了給這傢伙最後一擊。

讓我了結——疑似附在靜身上，操縱她的焰之巨人。

無需慌忙。我走向再怎麼掙扎都無法逃脫、頻頻用火焰攻擊我的可悲獵物。可惜啊可惜，火焰對我沒用。

再來——

《要使用獨有技「捕食者」嗎？　YES／NO》

答案當然是ＹＥＳ！
刺眼的光芒籠罩，眨眼間消失無蹤。
光芒消失後，現場只剩我跟一名老婆婆。

●

這是夢嗎？
母親的手已然冰冷。
看我的眼失去溫度。
溫暖的笑容、雪白色的灰。
那些回憶對我來說只是苦痛，根本不願想起——
可是，那是我一路走來的經歷。
若沒有和勇者相遇，我的心到現在也無法獲得救贖……
但笨拙如我，沒辦法變得跟勇者一樣好。
卻還是有人仰賴這樣的我……
對，他們是——

自從我卸下冒險者身分後，時間又飛逝數年。

我成為新手冒險者的導師，培育後起之秀，不時幫忙處理互助會的事。

冒險者互助會是跨國組織，本部就設在交通樞紐——英格拉西亞王國裡。雖然我不再從事冒險活動，但只要能力所及，我都願意提供協助。

這是因為我無倚無靠，冒險者互助會就像我的家。

那樣的我，有幸收到優秀的學生。

一個是目光純真的少年。

一個是眼神透露絕望的少女。

他們應該跟我同鄉吧，兩名少年少女是「異界訪客」。

兩人正好形成對比。

優樹樂觀積極，開朗活潑；日向靦腆內向，只看世界的黑暗面。

日向來到這個世界時，似乎曾被山賊襲擊。當初我聽到時，還認為時間一久，她就能走出傷痛。山賊慘死在不明分子手裡，也因為這樣，日向才平安無事，卻在心裡留下陰霾。

日向跟我的遭遇有些類似，所以我不由得對她抱持親近感。

不過，那只是我一廂情願的想法。

「師父，感謝指導。我已經沒有能從您身上學到的東西了。我們不會再見面了吧。」

日向說完，頭也不回地從我身邊離去。

我是不是該過去追她？這念頭在心口浮現，不過，我無法離開城鎮。

因為碰巧就在那時，優樹提倡的新組織形態——建立國與互助會的合作關係漸入佳境。我以前被當成英雄，於是代表互助會進行交涉。考量互助會今後的發展，這次交涉無論如何都要成功。結果——

「當妳覺得迷惘，一定要回來找我。」

說完這句話，我能做的就是目送她離去。幾經考慮後，我捨棄日向，選擇協助優樹。

雖然日向跟我的遭遇類似，意志卻比我還要堅強。所以，我相信她不會有事。她一定能戰勝內心的黑暗，成為一個了不起的人物。

幾年以後，我聽說日向在教會裡擔任重要的職務，心想她果然辦到了。

我有點驕傲，又有些落寞。此外，心裡還帶著淡淡的不安。

日向會不會寂寞？她是否過得安好？

儘管我擔心她，但當時沒有抓住那隻手的我，現在根本就沒資格過問。

我只能祈禱日向平安無事。

跟日向不同，優樹很積極。

他將冒險者互助會改名為自由公會，並構築現今這套系統。在優樹的倡導下，公會與國家順利達成互助合作關係。

還與國家簽立協定，獲得跟評議會的交涉權利。在種種改變下，公會的勢力飛也似地擴張。

這是必然的結果。以往各個國家都要專心守護該國領土。可是，有自由公會幫忙討伐魔物後，各國的負擔就減輕了。

不僅如此。

冒險者不受國別拘束，在世界各國遊歷，他們開始被賦予義務，必須回報旅行見聞。自由公會再統整這些資訊，掌握魔物的分布狀況。對各個地區加設危險指標，讓旅途變得更安全。

這在其他方面也帶來莫大效用。掌握魔物的分布情況後，還能及早發現異狀。像是找出前所未見的魔物、及早處理增殖過多的魔物等等。

此外，若發現不常現身的魔物在城鎮附近出沒，公會還會派遣調查隊釐清原因。能盡快獲悉原因，將有便於跟國家一起組隊討伐。

多虧這些系統確立，人們的生活變得更安全、更舒適。

人類的生活據點擴大，數據顯示這幾年來人口也跟著上升。

還引進打怪分等制度，大幅降低冒險者的死亡率。

身為一個教育新人的指導教官，沒什麼比這更值得高興了。在優樹的努力下，自由公會對國家及個人來說都變得不可或缺。

「其實說穿了，我只是照以前玩過的遊戲來辦這些啦。」

優樹說著就露出爽朗笑容。

「因為是遊戲嘛，裡頭什麼千奇百怪的東西都有。比方說會有魔物自稱『我不是邪惡史萊姆喲！』過來加入自己的隊伍。」

他臉上掛著苦笑，一面打哈哈。

魔物變成夥伴——那種天方夜譚要人怎麼相信。

在我出生的世界裡，戰火快要吞噬一切。當時的世界如此絕望，現在卻變得富裕豐饒，人們還有閒情逸致想這些事？

優樹跟我說，「遊戲」是專門設計給小孩子玩的，可以享受身歷其境的感覺……世界已經復興了，社會富足，甚至讓孩子們作那樣的夢，真的很令人欣慰。

我聽優樹述說那個世界的種種，思緒飄到再也回不去的故鄉。

之後，我依然在優樹背後給予支持。

不再回到舞台上，每天都忙著指導後進。

自由公會逐漸壯大，變成人人都能善加利用的組織。救濟弱者也成了公會例行公事，不分貴賤，人人都能仰賴組織力量。

就這樣，曾經是我旗下學生的優樹變成自由公會總帥。統率各國的自由公會分會長，成為最高領導人。細數他的功績，這成果受之無愧。人們之所以能安居樂業都是他的功勞。

該做的事都做了，我心滿意足。

所以——當時我為了完成最後一個心願，決定踏上旅途。

我常常夢到以前的事——還是魔人的過往。

或許是來日無多的關係，我愈來愈難壓抑焰之巨人的意識。「抗魔面具」並沒有失效，明顯是我的力量衰退。

我一發現這件事就當機立斷，認為盡快遠離城鎮較妥。不知道焰之巨人的意志何時會脫離掌控，也不清楚自己的死會對焰之巨人帶來多少影響。

除此之外，我還想對魔王報一箭之仇。至少要跟他抱怨個一句才甘心。

所以我決定出外旅行。

一跟優樹挑明，他就二話不說地答應了。

這是我最後的任性，原諒我。或許，勇者當時的心情也跟我一樣。

我前往布爾蒙王國。

海因茲先生已經退休了，兒子費茲就任布爾蒙自由公會分會長。

我去跟海因茲先生打聲招呼，順便閒聊幾句。能跟他天南地北暢談真是太好了。

維爾德拉消失的事似乎已獲得證實。因為該消息傳出，目前大夥兒正忙著調查。

「總之，我已經退休了，不清楚詳細情形。但自家小子好像被這件事搞得焦頭爛額。」

海因茲先生說著就泛起苦笑。乍聽之下好像很不負責任，其實是因為他信賴自己的兒子費茲吧。

我曾和費茲數次一同參加魔物討伐戰。我還記得他是得力的好幫手。後來他從冒險者前線退役，繼承父親的衣缽，當上地方幹事，可見是個優秀人才。

「謝謝，承蒙照顧。」

抱歉打擾了。我如此寒暄，接著起身。

維爾德拉消失或許是某種天啟吧？無論如何，我都必須穿過森林。

「嗯，靜小姐也要保重。對了，調查隊明天就會出發。若妳要穿過森林，可以跟他們一起走段路程。」

海因茲先生興趣缺缺地別開臉龐，嘴裡小聲說著。

他沒有阻止我的意思。海因茲先生不擅表達，這是他費好大一番功夫才擠出的貼心表現。

「您還是老樣子呢，海因茲先生。沒想到最後還是給你添麻煩。」

「一點也不麻煩。別說什麼最後。再來這露個臉吧，靜小姐。」

聽他這麼說，我的心出現一股暖流。

「說得對。那我走了。」

我深深一鞠躬，就此離去。

隔天，我順利遇到海因茲先生說的調查隊。

三名冒險者——跟聽說的如出一轍，是好相處、開朗活潑的隊伍。

最後一趟旅程能遇到好夥伴，讓我由衷感謝。不過，他們實在少根筋，害我很頭大。

只是通過一座朱拉大森林，竟能惹出各式各樣的麻煩。

虧他們能當上B級冒險者，我都覺得佩服了。光看戰鬥技術，是有B級沒錯，但其他日常行動清一色亂來。

儘管如此，我們還是繼續旅行下去，後來他們拿劍刺巨大妖蟻的巢穴，著實讓我大吃一驚。我都還來不及發出忠告，跟他們說「這東西不是你們想的那樣」，他們就出手了。

萬萬沒想到他們會這麼做。

用我的火焰，要燒光巨大妖蟻易如反掌。可是，我知道自己的體力大不如前，現在的我難以控制力量。

焰之巨人的力量讓我肉體外觀青春永駐，但隨著我的支配力減弱，老化現象也開始出現。不，正確說來，應該是我回歸目前年齡該有的肉體狀態。

當我的生命之火燃盡，焰之巨人是否會衝破禁錮？

還是說，他會與我一同消逝？

結果要到我死亡的那天才會揭曉。我因此才踏上旅途。

基於上述原因，我一直在猶豫，不知道自己是否該使出火焰技。

我們運氣很好，路過的人出手相救，事情得以平安落幕。但我當下只覺得納悶，因為那些好心人是詭異至極的魔物。我還不曾被魔物救過……

那些魔物是騎魔狼的人鬼族（滾刀哥布林）。

能靠隻字片語跟人類溝通就算了，他們明顯服從於高階魔物。

太詭異了，這才是那三人該查的事。

我要去魔王雷昂的城堡。穿過這片朱拉大森林，後面就是魔王的領土。所以正常情況下，我應該在這邊跟他們分道揚鑣。

不過，我也不曉得為什麼。最後決定跟著那三人，前去看看魔物們的住處。

那裡是一個不可思議的地方。

魔物們救了我們，帶我們到這個城鎮。

沒錯，那些魔物的住處，並不是粗鄙簡陋的巢穴，應該要用「城鎮」這個字眼來形容才對。

我大感震驚，眼前光景遠遠超乎想像。這裡並非利用洞窟等自然遮蔽物製成的巢穴，而是有條不紊、自食其力從無到有建造的城鎮。

更正，應該是建到一半的城鎮才對。現已規劃完成，預計蓋建物的地區堆滿建材。

這些魔物的生活據點有好幾座帳篷並列，外加一棟建築物。都是臨時住所。然而，魔物從地基開始建設，按部就班打造都市，這種事前所未聞。

這是個異樣的城鎮。

不過，鎮上欣欣向榮，大家明明是魔物，卻都樂此不疲地蓋房子。

大多是人鬼族，黑牙狼也跟他們一起生活。這些黑狼好像跟一般的黑牙狼族不太一樣，我猜得應該沒錯。

人鬼族的頭頭跟我們溝通時對答如流，智商應該很高，還替我們準備食物。

然而更讓我吃驚的是，這位仁兄並非魔物的頭頭。

有隻史萊姆高高在上地稱王，態度盛氣凌人。說史萊姆高高在上滿奇怪的，但要形容他的態度，沒有其他更適合的詞彙了。

他是鎮裡最奇怪的傢伙——那隻史萊姆才是魔物的頭頭。

有趣。

聽到那隻史萊姆的話，我不小心笑出來。

明明是一隻魔物，竟說自己不是邪惡史萊姆！

當時，我想起優樹提過的遊戲劇情。

是巧合嗎？內心突然浮現一抹疑問。

史萊姆身上的氣息莫名溫穩，令人放心。

他是隻不可思議的史萊姆，讓我想起懷念的故鄉。

心滿意足的感覺油然而生。雖然繞了遠路，但我很慶幸自己來到這裡。

我想——我註定要跟這隻史萊姆相遇。

然而——

快樂的時光突然結束。
我的生命之火即將燃盡。
我都還沒——還沒實現自己的願望……
算準我即將死去的瞬間，焰之巨人的意識支配我。
又來了……在這裡會給人添麻煩…………
至少最後——
像在嘲笑那樣的我，魔人現身了。
我的意識墮入黑暗。

●

我觀察她的情況。
她再撐也沒多久了。
或許不會醒來。
雖然如此，我心想，身為同鄉，還是照料她到最後一刻吧。
剛才受傷的冒險者三人組生龍活虎。還在那嚷嚷：「受這麼重的傷，給我危險加給都不夠！」
「這是怎麼一回事啊？完全沒留下燒傷痕跡……皮膚還滑溜溜，晶瑩剔透耶！」
「太強了……傷成那樣，我還以為要躺一個星期呢……」
「嚇死俺。這是藥效很強的回復藥哩。」

如此這般，傷勢方面也沒問題。用我給他們的回復藥，恢復得完好如初。

「可是，這樣不就……拿不到危險加給了？」

「對啊。講出去沒人會信吧……」

「是沒錯啦……可是咧，總比受傷好！」

三人組開始討論錢的事情。這些傢伙真的很粗神經。

看他們沒有輕視魔物的跡象，所以我說等事情告一段落後，想去他們的城鎮逛逛，結果──

「想去的話，就幫你跟分會長講一下好了？」

──他們如此回答。

得到肯定答覆後，我開心地拜託他們幫忙轉達。

我很憧憬冒險者生活。希望他們不會大費周章確認我的身分，不過，魔物能否登記當冒險者還是個未知數。

卡巴爾答應我，說他會幫我打點，到時只要報利姆路這個名字，自由公會分會長那邊就知道了。果然是好人。

我心情大好，決定送他們餞別禮。

出自投靠我方的矮人三兄弟之手，都是些新貨色。是我們自行收集素材、自行加工的試作品，但性能很不賴。

黏鋼絲衣：用蜘蛛絲編成的純白斗篷。

甲殼鱗鎧：用蜥蜴甲殼做成的重鎧，跟外表、性能呈反比，質地輕盈。

硬皮鎧：用周邊魔物的毛皮加工製成，具魔法抗性。

除了上述裝備外，我還準備回復藥十個跟食物給他們。

「哇！這斗篷是什麼做的！又輕又堅固！還很漂亮呢！」

「唔喔——！是我夢寐以求的甲殼鱗鎧！這、這不是葛洛姆大師的作品嗎！我要拿來當傳家寶！」

「真的可以收嗎？送俺太浪費了……還用到牙狼毛皮耶！」

總覺得他們的反應很誇張。

因為，他們都在嚷嚷說裝備被火燒壞，領的錢還不夠買新裝。雖然不是我的錯，但我有點同情他們，才會送他們裝備。

那些是量產前的試作品，不過性能很好，棒得沒話說。看他們高興成那樣，應該沒問題。

嗯，他們心情這麼好，回去肯定不會忘記幫我傳達。最後三人都改口叫我「大爺！」親近我。

他們臨走前依然對靜的事放心不下，但都已經住三天了，只好立刻啟程。

那三人還要回去報備，也沒辦法待太久吧。他們還會擔心預計到這附近就分道揚鑣的同行者靜，可見心地善良。

我跟他們約好，說會負起照顧靜的責任，他們才放心離去。

＊

一個星期過去。

靜醒了。

「這裡是——對了……我給你添麻煩了。」

看樣子她意識清楚。

就算變成魔人，記憶依然鮮明。

「我作了一個夢……夢的內容令人懷念。我夢到……已經回不去的故鄉小鎮——」

在說日本的事嗎？

「請問一下，史萊姆先生。你叫什麼名字？」

我之前不是說自己叫利姆路嗎……她老人痴呆了？

「我叫利姆路。」

我一回答，靜就若有所思地閉上雙眼。

「能不能告訴我真正的名字？」

對方這麼問我。

她注意到了？我猶豫一秒——

「哼。反正妳也活不久了。就告訴妳吧，我叫三上悟。」

這是我真正的名字。還以為再也沒機會說出這個名字了呢。

「果然跟我來自同一個地方……我一直在猜你是不是日本人。感覺很像。」

她沉默了一會兒，接著——

「學生們也告訴過我。聽說那裡已經變成漂亮的城鎮了？就是……曾四周都是火海的城鎮……」

「那個啊。我直接秀給妳看吧。」

說完，我用「思念網」傳送記憶給靜。

像這種時候，有思念網真的很方便。

「啊啊……」

靜流下眼淚。

「史萊姆先生……不，悟先生。我有個請求，不知你是否願意接受？」

「什麼請求？」

肯定是什麼爛願望。

可是我都跟人約好了，說會照顧她到最後一刻。只是一個請求，就答應她吧。

「請把我吃掉……」

什麼？這阿婆有事嗎？在說什麼鬼話？

「我身上的詛咒……你能將它吃掉吧……？很高興讓你吃……那個詛咒我的傢伙，雖然很想過去找他吐苦水——但我已經沒辦法了吧……這是我最後的心願——能不能讓我在你體內長眠？」

她靜靜地說完這些。

那對雙眸滿是不甘——將我的心迷惑。蠻橫而殘酷……

「我啊，討厭——這個世界。可是，卻又不恨它。就跟那個男人一樣……或許我把這個世界——跟那男人重疊了……所以，我不希望成為這個世界的一部分。求求你——把我吃掉吧…………」

哼。這什麼鳥願望。對我來說太容易了。

那願望會將我束縛住，幻化成魔咒。我將繼承她的執念。

問我是否猶豫？

為了讓她放心，一路好走——答案就只有一個。

「沒問題。妳的執念由我繼承。那個折磨妳的男人叫什麼名字？」

聽到這句話，靜睜開眼睛，留有燒傷的臉一緊，淚水滑落──

「雷昂．克羅姆威爾。最強的『魔王』之一──」

她滿心企盼地凝望我。

「我答應妳！以三上悟……不，以利姆路．坦派斯特之名發誓！一定要給雷昂．克羅姆威爾好看，讓他知道妳有多痛苦，讓他後悔莫及。」

謝謝你──靜輕聲呢喃。

接著，那雙眼闔上。就好像睡著似地，進入永恆夢鄉──

《要發動獨有技「捕食者」嗎？　YES／NO》

──願妳在我體內安眠！

我選擇YES！

希望她能拋卻所有煩憂……

在我體內沉睡，直到永遠，沉浸在幸福的夢裡。

●

喀喀喀喀……

她抬起頭。

那是一張稚氣可愛的臉龐。

臉龐主人鬆了一口氣，接著綻放微笑。

（原來在這裡！拜託，這次別丟下我不管！）

然而，眼前那道人影搖搖頭，伸手指向某一點。

少女露出悲傷的表情，朝手指的方向看去……

在那裡的是——

（媽媽！）

她雀躍不已，朝母親跑去。

人影看她跑向母親就消失了。彷彿從來都不曾存在過。

——或許，那是少女創造出的幻影。

就這樣，少女和母親再次相會。

漫長的旅程終於迎向終點。

終章

傳承之姿

Regarding Reincarnated to Slime

靜去世了。

她給我一個目標。

先前的我只想遠離麻煩事，但現在不同了，今後必須著手收集「魔王」的情報。我當時隨口答應，不過，約定必須履行。

因為我是守信用的男人。

她還在我身上留下新的技能。

獨有技「異變者」、追加技「操焰術」。

我還順便把焰之巨人吃掉。雖然他不是我的敵人，但這傢伙很危險。

原來焰之巨人超越A級。

確實，黑蛇、黑狼打不贏他。他們的攻擊傷不了焰之巨人，肯定打不過。要超越A級似乎有一定門檻，他的確有那個能耐。

看樣子也得好好研究那些能力。

不過，研究的事先擺一邊！

我得先確認某樣東西，其他都不重要。

沒錯！就是擬人化！

我進到重新備妥、專門給我用的簡易帳篷裡。

全都不准進來！放完話後，我關上門扉。

呵呵呵、呵哈哈、哈哈哈哈！

首先我正確示範笑的三段活用，接著——

「變～身！」

變身音效是沒出來，但我已經發動擬態「人類」。

我對擬態效果從沒這麼樂在其中。

然而——

……咦？怎麼搞的！

每次都會出現的黑霧沒噴。

發生什麼事了！當我這麼想就發現身上有古怪，視線變得比以前還高一點點。

還長出手腳。身體從藍白色變人類膚色。

唔、唔唔唔？

雖然不清楚事情是怎麼發生的，但過程跟我想像得不太一樣。

可惜這裡沒鏡子。

不過呢——

我有點不想承認，現在的身體狀態似曾相識。

好久以前看過，沒錯，跟三十幾年前一樣。當時差不多在上小學吧，模樣就跟現在類似。

先暫停一下。

我震驚過頭以致於沒有在第一時間發現，這身體出現天大的錯誤。

不見了。

「他」應該要跟著重生啊，我的龜兒子……老二居然失蹤！

怎、怎麼會這樣？

我驚慌失措。

六神無主地摸摸跨下。

接著我發現一件令人震驚的事實……

空、空空如也。光滑一片，什麼都沒有。

仔～細想想，擬態成魔物時，我都沒關心過這個問題。因為我不需要排泄，當然沒排泄器官。

也就是說，沒生殖需求哪來的生殖器官？

答案就是——我現在的狀態嗎……

好空虛，好失落，一方面又有種「原來如此！」的恍然大悟感。

不會吧！我趕緊摸摸頭。摸起來絲滑柔順、量多豐厚。

這才讓我鬆了一口氣。外觀上應該不是媲美外星人的詭異人型，太好了！

話說回來，黑狼也有長一大堆毛。沒毛會變成什麼怪物……光想就讓人作嘔。別想了。再想下去不太妙。

好啦，剛才似乎有違我的冷靜美學，不小心慌了手腳？

姑且接受龜兒子失蹤。要我面對這檔事千百個不願，但總比當史萊姆好……

沒辦法確認全身樣貌滿失策的……這念頭剛閃過腦海，我就想「何不試試剛才吃掉焰之巨人後入手的『分身術』？」，一個好點子就此大駕光臨。

我真聰明。雖然不確定未擬態成焰之巨人是否能發動分身術，總之先用再說。

我的身體湧出黑霧，在眼前集中，變成人型。看樣子，分身術施展得很順利。眨眼間分身完成。出現在那裡的是——

——好猛。

「好猛」有很多意思。

首先是外觀。

帶著淡藍色的銀髮、水汪汪大眼，看起來很可愛的美少女？美少年？一枚。我沒有性別，正確說來是中性吧……就外觀來看，臉比較像少女。

因為來源是靜吧，完全沒有遺傳到我。再者，這並不完全是靜的複製人。髮色不像她，眼睛還是金色的。維爾德拉的眼睛也是金色，或許高階魔物的眼睛都是金色。

話說回來，蘭加的眼睛好像也曾經從血色轉金。雖然在興奮狀態下才會改變顏色就是了。眼睛會變成金色，也有可能是當我的族人使然。

外觀不會受我前世影響，用關節想也知道。因為我就只有靈魂飄來這個世界。

也就是說，目前的外觀要素多半來自靜，可說她的遺傳基因占大半。原來靜以前是絕世美少女……

另一個要素來自史萊姆，跟老化無緣的Q彈美肌駕到。只挑優點繼承，就是在說我現在的樣子吧。太完美了。

一個可愛的孩子全裸站立。沒關係，反正沒什麼好遮的……

問題不是那個，裸體有違善良風俗啊。雖然這裡沒警察。

是說這張臉真的好可愛。必須說聲：「幹得好，靜小姐！」

我上輩子也算好男人，卻不是美少年。發動回憶補正也沒用。要坦率感謝她。

穿上事先準備好、放在簡易帳篷裡的毛皮，順便給分身毛皮穿。下次要先準備衣服才行。

回歸正題。

來說說真正「猛」的理由。全都出在這個能力上。

雖然是分身，卻跟思考運算能力優異的我同享該特長。

也就是說，兩個都是我。本體和分身沒有差異。

不，焰之巨人的分身能力明顯比本尊弱。我的分身卻沒有劣化跡象。呃，也不完全是那樣，或多或少都有不如本尊的地方吧。

差異是有的。

就是魔素容量。容量應該只有製造分身時使用的魔素量吧。話雖如此，一開始製造時給更多魔素就行了。

我的魔素容量很高。若運用得當，或許會變成很強的戰力。

只不過，焰之巨人可以分身十隻，我的分身卻因為性能太強，只能製造一隻。

就算只有一隻，在對手看來，這技能還是犯規到不行吧。畢竟該能力可以製造攻擊力、防禦力等肉體性能都跟本體同等的分身。

最後還有一個「超猛」的理由。

那就是擬態過程很自然。

變身時黑霧沒有出現，我就發現一件事。

例如黑狼。

當我要擬態成黑狼時，黑霧會出現，構築擬態。這種情況下會比史萊姆本體的能力還弱。

史萊姆的身體沒有手腳，物理運動受限，一直是種不起眼的魔物，細胞機能卻異常發達。每一個細胞都是肌肉、腦、神經。

懂嗎？一般先是用眼睛看，神經再傳達情報，最後來到大腦。

史萊姆不用經歷這些過程。

就算沒有「大賢者」的輔助——知覺千倍速，我的反應速度依然超越正常人。

變成黑霧作的身體後，要到達腦＝本體，會出現些許的時間延遲。一般分身不若本尊優異，原因很可能出在這裡。

那麼，不透過黑霧的擬態——「擬人」又是如何？

大家猜對了！反應速度跟史萊姆身體同樣優秀。傳達上很自然。

再加上多出手腳，運動能力也跟著提昇。雖然只到兒童程度。

就算體能只比得上小孩子，還是比史萊姆靈活。也因為這樣，我變得更容易累，但這是必要的代價。

而最重要的一點莫過於不使用黑霧，不需要消耗魔素。

太方便了！

今後我打算都用這模樣活動。

這時我突然有個想法，立刻對分身下令。就好像在動自己的身體一樣，感覺很流暢。
黑霧出來了，分身開始成長！
苗條的體型出現。再來是飄逸的銀髮。還有美麗的中性容貌。
完美！
接著我讓分身一下變女，一下變男。
長肌肉、變胖子，或是變成壯年人、老年人。
這下可以確定，分身能幻化成各式各樣的狀態。
原理跟用黑霧擬態成魔物一樣，只要彌補不足的部分，甚至能擬態成大人。
或許能用來增強肌力。反應速度會遞減，但身體愈大愈有力。
雖然說，我個人認為「速度是戰鬥中最關鍵的要素！」。
在那之後，我又做了各種實驗，藉此確認新身體的能耐。

●

就這樣，應該要過上平凡人生的三上悟投胎成史萊姆。
此外——他還繼承一名女性的意念、身姿，並得到一個目標。
這是一隻名叫利姆路的史萊姆。
繞著這隻史萊姆打轉，世界——即將進入動盪的時代。

PRESENT STATUS

利姆路·坦派斯特

Rimuru Tempest

種族 Race	史萊姆（能擬人化）
加護 Protection	暴風紋章
稱號 Title	魔物統帥
魔法 Magic	元素魔法…水冰大魔槍
固有技 Peculiar Skill	吸收、自動再生、融解
獨有技 Unique Skill	大賢者、異變者、捕食者
追加技 Extra Skill	操焰術、魔力感知、操水術
獲得技 Acquisition Skill	黑蛇…毒霧、熱源感應 / 蜈蚣…麻痺噴霧 / 蜘蛛…鋼絲、黏絲 / 蝙蝠…超音波 / 蜥蜴…肉體裝甲 / 黑狼…威壓、影瞬、黑色閃電、思念網、超嗅覺 / 焰巨人…焰化、範圍結界、分身術
抗性 Tolerance	火焰攻擊無效、痛覺無效、電流抗性、熱變動抗性、物理攻擊抗性、麻痺抗性

利用「捕食者」從數隻魔物身上擷取能力，還把焰之巨人吃掉，能力大幅提昇。繼承爆焰支配者——井澤靜江的能力、意念和幼時身姿。獲得新的獨有技「異變者」，預計用這個開發更多能力。

PRESENT STATUS

井澤靜江

Shizue Izawa

種族 Race —— 焰之魔人

加護 Protection —— 魔王的加護

稱號 Title —— 爆焰支配者

魔法 Magic —— 元素魔法　精靈魔法　召喚魔法…焰之巨人

獨有技 Unique Skill —— 異變者

追加技 Extra Skill —— 操焰術　爆焰　熱波　魔力感知

抗性 Tolerance —— 火焰攻擊無效　物理攻擊抗性

跟炎之巨人同化的少女。實際年齡不明。外觀介於十五到二十歲間，擁有多種能力。是能自由操控火焰的爆焰支配者，劍術高超。因為獨有技「異變者」的關係，間接創生多種技能。

外傳

哥布達大冒險

Regarding Reincarnated to Slime

這是哥布達還沒進化前發生的事。

頭上是一大片藍天，清爽的風吹撫。

後頭還有窮追不捨的人類。哥布達今天也在人類追逐下四處跑跳。

「站住！你個王八蛋，就知道逃！」

「馬的混帳，又把田弄亂！今天一定要宰爛你！」

幾名氣到眼紅、人高馬大的壯漢朝哥布達逼近。

哥布達一直跑跑跑，用盡全力奔跑。

被抓一定會死得很難看。他沒被抓過，這只是想像，但被人類抓走的同伴從沒回來過，肯定是被人類凌虐致死。

若他沒把田弄亂還好商量，可是，對哥布達他們這些哥布林來說，「田」這個概念不在理解範圍內。他們認為，那裡是長一大堆蔬菜水果的地方。

那裡是人類的領土，一旦被發現將難逃遭人追殺的命運，種種經驗教會哥布達這點，卻無法戰勝食欲。啃著手裡的甜瓜，他手腳飛快地逃進獸道。

哥布林體型嬌小，所以能夠逃進那狹隘的通道。身軀龐大的人類無法進入，就只能在外面痛罵哥布達。

〈要先確保逃生通路，這是基本常識！〉

還好來之前有規劃逃生路線，哥布達鬆了一口氣。

今天上演的逃亡戲碼以哥布達勝利告終。

回到村莊後一看，包括長老在內，村裡有名望的人紛紛聚集，似乎在討論什麼。狗頭族的商人也來了，正在跟他們談話。

「這些我們沒辦法收購，太貴了……」

「你們不收，難得到手的魔法武具就會白白浪費掉。能不能通融一下？」

「假如這些再小一點，我們還能拿來用……」

「沒錯，說得對。東西這麼大，老夫也用不了。」

哥布達正要經過，那些對話就竄進耳裡。

聽起來，大家想將魔法武具賣給狗頭族商人。

人類的武器——如果是小型劍或短劍就算了，其他對哥布林來說太過巨大。鎧甲另當別論。他們能分解硬皮鎧，取出能用的部分利用，金屬鎧就難處理了。哥布林村裡沒人具備金屬加工技術。

再說，如果是魔法武具，亂玩亂碰可能會導致它們失去原有的價值。哥布林沒辦法拿來用，狗頭族商人不肯收購，就只能暴殄天物。

「對了！如果你們願意去矮人王國，就可以把這些東西賣給他們。報酬可以轉換成商品，矮人還能幫忙配送他們製造的金工品等等。從這裡去矮人王國有一段距離……但沿著河流走應該不會迷路。」

長老們不曉得該怎麼辦才好，這時狗頭族商人靈光一閃地提議。

此話一出，長老們立刻就鼓譟起來。

「你說矮人王國！那裡不是很遠嗎！我只聽人說過，遠在異國呢。」

「要去那種地方得花多少時間啊？」

「重點是，我們該派誰去？年輕人都是很珍貴的勞動力，大家抽不出空啊！」

大夥兒你一言我一語、爭來吵去，無法達成共識。

（應該跟我沒關係吧！）

對那陣騷動漠不關心，哥布達快快樂樂地行經現場。

不過——

「等等。」

長老叫住他。

「你看起來很閒。能不能幫個忙？」

哥布達心裡有種不祥的預感。

「對對對就是你，看看這把刀，不覺得作工很棒嗎？如果你願意幫忙，我們就送你這個！」

長老刻意拿刀在哥布達眼前晃過，他立刻被那道光芒奪去心魂。

「有事儘管吩咐！我什麼忙都幫！」

剛才的不祥預感完全被拋到腦後，哥布達一不小心就答應了。可是，那也沒辦法。因為這把刀散發魔性的銀色光芒。看得哥布達瞬間失去理智，被長老騙去，答應他們的請求。

（啊！）

當他驚覺時，一切都太遲了。

「是嗎！你願意去矮人王國跑腿啊。」

「咦！我嗎？」

「你願意幫忙吧？」

長老們笑容滿面地圍住哥布達。看到那些皮笑肉不笑的臉，哥布達只能點頭應允。

據說哥布林的壽命比人類還短，不到五分之一。

往前追溯回古老的時代，祖先似乎是妖精，但變成魔物後宣告劣化，兩者的聯繫徹底斷絕。壽命較長的頂多活二十年，一般都十年就死了。三歲就有生殖能力，視為成人，長到五歲等同獨當一面的大人。

他們是脆弱的物種，所以繁殖力旺盛。不過，在大自然法則下，最後只有少數的哥布林存活。生下來的小孩只有半數長大成人，能迎接五歲生日的更不到成人半數，這對魔物哥布林來說是常識。

哥布林生命短暫，沒有學習語言的習慣。他們會說話，但充其量只能跟族人溝通。所以他們也沒有繼承前人智慧、累積財富的習性。

正因為哥布林的生活模式是這樣，他們才會賣掉對自己來說派不上用場的魔法武具，換成日常生活用品或好用的防具。

基本上，他們是低智商魔物，完全沒發現這趟旅程超危險外加成功率低。整趟旅程來回要花上好幾個月，對哥布林而言，用「賭上性命的大冒險」來形容也不為過……

在場眾人都不認為去矮人王國是什麼重責大任。

就連那些號稱長老的長者也不例外，「因為任務有點麻煩所以丟給小孩子辦」——對他們而言僅只如此。他們並沒有惡意，只是因為哥布林笨得可憐，連算數都不大會，事情才演變成這樣。

就這樣，毫無躊躇地，哥布達的矮人王國行就此定案。

大家太過分了！哥布達發牢騷中。

怪不得他會發牢騷。因為哥布達現在還是身材矮小的孩子，大人們卻逼他抱堆積如山的貨物出遠門。聽狗頭族商人說，用一般速度走也要兩個月，現在又抱這麼多貨物，根本連走都走不好。

但抱怨也沒用。

＊

所以哥布達就想出一個辦法。那就是裝在箱子裡拉著走。

但想也知道，他拉不動箱子。

哥布達煩惱極了，這時他想到曾在人類居住區看過馬拉箱子的畫面。

（對喔，那個箱子有加圓圓的東西……）

哥布達想到的東西是馬車，圓圓的東西就是車輪。

他不知道那是輪子，決定依樣畫葫蘆，尋找能代替車輪的東西。

找著找著，他發現圓形盾牌。

（這個好像不錯用！）

接下來就快了。他拿刀削筆直的棍棒，替棍棒整形。再對裝滿貨物的箱子開洞，將棒子插進去。棍棒變成車軸，兩側加裝圓形盾牌，用藤蔓綁起來固定。然後在箱子上加裝手把，拖車就完成了。

之後拿破布塞縫隙，固定搬運品，防止它們掉落。哥布達還從村裡拿些多餘的被毯，想說晚上可以當棉被蓋。

長老替他準備水跟食物，這讓哥布達很開心，順便將它們一起塞進拖車裡。

準備工作完成。哥布達離開村莊，就此啟程。

*

（肚子好餓……）

離開村子一個星期後，哥布達疲憊不堪，在路上蹣跚地走著。

還以為那些食物一輩子都吃不完，沒想到第五天就空了。水還剩一些，但量已經不多了。

再加上拖車還會卡到樹根，害哥布達多費精力。他消耗的體力比徒步前進更多，旅途一點也不順利。條件很惡劣，再加上哥布達整整兩天都沒吃東西，一直在走路。怪不得筋疲力竭。

他搖搖晃晃地拉著拖車，努力向前進，但……

（我不行了——）

哥布達朝路邊的大樹一靠，無力地癱坐下去。不過，似乎是狗屎運上身，癱坐的哥布達碰巧看到蘑菇。仔細觀察應該會發現它的顏色看起來有毒，但哥布達餓昏頭了，看東西模模糊糊。

（這不是蘑菇嗎！吃了可以再戰三年！）

他饑渴地咬住蘑菇。吃之前並未多想，直接把顏色鮮豔的蘑菇生吃了。這一刻，哥布達的幸運指數可說是破表了。

事實上，這種蘑菇一煮就有毒，是危險的食材。經過烹煮或燒烤等加熱手續，菇肉裡的汁液會變成毒素。哥布達不清楚這些，用了唯一安全的方式生吃蘑菇。

他吃得飽飽飽，士氣跟著高漲。還用皮水袋裝樹洞裡積的水，情緒更加高昂。

（其實也沒那麼慘嘛。隨隨便便就找到食物啦！）

那天他不打算繼續趕路，決定先休息一下。

拖車差不多要壞了，正好拿生長在附近的藤蔓重綁，有破洞或縫隙的地方就用黏稠樹汁修補。還拿樹皮來貼，把縫隙塞住。

拖車補好後，他在那裡睡一晚，去除身體疲勞。

隔天一早。

哥布達一覺醒來意外地神清氣爽，開始神采飛揚地探索周邊區域。

接著，他採到能拿來吃的野莓跟樹果等等。

當然還發現昨天吃的蘑菇，不過……

「顏色這麼鮮豔的蘑菇還是第一次見到！連我都不敢吃……」

哥布達小聲說著，完全沒發現那是昨天吃的蘑菇，直接無視它們。

他發現一根顏色樸素的蘑菇，開心地將它收入懷裡。放眼望去，剩下的都是那些鮮豔分子，所以昨天吃的肯定是這些樸素蘑菇，哥布達自顧自地總結。

（在這麼多毒蘑菇中，我居然選到能吃的蘑菇，昨天真是太幸運了！）

他完全沒發現自己搞錯，還在那自得其樂。

之後哥布達採到自己滿意為止，正午前再次踏上旅途。

拚命趕路只會把糧食吃光，哥布達發現這件事，後來就稍微減低速度，一面找能吃的東西，一面前進。

＊

離開哥布林村後，大約經過一個月，他終於抵達充當地標的大河。

流在河裡的水清澈美麗。有時在陽光反射下會出現亮亮的東西，應該是河裡的魚吧。

水流乍看之下不快，大概是河很寬、寬到看不清對岸的關係。事實上，這條河寬到要游過去都有疑慮。

看到這麼多的河水，哥布達瞪大雙眼，臉上盡是驚訝神色。他看過小河，也很喜歡玩水，但這條河跟小河根本不能相提並論，實在太大了。

生平第一次見到這種巨河。那景象遠遠超乎哥布達的想像，所以他感動到不行。

「呀————！太棒了！」

他感動地大叫。哥布達百看不厭地望著大河，那天他在河邊從早坐到晚。

看一整天大河的哥布達心滿意足，隔天一大早就起床，朝目的地出發。

可是……當他要拉拖車前進時，立刻發現一個天大問題。

「咦？他們跟我說來到大河附近，要朝左手邊走……可是一轉身，指的方向就相反啦？」

雖然不會有任何人回答他，但他還是不由得喃喃自語。為了提醒自己，他已經在左手做記號了。所以他知道左手是哪隻。可是有個問題，向後轉的話，左手就會指向相反方向……

左手邊是面朝哪的左手邊？好難解啊。

結果他決定在河邊撿根木棒，看木棒倒哪邊就走哪裡。

木棒倒的方向正好是確切方位，只能說哥布達運氣太好了。哥布達狗屎運地朝正確方向前進，之後並沒有碰上任何問題，旅途非常順利。

哥布達開始對單調的旅程感到厭煩，順著路走啊走，眼前出現一個河水匯聚的淺塘。

這裡應該是森林動物們過來喝水的地方，卻不見動物爭吵。似乎是牠們遵循本能，自然而然地避免紛爭。在弱肉強食的自然界很少看到這種景象，肉食動物跟草食動物和樂融融地喝水。

可是，那定律只適用於動物。人類和魔物根本不把自然定律放在眼裡。當然，哥布達也不例外……曾獵捕動物的魔物多半是夜行性，一到早上就沒那麼機靈。

（好機會！好久沒吃肉了，今天應該有肉吃！）

哥布達一雙眼變得亮晶晶，開始物色獵物。

草食動物喝水兼休憩。

肉食動物潤喉後馬上就走、並未多加逗留。

野鳥跟兔子對那些龐然大物敬而遠之，在淺灘邊緣啜飲水源。

哥布達視線遊移，在物色適合當飯吃的獵物。

看著看著，他看上一隻野兔。牠圓滾滾的，看起來很遲鈍。大型獵物對哥布達來說太棘手了，獵這野兔正好。

他在一定距離外停住，小心謹慎地觀察兔子。

（很好。牠還沒發現。）

暗自竊笑之餘，哥布達慢慢靠過去。

接著收集掉在腳邊的小石頭，悄悄來到有把握丟中獵物的範圍內。要從田裡偷蔬菜時，他練得一身銷聲匿跡的功夫，正好派上用場。

「看我的！」

帶著十足十的把握，哥布達朝野兔丟擲小石頭。丟出去的石頭正中紅心。

野兔倒臥在喝水處。野兔被擊後，其他動物們見狀不約而同逃離。然而，哥布達沒放在心上，一臉愉悅地回收野兔。

事情就在那時發生。

「吼喔喔喔喔喔喔喔喔喔喔——————！」

一隻魔獸發出凶猛的咆哮，從樹林間現身。

牠從容不迫地立於微微高起的斷崖上，視線慢慢射向哥布達。

這是被稱作密林王者的魔獸——孤刃虎。是B級魔獸，不是F級哥布林有辦法應付的對手。

看樣子牠想得跟哥布達一樣，打算吃聚集在水邊的動物們。可是哥布達先動了，孤刃虎的獵物全都逃之夭夭。

換句話說，剩下的獵物就只有哥布達。

還有哥布達抓到的兔子，但區區一隻兔子根本無法讓孤刃虎吃飽。

「咦！牠該不會想吃我吧！」

孤刃虎不把崖高當回事，從斷崖上一躍而下。輕巧地落在哥布達面前。

哥布達臉色發青，本能告訴他逃也沒用。

這樣下去，哥布達肯定會進到孤刃虎的肚子裡。該怎麼辦才好？哥布達絞盡腦汁。

接著——

（既然這樣，我就掙扎到底吧！）

下定決心後，哥布達朝孤刃虎擺出戰鬥姿態。可是，他能做的反抗少之又少。左手握著小石子，但丟那個也傷不了孤刃虎。

（對了，那個或許能派上用場……）

他這才想起一樣東西，就是出發時拿到的刀。

那把刀或許能刺傷孤刃虎。運氣好的話，或許可以趁機逃脫。他打定主意，情況已經迫在眉睫、容不得自己猶豫。反正也沒其他戲法好變，只好相信那一絲絲可能性，頑抗到最後。

哥布達丟出小石子。殺敵重點是刀，但敵人避開刀刺的話，哥布達就死定了。所以他先拿小石頭轉移注意力。

用膝蓋想也知道，孤刃虎輕輕一跳就避開石頭。算準牠著地的瞬間，哥布達從懷裡取出刀子，打算丟牠——

（咦，這不是蘑菇嗎！）

他這才發現，要丟孤刃虎的東西不是刀。可是，哥布達已經做了丟擲動作，蘑菇就在來不及踩剎車的情況下丟出。

那是想要留著等之後再吃、預先收到懷裡的蘑菇。在一大片毒菇中只發現一根，顏色樸素。哥布達想留著之後當點心吃，結果就忘記有這樣東西。

不過，當下卻發生讓哥布達意想不到的事。

其實這個蘑菇含有劇毒孢子，是很稀有的毒蘑菇。

哥布達在不知情的情況下帶著它走，最後沒吃，還拿來丟魔獸……

孤刃虎不屑地朝迎面飛來的蘑菇一瞥，張開大嘴。接著，打算用震聲砲震碎它。沒想到適得其反。遭吼聲震碎的蘑菇噴出劇毒孢子，孤刃虎站在下風處，全身沾滿孢子。

毒孢子附著後，灼熱的刺痛感在身體上遊走開來，痛得孤刃虎在地上掙扎。最可怕的是，眼睛、鼻子、嘴巴遭孢子入侵，攪亂孤刃虎的感官。

生平第一次嚐到這麼痛苦的滋味，害孤刃虎亂了方寸。

哥布達沒錯過這個好機會。

（咦，雖然不曉得發生什麼事了，但現在逃正是時候！）

哥布達不打算殺那隻魔獸，幹這種有勇無謀的事，只想快點逃走。不過，他還記得去撿野兔。

哥布達慌慌張張地回到拖車那兒，把野兔放進去，馬力全開地逃離現場。

他一鼓作氣狂奔，想辦法逃到安全的地方。平安無事逃脫後，他鬆了一口氣，總算放心了。

就這樣，哥布達從天大的危機中脫身。

因為鬆懈下來的關係，他意識到自己肚子正餓，這才想起帶回的野兔。

然而，哥布達再怎麼沒神經，還是知道要保持警戒。為了確保安全，他來到能將周遭動靜盡收眼底的河畔。接著在河邊隨便用石頭堆出土窯，在上頭鋪枯木跟樹枝，用來升火。

剛才那些危機宛若浮雲，哥布達的腦袋全被食慾占據。

他開開心心地將野兔放血、內臟拔除。再剝掉毛皮，把肉分成適當大小。處理完畢的肉用樹枝串起，放到石窯上。接下來就只剩注意火候，旋轉樹枝讓表面燒得金黃酥脆，內部的肉熟透。

就這樣，簡單的烤肉上擠點樹果汁液，料理就完成了。

「好好吃！這個超好吃的！」

哥布達毫不在意肉汁滴下，開始大口吃烤肉。

經歷生命危機後吃的東西最美味了。

再加上這些日子以來，哥布達只吃樹果、野莓這類路邊採來的東西，久違的肉類滋味差點讓他飛上天，吃起來有種幸福的感覺。

前不久遇到孤刃虎的恐怖記憶對哥布達來說已經變成過去式。之前還發生過那種事啊──現在哥布達只把它看成這點程度的回憶。

吃了睽違已久的一頓飽餐，哥布達心滿意足。

「好！明天一定會是美好的一天！」

今天遇到的事早就被拋到九霄雲外。哥布達已經放眼明日了。

*

經歷孤刃虎事件後，一路上沒什麼大麻煩，時間又過去一個月。

從前還能看到遠方的山影，如今不抬頭看就看不見山頂。山壁上的硬岩經雨水拍打、磨耗，譜出美麗的岩面。對哥布達來說，一切都很新奇，引人入勝。

可是，哥布達卻沒閒功夫悠哉眺望這些景色。

食物快見底了。

再說這一帶可以算是矮人國王的勢力範圍，是位在朱拉大森林外的草原地帶。哥布達在森林裡竭盡所能地收集糧食，集完才朝山去，但之後一直沒機會補給，食物存量愈來愈讓人擔憂。

多虧沒見過的景色讓哥布達看得入迷，他才忘記肚子餓的事，不過，是時候面對現實了。

然而，問題不只這些。

前往矮人王國的不只哥布達。矮人國是中立的自由貿易都市，到訪的種族五花八門。不只是魔物和魔人，就連人類都會去……

大家都會盡量結伴而行，造訪矮人國的人們對此心照不宣。

在矮人王國內會確保訪客安全無虞，但警備人員無法管到國境邊緣地帶。因此，自己的命得靠自己保。那對商人來說是常識，哥布達卻沒概念，也沒多花心思注意。

簡單來說，在他心繫糧食所剩無幾時，新的麻煩又找上門……

「快看，那裡有一隻哥布林，還帶著值錢的東西耶！」

差不多該去找食物了，不然會餓死，哥布達正在盤算補充糧食的事時，這句話突然傳進他耳裡。

不過，哥布達聽不懂。哥布林之間的交談方式類似「思念網」，只能理解人類的部分言語。

話雖如此，他們還是能敏感察覺對方是否有惡意。哥布達抬頭望向偷偷摸摸接近自己的人類，一股危險的預感浮現心頭。

（糟了……我有不祥的預感。）

握住拖車的手一緊，哥布達打算拿出吃奶力氣狂奔。

不過——

「哎呀，別想逃！」

身穿金屬鎧甲的人類戰士出現在哥布達前方。

後方的輕裝男跑去確認拖車內容物，還吹起口哨。

「喂喂，我不期待裡頭東西多值錢啦，但這不是魔法道具嗎？今天真走運。只要殺掉這隻垃圾，我們就能弄到買裝備的錢！」

「哦？原本是想賺點零用錢花花，沒想到走運了。那些傢伙嫌麻煩不想跟來，我已經想像到他們哭喪臉的模樣了。」

兩名男子一來一往的交談聲在哥布達耳邊流竄，他開始思考對策。

矮人王國近在眼前，卻遭遇意想不到的危機，這讓他不知所措。但現在不是迷惘的時候。

哥布達沉澱焦躁的心，摸索突圍對策。

（該怎麼辦！照這樣下去，他們會把東西全部搶走。再說，我好像也小命不保……）

仔細想想，對方不只搶東西，搞不好會順便謀財害命。直到這個時候，哥布達總算發現自己命在旦夕。

然後，哥布達的擔心全都成真了。

男人們堵得哥布達無路可退，結夥對他施暴。

哥布達的身材跟孩童差不多，根本不是那兩個男人的對手。基本上，全副武裝的男人相當於冒險者D級。哥布達不可能戰勝他們。

假如他豁出去打，逃離孤刃虎魔爪的幸運威能沒開，肯定死路一條。

可是，幸運女神卻對哥布達微笑。

「你們幾個，在那裡做什麼！」

男人們未拔武器、赤手空拳凌虐哥布達，這時一道威嚴的女聲朝他們怒吼。

那兩個傢伙連忙轉頭，只見前方站了一隻雌性人鬼（哥布莉娜）。茶紅色的頭髮相當特別，是哥布莉娜戰士。後方還有狗頭族的商隊靠近。看樣子那隻女哥布林戰士是商隊護衛。

男人們冷靜地判斷狀況。我方只有兩個大男人，對方卻是商隊，還連滾刀哥布林戰士都帶了。低等的小嘍囉哥布林無法跟高階哥布林男戰士、女戰士相提並論，他們是通人話的高階魔物。

這兩個男人的實力不過新手等級，對付高階哥布林太勉強了。其實快點把行李搶一搶逃走就沒事了，但現在要搶已經是天方夜譚。

「嘖。這次就放你一馬！」

「算你撿回一條小命，雜碎！」

丟下這兩句話，男人立刻離開現場。

再一次，哥布達幸運地撿回一條命。

*

被救後整個人鬆懈下去，哥布達就此昏死。

馬車起起伏伏地搖晃著，不讓舒服的夢鄉延續。被揍的傷受震動刺激，痛得哥布達驚醒過來。

「哎呀？你醒啦？」

抬頭一看，生著茶紅色髮絲的哥布莉娜正在照料他。

跟長相酷似猴子的哥布林不同，高階哥布林的樣貌和人類相去不遠。

哥布達只看一眼就被那美貌擄獲。

（是仙女，仙女出現了！）

連傷口的痛都忘得一乾二淨，哥布達瞬間墜入愛河。

「請妳幫我生孩子！」

哥布達跳起來，開始進行愛的告白。這要求太跳躍了，但哥布達是認真的。

只不過，馬車裡的傢伙全都當他在講笑話。

「噗、噗哈哈哈哈！太好笑了，小鬼！」

「欸欸，大姊。妳就替這小鬼生孩子吧！」

「都給我閉嘴！少在那耍嘴皮子，乖乖注意四周的風吹草動吧！」

大夥兒出聲調侃，紅髮哥布林戰士則開口斥責。

從他們的話聽來，紅髮哥布莉娜似乎叫「大姊」，哥布達就此得知她的稱謂。

大家的冷言冷語並未對哥布達造成影響。他頻頻對大姊拋注熱情的視線。

可是，現實是殘酷的。

「我說，本姑娘對你這種膽小鬼沒興趣。連那些沒用的人類都把你看扁，根本不配當我的男人！至少要強到能救我才配。」

大姊將他的愛一刀兩斷，哥布達的初戀才剛起步，卻在同一時間宣告結束。

「怎、怎麼這樣……好失望……」

哥布達的動力瞬間燃燒殆盡，這才想起全身上下都疼痛不已。

就這樣，哥布達失意的同時再度昏厥。幸好他昏倒，狗頭族商隊才會一路照料他，最後平安無事抵達矮人王國，算是不幸中的大幸……

雖然哥布達的初戀變成失戀，但總體來說，他已經達成最初的目的了。

透過狗頭族商人介紹，拖車上的貨品悉數賣至矮人店鋪。

看哥布達交出魔法武具，矮人們有些吃驚，但他們什麼都沒說，不以為意地辦妥相關手續。

他們似乎很習慣跟魔物交易，所以能做某種程度的溝通。

其中一名隻矮人指指哥布達的腰。

「喂，那個不賣嗎？」

聽到這句話，哥布達轉頭一看，發現對方在說他的刀。

（啊！原來我沒有收在懷裡，而是插在腰上啊！）

怪不得當時從懷裡拿出的東西是蘑菇。這件事先擺一邊——

「這把刀是我的，它是非賣品。」

哥布達如此回應。

矮人聽完就點點頭，接著開口對哥布達說：

「這個東西不錯，但魔力快用完了。頂多只能再用一、兩次。知道怎麼用嗎？」

「不，我不知道耶，這是魔法武器？」

「沒錯。它叫『火焰短劍』。材質是白銀，裡頭封有魔力。做來給人類貴族護身用的。你可能會用到，我教你咒文吧，但要記得，用了就會耗損。」

「真的嗎！」

「是真的。它是矮人王國製造的短劍。你要愛惜使用。」

這矮人似乎很親切，他還教哥布達咒文。而且，他好像很中意拿矮人國刀劍的哥布達，對他照顧有加，給了不少方便。

就這樣，哥布達順利完成交易。他換到的東西是物品，不是錢，但不用自己搬回去。費用直接算在報酬裡，請對方幫忙運回去。

哥布達跟他們交換相當於拖車容量的菜刀、大鍋等日常用品。矮人還額外準備像哥布林這種體型也能輕易使用的刀、胸甲等裝備。那些東西全都搬到轉運站，登記成待運物品。

接著，哥布達拿到一個魔法筒。在任意的地方設置魔法筒並發動，就能將行李傳送到指定位置，是很棒的裝置。

當然，這個魔法筒只能用一次，是拋棄式的魔法道具。

也能付較便宜的費用，選擇走空運路線，但空運只接鄰近區域的運輸任務。無論如何，因為哥布達無法將地點說明個所以然，所以他就只能花高額運費，選用傳送魔法。要送回去的貨物太多了，用拖車拉回去會很吃力，所以哥布達二話不說地委託轉運商。

事實上，回家途中很有可能遇上不肖人士覬覦貨物，行頭簡便會比較安全。哥布達想得未必有錯。

他離開轉運站，為了向幫忙牽線的矮人道謝，又回到交易處。

「多謝！貨物順利傳送了。感謝幫忙！」

「是你啊。有幫上忙太好了。對了，這個沒辦法當商品賣，還給你吧。」

說完，那名矮人就將某樣東西交到哥布達手裡，是一件厚大衣，用哥布達之前拿來當棉被的毛皮作成。哥布達捕到的野兔毛皮也縫在上面，看起來禦寒效果很好。

嘴巴上說要還給哥布達，其實是為了他才特地加工製作的吧。

「咦，可以嗎？」

「當然。你一定把所有的東西都交出來，沒留睡覺時用的毛毯吧？出外旅行可不能漏掉過夜行頭。」

矮人開始對哥布達說教，順便拿出一個舊包包。

「這個也給你。當作找零，我塞了些乾貨。大概有一個星期的份。要好好保重。」

「真的嗎！謝謝你！」

矮人一番好意，哥布達相當感激。

「別客氣。其實那把刀是我做的。怎麼能虧待刀的主人。祝你平安返鄉。」

矮人說完這句話就走了，去接待別的客人。

（說得也是……空手出發的話，連森林都到不了。矮人先生好親切，太感謝他了！）

哥布達再度行禮。雖然矮人看不到，他還是想盡可能地傳達感激之情。

接著，哥布達穿上矮人餽贈的大衣、揹上背包，邁步離開商店。

哥布達達成任務，但沒有直接踏上歸途。

「難得來這麼遠的地方，就好好觀光一下！」

自言自語外加擅自決定，哥布達開始在矮人王國內參觀起來。

矮人王國蓋在天然的大洞窟裡，避開太陽直射。可是，他們利用精妙的技術獲取自然光，讓洞窟內不失光亮，得以方便行事。

入夜後，生在牆上的螢光苔蘚會發出光芒，維持媲美滿月之夜的亮度。

問題在於火的使用。

這裡不是密閉空間，不過，洞窟容易淤積煙霧，換氣相對重要。因此，無論室內室外，火的使用都受到限制。工房或廚房這類用火重地被課以義務，必須有消防員常駐。

因此，人們用餐的地方有限，只能在建築物裡吃。

平常覺得黏膩至少還能拿水沖洗，但哥布達才剛旅行一大段路程。也就是說，現在的他很臭。他又沒有洗澡的習慣，會臭也是其來有自。

入口附近的交易所一帶聚集不少冒險者，所以他的臭不怎麼引人注目。然而，進到建築物裡就不一樣了。雖然有換氣系統，哥布達的惡臭還是足以讓人們反感。

再加上這裡還有商業區，陸續有人擺出臭臉。

有些商人來自其他國家，紛紛朝哥布達投去不悅的視線。被人用眼神攻擊，哥布達這個呆頭鵝也開始待得渾身不自在。

（待在這兒好不舒服……還是快點出去吧。）

敏感地察覺事情不對勁，哥布達決定回哥布林村。

這個判斷正確。因為哥布達身上沒錢。繼續參觀也沒用，他沒錢吃飯。

哥布達就是少了金錢概念，才會選擇以物易物。出現這種紕漏也不能怪他。

他放棄觀光，決定離開這裡，不過——

就在那時，哥布達看到一樣東西。

那是一家裝潢華麗的店，堪比美麗女神的美女們正談笑風生。

哥布莉娜大姊也美得像仙女，不過，這些女人又更美了。

美麗的金髮流瀉而下，長長的耳朵從中伸出。她們有明顯的妖精特徵，是長耳族（精靈）。

一般來說，美醜的判斷因各種族特徵而異，哥布林的審美觀卻跟人類類似。理由很簡單。他們的祖先是妖精。雖然劣化了，本質卻不離妖精。所以，沒什麼理智的哥布林才會襲擊人類，有些甚至在本能驅使下強暴人類。

（好漂亮！總有一天，我也要跟精靈小姐們交朋友！）

哥布達在心裡下定決心。他還有個想法，就是要變強。

就跟哥布莉娜大姊說得一樣，哥布達變強的話，漂亮女孩也會喜歡他。

懷著新發掘的目標，哥布林在矮人王國度過一晚。

晚上出發太危險了，所以他跑到大門附近的公園露宿。

說是說露宿，矮人王國在洞窟裡不用擔心下雨。多虧親切的矮人製作大衣給他，他才不覺得冷。

這一夜過得比預料中還舒適，哥布達一覺醒來精神飽滿。

公園裡的噴水池似乎沿用自然湧泉，能拿來當飲用水。哥布林從背包裡拿出水袋，將水袋裝滿。

裝完水後，他離開矮人王國，終於要踏上歸途。

*

剛出大門，有人就開口叫他。

「哎呀，這不是那天那個小伙子嗎。事情辦完了？」

抬頭一看，是狗頭族商人。後方跟著兩名滾刀哥布林戰士，及頂著茶紅色秀髮的哥布莉娜大姊。

「啊！商人先生！」

哥布達跟他打招呼。看樣子商人們也要從矮人王國回去。有錢的商人往往都會住上幾天，但小型商隊就沒辦法住那麼久。大部分都會早早結束交易，回自己的國家歇息。

打完招呼後，狗頭族商人邀哥布達搭馬車。

「你回去走跟我們一樣的路吧？反正馬車沒裝什麼東西，就讓你搭一段路吧。可是，有盜賊或魔獸出現的話，你要充當護衛喔！」

說完，商人就調皮地笑了。他不可能把哥布達看成戰力，會說這話明顯在替哥布達搭馬車的事找台階下。

哥布達也天真地笑了。他還以為對方拜託自己當護衛，有點沾沾自喜。

一行人沿著大河前進。接著，大夥兒平安無事地穿過草原，開始進入森林。

停下腳步歇息時順便捕些野鳥、採些樹果。哥布達跟著大家賣力收集食物，展現亮眼成績。

「你對這些事很擅長嘛！居然找到一大堆食物……」

「不愧是朱拉大森林裡的部族。進森林就意外有用。」

「真的耶。沒想到你有這方面的才華。」

大夥兒紛紛誇獎哥布達。

手拿丟小石捕到的野鳥，哥布達的喜悅全寫在臉上。很少有人誇他，所以他喜孜孜的。

這時他發現色彩鮮豔的蘑菇。沒錯，就是哥布達空腹時不小心吃掉的傢伙。

（這應該不能吃吧。可是，好像有哪裡怪怪的？等等……那邊那個顏色普通的蘑菇印象中也很危險。

難道說，我吃的是這個？）

哥布達滿心困惑，但那斑斕又鮮豔的紅色怎麼看都不像食物。

哥布達目前處於得意忘形的狀態，但那蘑菇的顏色鮮豔到連這樣的他都猶豫不決。

「欸，那個不能吃喔。它的名字是火瘴茸，有很強的毒性。碰到毒性特別強的，拿火加熱還會爆炸，向外噴灑劇毒。你想試的話，我不會擋你啦，但保證在第一時間成佛。」

被大姊這麼一說，哥布達頻頻點頭。那蘑菇如此危險，他怎麼會沒事跑去吃。

一行人將火瘴茸拋在腦後，順順利利地收集樹果。

除了前去張羅食材的哥布達等人，其他成員在河邊撈水，或替食材加工。

大夥兒忙完各自的工作，正要開始準備弄餐點時——

「吼喔喔喔喔喔喔喔喔——！」

突如其來地，讓這一帶為之震撼的凶猛咆哮響徹四周。

而後，一隻身懷怒氣的魔獸現身。

牠就是B級魔獸——哥布達用毒蘑菇擊退的孤刃虎。

儘管當初在毒蘑菇的孢子作祟下掛彩，但因為在水邊的關係，有幸療癒傷勢。可是，魔獸的怒火並未就此消弭。低等魔物哥布林竟敢讓自己吃了苦頭，這怒火在孤刃虎心中留下難以抹滅的汙點。

就這樣，牠賭上孤高強者的驕傲，發誓要對小看自己的傢伙還以顏色。

孤刃虎發出憤怒的咆哮後，立刻用震聲砲炸飛其中一名護衛戰士。這一擊讓大家了解雙方實力懸殊，就連擁有強韌肉體的高階哥布林也無法倖免，瞬間遭受讓他足以瀕臨死亡的重傷。若沒有穿整身鎧甲保護，早就當場喪命。

「大哥！」

另一名滾刀哥布林戰士錯愕地驚叫，卻無法採取任何行動。就只能拿著斧頭，對孤刃虎保持警戒。這也是沒辦法的事。滾刀哥布林是C級，難敵B級的孤刃虎。

「別刺激牠，這傢伙很危險。就算我們十個人一起上，也不一定能打贏牠。老闆，別管貨物了，慢慢從這離開。」

大姊小聲說道。刺激孤刃虎只會讓事態更加危急，她清楚知道這點。至少要讓雇主平安逃離，哥布莉娜朝老闆們發出警告。

運氣好的話，趁孤刃虎吃拉馬車的馬時，我方或許有機會逃離……

可是，她的希望卻泡湯了。孤刃虎的目的是報仇，並不是填飽肚子。

護衛們隨時準備迎敵。孤刃虎只朝他們瞥了一眼，接著就開始尋找目標獵物哥布達。

看向放慢動作，躡手躡腳逃離的狗頭族商人，孤刃虎出聲威嚇。知道魔獸不打算放過自己，商人們紛紛感到絕望，當場頹坐在地。

「逃不了的。那傢伙不打算放我們逃走。」

「大姊，該怎麼辦？我們打不過牠吧？」

「沒辦法，只好豁出去了。各位老闆，我們一衝過去，你們就逃跑！不要朝同一個方向跑。若你們還想活命的話。」

護衛們決定背水一戰。他們要賭上自己的性命，跟孤刃虎決一死戰。拿自己當餌，想辦法讓商人們逃離。

現場氣氛一片絕望，有個男人卻很不識相。

沒錯，這個人就是哥布達。孤刃虎的咆哮一傳進他耳裡，他就認為這是個好機會。

（這不是那天的老虎嗎！就是被蘑菇趕跑的渣渣嘛。那種貨色我也贏得了！）

這誤會可大了，不過話又說回來，現場一大群人裡就只有哥布達沒陷入恐慌。

「你的對手是我！」

哥布達一躍而出。看到他出馬，孤刃虎開始發出凶惡的低吼。

「笨蛋！你跳出來又能幹嘛！」

聽大姊這麼一喊，哥布達笑著回答：「這裡就交給我吧！」

說完，他立刻朝樹林跑去。

孤刃虎不把其他人放在眼裡，開始瘋狂追趕哥布達。

大家全都傻眼了，但動作停頓僅只一瞬。

「喂，那個笨蛋……也太亂來了吧……」

護衛們備感吃驚，卻沒錯過哥布達製造的逃生契機。

「你們幾個，快趁現在逃走！我們留在這拖住魔獸。」

「可、可是……」

「別在意，這是我們的工作。若能平安無事從那怪物爪下生還，到時再用發焰筒連絡你們。」

「說得對。我們也還不想死。一定要活著回去，跟你們相見——」

戰士們留下這些話，將商人們趕到馬車那兒。雖然光靠哥布達一個無法拖延多少時間，但他們也留下來的話，雇主們就有機會逃跑。確認商人們的馬車開始行駛後，戰士們立刻朝哥布達跟孤刃虎離開的方向衝去。

這時哥布達——

（好可怕————！超可怕的！）

孤刃虎緊追而來，那股魄力把哥布達嚇得屁滾尿流。

魔獸的腳程飛快，不辱B級之名，瞬間逼近哥布達。

（早、早知道會變成這樣，剛才就不要帥了——）

如今後悔已經太遲了。哥布達為了跟孤刃虎拉開距離，拿出吃奶力氣狂奔。

可是，被恐懼逼得走投無路似乎產生正面效果，哥布達腦中閃過一個神計。

（對喔，用這個搞不好就能……）

哥布達停下腳步，從懷裡取出某樣東西。接著他臉上掠過一抹賊笑，拿在手裡的東西朝孤刃虎丟去。

孤刃虎似乎對哥布達停下腳步的事感到狐疑，牠也跟著停下。一停下，哥布達丟出的東西就飛到牠面前。

原本孤刃虎只要拿出最強大的武器——震聲砲，將飛來的東西粉碎即可。然而，上一次慘遭滑鐵盧的記憶猶新，孤刃虎因此躊躇。牠是高智商魔物，不會重蹈覆轍。而這次，那堪稱優點的習性反倒把牠害慘。

牠不放震聲砲，打算將飛來的東西咬住。孤刃虎行動靈巧，對牠來說，咬住目標物又不至於產生震動只是小事一樁。

不過——

當孤刃虎輕輕咬住飛來的東西時，哥布達立刻大叫：「魔法筒開封！」

孤刃虎還來不及釐清這句話的意思，效果就顯現了。

哥布達的計策奏效，轉送商給的魔法筒如實發揮效果。也就是說，孤刃虎咬住那玩意兒，使當時換來的大堆日常用品、裝備、拖車等物一併在口中出現。

後續發展連想都不用想，孤刃虎的下巴自然在那瞬間炸飛。

哥布達的技策奏效。

「好耶！」

欣喜之情溢於言表。可是，哥布達的計策還沒完。

他還有「火焰短劍」這把自用武器。

按孤刃虎的戰鬥力來看，下顎沒了並不會阻止牠的暴行。因此，哥布達為了確實殺死孤刃虎，決定發動拿來當大絕招的武器魔法。

（可是在這裡燒會燒到貨物吧。最好把牠引到更裡面再燒。）

哥布達發現孤刃虎的腳邊散了一堆貨物，為了把孤刃虎引開，他開始往森林內部逃亡。

孤刃虎從沒嚐過這麼痛苦的滋味，牠陷入混亂，喪失正常判斷力。所以，哥布達逃跑的事讓牠怒火中燒。牠喪失思考能力，不顧哥布達的目的及意圖，在本能驅策下展開追捕。

孤刃虎疼痛難當，再加上最強大的武器（震聲砲）遭人奪走，讓牠羞憤交加。無論如何都要宰了哥布達，現在的牠滿腦子都是這個念頭。

哥布達稍微拉開距離，接著利用嬌小的身軀鑽進濃密草叢中，在裡面屏息以待。就這樣，他粉碎自己跟孤刃虎的能力差距，還成功拉開距離。

哥布達轉頭，視線看向孤刃虎。

如他所料，敵人直奔而來。

（好！這樣就不會打偏！）

被草叢絆住的孤刃虎失去行動力。直直丟出就能準確命中目標，哥布達是這麼想的。這是用來當作王牌的武器。還能發動魔法。有這把武器，那隻魔獸再凶惡也不可能全身而退。

失去震聲砲，孤刃虎已經逃不掉了。哥布達自下定論，胸有成竹地丟出火焰短劍。

「火焰發動！」

哥布達喊出矮人教的咒文。因為那個咒文，火焰短劍的魔法發動了。

刀子披上一層火焰，朝孤刃虎飛去。

這點程度的魔法武具，就算發動魔法也傷不了B級魔獸。可是，孤刃虎卻繃緊神經。他警戒過頭了。這動作為哥布達呼喚幸運，帶來勝利。

孤刃虎自在操弄上顎的齒牙，將發火的火焰短劍彈開。哥布達看到這一幕，立刻換上絕望的表情。不過，這一彈正好為哥布達打開幸運之門。

火焰短劍彈開，刺進孤刃虎腳邊。那裡長了具有某種特性的蘑菇。一加熱就會釋出毒素。此外，那些蘑菇差不多熟成了……

被火燒到的火瘴茸爆發開來，四處散落。火花飛往四周，在這一帶連續引爆。孤刃虎正好處在爆炸中心點，牠無處可逃，遭受爆火波及，全身沾滿帶有劇毒的孢子。

孤刃虎架開不會造成重大傷亡的攻擊，反倒被傷得更慘。

接著——

「你真有一套！接下來交給我們吧！」
「噢，小鬼頭……我要對你另眼相看，你是個厲害的戰士！」
哥布達累到連一步都走不動，雄壯威武的聲音接連稱讚他。
孤刃虎落得滿身創痍，這下護衛戰士們肯定有機會打贏牠。
如此這般，大夥兒打倒孤刃虎，哥布達戰勝牠了。

＊

分道揚鑣的時刻來臨。
哥布達要進入森林深處，商人們則得沿著河川前進，往魔王的領地去。
「難得到手的寶貝小刀壞了……還要用拖車拉東西回去……」
哥布達在那碎碎念。但他的表情還是很樂觀。對哥布達來說，這不是什麼大問題。
「都是你救了我們。容我再次致謝。」
商人們道出感謝的話語。哥布達聽了換上害羞的笑容。
「欸，如果是你，我願意——」
「大姊，我會變得更強！下次就算妳不救我，我也會打倒那種等級的魔物！」
「咦？知、知道了。沒錯，就是那樣。你要更加精進！」
大姊好像想說什麼，但聽到哥布達會錯意的宣言，就決定講到這兒打住。不僅如此，她還用話激勵哥布達。這麼做都是為了讓哥布達放眼未來。

事情進展到這裡，哥布達的戀曲無疾而終，兩人各走各的路。

哥布達拉著拖車前往森林深處。

護衛和戰士們目送他離去。

「替那傢伙生孩子似乎挺不錯的。」

大姊邊揮手邊目送哥布達走遠，這時突然自言自語道。

「現在去還來得及喲，大姊？」

「不，算了吧。那傢伙跟我們不同，肯定有什麼特質。不然也不會活這麼久。」

「說得也是……這話有道理。」

在交談聲中，他們一直看著遠去的哥布達，遲遲沒有離去。

後記

初次見面，我是伏瀨。

首先感謝各位買這本書。

本作品公開於網路上，事後歷經加寫改稿才有如今面貌。

基於上述原因，我想應該有人已經知道了，本作目前仍在「成為小說家吧」網站上公開。為了讓網路上的讀者同樣盡興，番外篇等故事完全是加筆新寫的故事。

第一次看的人，若不嫌棄也可以看看網路版。主要情節不脫離書籍版，但某些地方有出入，看兩種版本比較一下不失為一種樂趣。

我第一次寫後記，不曉得該寫什麼才好，搞得自己很緊張。

所以，我想藉機對賦予我原動力、協助催生本書的各位表達謝意。

給看網路版的讀者們，感謝你們一直以來的支持。那些感想就是我的動力。

還有描繪美麗插圖的みっつばー老師，感謝您畫出各式各樣的角色，把他們畫得活靈活現。我今後搞不好會繼續做些任性要求，再麻煩您了。

再來是問我要不要出書的編輯I大人。若沒有I大人的熱情贊助，這本書也不會問世。

最後給購買這本書的讀者。

希望讀完這本書《關於我轉生變成史萊姆這檔事》能給各位帶來樂趣。

那麼，我今後也會繼續努力，希望能讓各位繼續閱讀本作。
真的很謝謝你們！

Kadokawa Light Novels

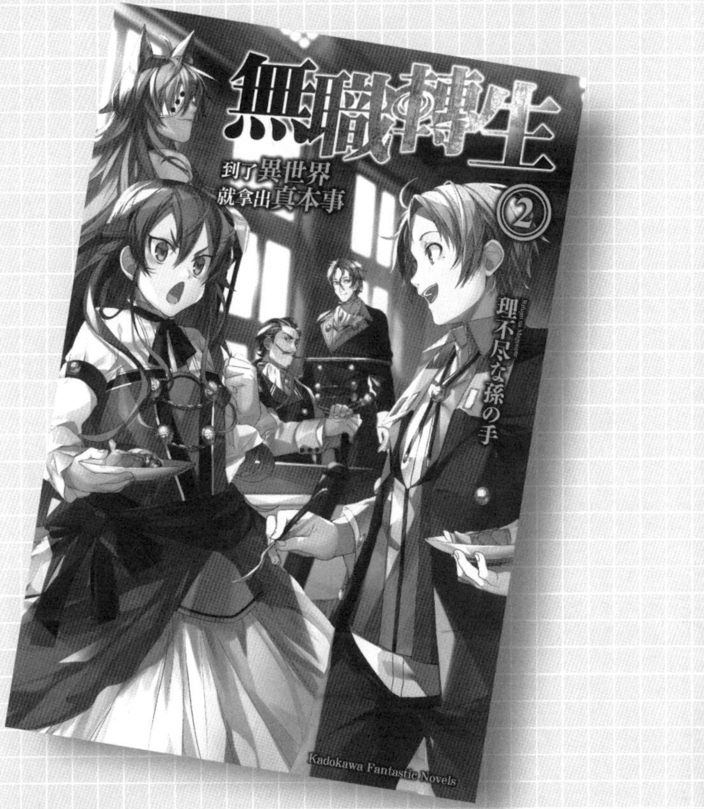

無職轉生～到了異世界就拿出真本事～ 1~2 待續

Kadokawa Fantastic Novels

作者：理不尽な孫の手　插畫：シロタカ

狂妄大小姐的家庭老師工作……
誰做得下去啊……！

生前是三十四歲無職尼特族的魯迪烏斯被授予的工作，是前往菲托亞領地的最大都市「羅亞」擔任某位大小姐的家庭教師。為了讓不肯聽話的大小姐艾莉絲能夠服從自己，魯迪烏斯下定決心要實行某個作戰！魯迪烏斯出生至今將挑戰的最重大任務即將展開——

台灣角川

各 **NT$230~250/HK$70~75**

國家圖書館出版品預行編目資料

關於我轉生變成史萊姆這檔事 / 伏瀨作；楊惠琪譯
. -- 初版. -- 臺北市：臺灣角川, 2015.10-
冊；　公分. -- (Kadokawa fantastic novels)
譯自：転生したらスライムだった件
ISBN 978-986-366-753-7(第1冊：平裝)

861.57　　104017245

Kadokawa
Fantastic
Novels

關於我轉生變成史萊姆這檔事 1

（原著名：転生したらスライムだった件 1）

2015年11月18日 初版第1刷發行
2024年5月20日 初版第15刷發行

作　　者：伏瀨
插　　畫：みっつばー
譯　　者：楊惠琪

發 行 人：台灣角川股份有限公司
總　　監：呂慧君
總 編 輯：蔡佩芬
主　　編：林秀儒
文字編輯：黃怡珮
設計指導：陳晞叡
美術設計：宋芳茹
印　　務：李明修（主任）、張加恩（主任）、張凱棋、潘尚琪

發 行 所：台灣角川股份有限公司
地　　址：104台北市中山區松江路223號3樓
電　　話：（02）2515-3000
傳　　真：（02）2515-0033
網　　址：www.kadokawa.com.tw
劃撥帳戶：台灣角川股份有限公司
劃撥帳號：19487412
法律顧問：有澤法律事務所
製　　版：尚騰印刷事業有限公司
ISBN：978-986-366-753-7